TÚ, SIMPLEMENTE TÚ

⊜ **Planeta** Internacional

FEDERICO MOCCIA

TÚ, SIMPLEMENTE TÚ

Traducción de Maribel Campmany

 Planeta

Obra editada en colaboración con Editorial Planeta – España

Título original: *Sei tu*

© 2014, Federico Moccia
© 2014, Maribel Campmany, por la traducción
© 2014, Editorial Planeta, S.A. – Barcelona, España

Derechos reservados

© 2014, Editorial Planeta Mexicana, S.A. de C.V.
Bajo el sello editorial PLANETA M.R.
Avenida Presidente Masarik núm. 111, 2o. piso
Colonia Chapultepec Morales
C.P. 11570, México, D.F.
www.editorialplaneta.com.mx

Primera edición impresa en España: abril de 2014
ISBN: 978-84-08-12645-4
ISBN: 978-88-04-63731-8, Arnoldo Mondadori, Milán, Italia, edición original

Primera edición impresa en México: agosto de 2014
ISBN: 978-607-07-2300-1

Impreso en los talleres de Litográfica Ingramex, S.A. de C.V.
Centeno núm. 162-1, colonia Granjas Esmeralda, México, D.F.
Impreso en México – *Printed in Mexico*

A Alessandro Giuseppe y a Maria Luna,
a sus sonrisas.
Y a Giulia, que me ha regalado
este precioso sueño

El más bello de los mares
es aquel que no hemos visto.
La más linda criatura
todavía no ha nacido.
Nuestros días más hermosos
aún no los hemos vivido.
Y lo mejor que tengo que decirte
todavía no lo he dicho.

Nazim Hikmet

1

En la vida, muchas cosas ocurren por casualidad, solo unas pocas podemos decidirlas nosotros y, casi siempre, estas últimas son las mejores. Como la idea de volver a verla. De modo que camino por el parque con las manos en los bolsillos y, al verla, el corazón me late con tanta fuerza que ya no tengo dudas.

«Eh...» Nos quedamos callados, mirándonos, como si no hubiera pasado más que un instante. Ha vuelto a Roma y todo es como la última vez: su pelo castaño con aquellos reflejos resplandecientes bajo la luz del sol, el hoyuelo que se le forma en la mejilla derecha, la piel fina, casi transparente, que deja entrever la sombra azulada de las venas en sus manos estilizadas. Hasta el corazón grabado en un banco por alguien que no somos nosotros está todavía allí. En él dice MONA MOUR, mal escrito, pero se entiende. María sonríe, entonces me mira con curiosidad, tal vez con preocupación porque pueda haber ocurrido algo desde que se fue, que alguien haya robado un pedazo de nuestra historia. «No...», contesto a esa pregunta que nadie me ha hecho. Y ella parece tan feliz, como si esa manera de no usar palabras para decírselo todo perteneciera solo a los elegidos, a los enamorados, a los que les basta con mirarse a los ojos para leer lo que llevan escrito en el corazón. Pero si se fijara bien, por desgracia en mi corazón dice algo que no le menciono: «Algunas veces he pensado en Ella». Ella, ella con E mayúscula; ella, que ha sido tan importante en mi vida. Casi me da miedo que la palabra se me salga del pecho y aparezca por debajo del suéter con caracteres enormes, que se forme plásticamente letra a letra ante los ojos de María. Entonces, instintivamente, me abrocho la chamarra. Y, sin que me lo haya preguntado siquiera, llevo las manos hacia adelante, sintiéndome culpable. Algo parecido a cuando eres pequeño y rompes un jarrón, y ya antes de que tu madre se dé cuenta dices: «¡Yo no fui!». De modo que me apresuro a anticiparme: «No he vuelto a verla». Una mentira. Pero solo a medias. Porque verla tan nítidamente en mis recuerdos ha sido casi natural, y alguna vez he mirado su página de Facebook, he pasado frente a su casa, he intentado coincidir con ella, pero no ha significado nada, solo ha sido un modo de atenuar poco a poco el dolor que sentía por una historia de amor que terminó sin ninguna razón.

Alessia, la chica con la que llevaba saliendo más de un año, un día simplemente se fue. Punto. Ésa es la cicatriz que tal vez nunca podrá borrarse de mi corazón. Y parece como si María sintiera que estoy distraído. Entonces me aleja de mis pensamientos, me toma una mano, la mira, le da vueltas. Es como si buscara entre sus pliegues alguna clase de explicación. En la línea de la vida, de la fortuna, de la felicidad, del amor. Las recorre todas con el dedo y luego casi lo susurra: «¿Tú y yo?». Y lo dice sin mirarme, con la cabeza baja, con un hilo de voz que de repente ha roto el extraño silencio que guardaba. Qué bien, hasta ha apren-

10

dido algunas palabras en italiano. Después levanta la cabeza, me mira sonriendo y lo repite: «Tú y yo». Pero esta vez sin signos de interrogación, y siento que el corazón me aprieta y me falta el aliento y simplemente le digo: «Sí..., nosotros dos». Entonces ella parece más tranquila, satisfecha. Hace una larga inspiración y mira a su alrededor: unos niños corren alrededor del tobogán, el primero de la fila recibe un empujón del que va detrás, uno con rizos, rapidísimo, futuro terrorista o campeón en carrera de obstáculos, que lo aparta y llega primero a la escalera.

Dos señoras pasean con unas bolsas amarillas del supermercado de allí cerca. Un hombre mayor sentado en un banco lee el periódico y niega repetidamente con la cabeza, desconsolado, golpeando la página con la mano, no sé si por la indignación que le provoca una noticia o si sencillamente se trata de un tic. Y yo le digo a María, intentando hacerme entender y metiendo alguna que otra palabra en español: «Este parque parece más bonito de lo habitual... *Questo posto è più bello*. Tal vez porque *tu sei qui*, porque estás tú».

Ella me mira y luego me pone la mano sobre el pecho y bajito, con voz cálida, repite mis palabras de antes: «Nosotros dos». Y eso me cautiva, me excita de un modo alucinante.

En ese mismo instante se levanta un soplo de viento, un estremecimiento me recorre la espalda y ella continúa mirándome así. Ahora tengo calor, me quito la chamarra, después el suéter, la camisa, y me quedo con el torso desnudo. Y al final me sorprendo incluso a mí mismo gritando a voz en cuello: «¡Sí, nosotros dos, nosotros dooos!».

María niega con la cabeza riendo: «Estás loco...».

11

Después, los sonidos se confunden, la luz me ciega, me cuesta enfocar la mirada. El olor familiar de un lugar..., mi casa, ¡estoy en mi habitación!

—Di la verdad, estabas soñando con María, ¿verdad?

—Pero ¿qué caraj...? —Abro los ojos como platos y me incorporo de golpe, con la cara de Gio a un centímetro de la mía, como cuando vas al dentista.

Mi hermana Valeria está a su lado, y también me mira divertida.

—Claro que no, estaba nervioso, en el sueño no era feliz... ¡Estaba soñando con Alessia!

—Sí, que volvía a dejarlo... Ja, ja... —dice Gio, y Valeria se echa a reír.

Los miro estupefacto.

—Así que se estaban muriendo de risa con mi drama...

Gio agita la mano en el aire.

—Bueno, ya estamos otra vez con lo del drama...

—Una me abandonó, la otra se marchó a España sin despedirse..., ¿qué puede ser peor?

Valeria no deja de reírse.

—Ya, en serio, se te veía inquieto de una manera rara. No se sabía si pensabas que estabas en España y mientras paseabas te habías encontrado a Penélope Cruz, o si estabas haciendo el amor con alguien... Aparte de que yo tampoco tengo ni idea de cómo eres en esos momentos, ¿eh?...

Valeria se encoge de hombros y desaparece.

—¡Cómo se pasa tu hermana!

—¡Se pasa... mucho! Fabiola y yo todavía nos preguntamos si es adoptada... ¡Qué suerte tienes de ser hijo único!

—Pero ¿qué dices? Si yo hubiera tenido un hermano,

mira, ya habría levantado un imperio. Vamos, di la verdad, estabas soñando con María, ¿verdad?

—Nooo, ya te dije que no.

—Ya, se notaba, se notaba... —Se sienta en el borde de la cama y mira divertido mi camiseta en el suelo. Seguramente acabo de tirarla mientras soñaba. Estoy con el torso desnudo, como en el sueño.

Me levanto y Gio me sigue. No tiene bastante con plantarse en mi casa mientras estoy durmiendo: encima ahora entra en el baño conmigo.

—¿Lo ves?, te has justificado, o sea, podemos evitar pensar en algo durante el día, pero por la noche, cuando soñamos, no se puede. O sea, los sueños no pueden censurarse; es más, tal vez sea eso lo bueno. —Levanta una ceja con aire malicioso.

Abro la llave de la regadera y sonrío. La estrategia de Gio es buena, pero no me dejaré atrapar. Se sienta en la taza.

—O sea, ¿te acuerdas de la película *Desafío total*?

—Es el tercer «o sea» en dos minutos —intento despistarlo. Pero no se deja desanimar.

—Te la regalé en Navidad en el paquete que te hice, Schwarzenegger y Sylvester Stallone.

—¿Y bien?

—Era ésa en la que puedes preparar los sueños, en otras palabras, que puedes manipular lo que se te pasa por la cabeza mientras duermes. Genial, ¿no? ¡Lástima que sea una película, aunque creo que muchas de las cosas que vemos en las películas al final suceden! O sea...

Estoy a punto de fulminarlo. Pero él mismo levanta la mano mostrando los dedos abiertos para denunciar un «o sea» más.

—¡Cuarto! —admite antes de continuar—. Si lo piensas, a mí me parece que sería posible...

—Es solo ciencia ficción. Y, además, la mayoría de las cosas que piensas tú, Gio, no las pondrían ni en una película..., ¡estarían prohibidas!

Y me meto debajo de la regadera mientras él se queda allí fuera y sigue hablando, pero no lo oigo, o mejor, no querría oírlo.

—Además, eso le ha pasado a todo el mundo. Una vez soñaba que estaba cómodamente sentado en un sofá en medio de Selena Gomez y..., adivina quién, ¡Rihanna! Pero seguramente me había tomado un montón de cervezas, de modo que me desperté con la vejiga a punto de estallar, fui corriendo al baño y cuando volví a la cama intenté retomar el sueño donde se había interrumpido para disfrutar con los besitos de Selena..., besitos es una forma de decirlo. Pero nada... ¿Te ha pasado alguna vez?

Bueno, tengo que admitir que a mí también me ocurrió, hace unos meses. Estaba en los columpios del parque de diversiones y alguien me empujaba, y yo decía «¡Más fuerte, más fuerte!». Después sonó el despertador y el juego, para mi desgracia, se paró. Intenté volver a dormirme para descubrir quién me empujaba, quién me hacía volar hasta el cielo sin miedo, pero me fue imposible.

—¿Y bien?, ¿ya se lo dijiste a tus padres?

—¿Qué cosa?

—¿Cómo qué cosa? ¡Que nos vamos!

Me froto el pelo con la toalla gruesa. A mis padres..., qué raro oír esas palabras. Mis padres, mis padres ya no existen. Solo está mi madre, pero no corrijo a Gio.

—No, todavía no se lo he dicho.

—Pero ¿qué dices? Hace tres días que no duermo, al final he superado ese maldito miedo a tomar un avión, ¿y ahora me dices que no nos vamos?

—Yo no he dicho nada parecido.

—Está bien, pero de todos modos aún no lo has dicho en casa... ¡Yo, en cuanto decidí que me iba contigo, no tuve ningún problema en contárselo!

¡Y cómo no! Sus padres estarán contentos de librarse de él al menos durante un tiempo. A mí me parece que todavía no acaban de entender lo que se trae entre manos y están preocupados por si de un momento a otro la policía llama a la puerta para hacer un registro de arriba abajo. O por si se presenta uno de los últimos herederos de la banda de la Magliana a desvalijarles la casa.

Me pongo la camiseta y los calzoncillos y voy corriendo a la cocina para hacer café. Gio, naturalmente, me sigue.

—¿Sabes que descargué un pdf con todos los lugares imprescindibles que hay que visitar en Madrid? Por ejemplo, en mi opinión es indispensable que hagamos una escapada a la Gran Vía, dicen que es el Broadway madrileño. Es una calle espectacular, llena de carteles luminosos, cines y teatros.

Ahí está, a veces me inspira ternura, realmente es un poco naif: en concreto, la Gran Vía es uno de los primeros lugares que visitaría un turista. En resumidas cuentas, Gio no es nada original, y se cree que es un pionero. Con su entusiasmo consigue hacer que yo también me lo crea. Saca de la mochila una especie de nueva guía que ha hecho él mismo, incluso ha diseñado la portada: un fotomontaje de nosotros dos como don Quijote y Sancho Panza. No creía que sus recuerdos de la escuela llegaran a tanto, pero Gio siempre consigue sorprenderme.

—¿Te gusta?

—¡Gio, de verdad, a veces se te bota la canica!

—¿Por qué? Vamos armados con nuestro valor a rescatar a tu bella Dulcinea, o sea, a María...

—Sí, claro, pero quinientos años después de Cervantes. Y, además, los tiempos han cambiado, ¡a ver si no nos toman por acosadores!

—¡Tú siempre tan pesimista, ¿eh?! ¡Vamos a arrasar, ya lo verás! ¡Dicen que en España la comida y las chicas quitan el hipo!

En un instante la ternura deja paso a cierta admiración: esta vez Gio ha estudiado, eso es innegable.

Y se marcha así, como solo él sabe hacer, siempre contento en cualquier circunstancia, a pesar de que las dos mujeres con las que salía desde hacía mucho —y al mismo tiempo, sin poder decidir con cuál quedarse— lo han dejado, a pesar de que se ha inscrito en segundo año de Economía y Comercio y no ha hecho siquiera un examen, a pesar de que debe ochocientos euros a un tipo que le vendió una motocicleta medio destartalada: porque Gio es único y, de hecho, cuando vuelvo a la cocina para apagar la cafetera me fijo en la bolsa de Euclide con unos cuernitos que ahora ya se han enfriado. Siempre los trae recién salidos del horno, nunca pierde la ocasión de recalcarlo.

Viajar con él será realmente divertido, y además me irá bien alejarme un poco de Roma. Había una canción de Battisti que siempre cantaba mi madre: decía que es fácil encontrarse a alguien incluso en una gran ciudad. Y, sin embargo, yo solo me encontré a Alessia un momento en el concierto de Coldplay, hace casi un mes.

Abro Facebook. Nada, su situación sentimental sigue siendo la misma, soltera. De modo que empiezo a vestirme, poco a poco me siento más ligero. Pasaré por B&B, la inmobiliaria donde trabajo por las tardes, para decirles que me voy; ayer ya avisé a mi tío en el quiosco y por último lo diré en casa.

Sí, en este momento todo me parece fácil, no sé que pronto tendré que tomar la decisión más difícil de mi vida. Pero a los veintitrés años uno piensa que tiene todo el tiempo para aprender.

Bueno, si tengo que hacer caso a mi madre, todo todo, no. «A tu edad yo ya tenía un hijo», repite cada vez que ve mis calcetines sucios tirados en el suelo y la cama todavía destendida. «¡Pero, mamá, eso era en la prehistoria!»

2

Cuando salgo del elevador de B&B, cuya oficina está abierta algunas horas el sábado por la mañana, me encuentro de frente con Pozzanghera. Sí, bueno, en realidad se llama Benedetta, pero en la agencia todos se refieren a ella por ese apodo, aunque todavía nadie sabe muy bien el motivo.

—Ejem, hola, Bene... —le digo mientras evito por poco chocar con ella, lo que aumenta la incomodidad que se crea entre nosotros.

Ella no dice nada, y con tal de no estar cerca de mí, retrocede rápidamente. La sigo hasta su mesa.

—Vamos, no te pongas así. No me dirás que todavía estás enfadada, ¿verdad?

Se queda callada, sigue ordenando sus papeles haciendo ver que tiene un montón de trabajo, pero se ve claramente que es una farsa. Entonces le pongo una mano sobre el hombro.

—Vamos, Bene, no te pongas así...

Ella se agarrota de golpe, como si hubiera recibido un calambre; después se vuelve con una frialdad y una determinación preocupantes.

—No me toques —dice.

Aparto lentamente la mano de su hombro.

—De acuerdo... Pero ¿podemos hablar de ello un segundo? Benedetta, yo no quiero perderte de esta manera, teníamos una bonita amistad...

—La has estropeado.

¿Cómo? Me gustaría contestarle: «¿Tú no has hecho nada? ¿No estabas tú también aquel día que practicamos sexo? ¡Vamos, Bene, estas cosas pueden pasar! Hasta hicieron una película sobre ello: *Cuando Harry encontró a Sally*». Pero no, para ella un hombre y una mujer no pueden ser amigos, porque el hombre solo quiere una cosa de una mujer y, después, adiós. Además, quiero decirle, si pensaba eso desde el principio, ¿por qué me llamó para que fuera a su casa y me recibió medio desnuda y llorando porque estaba mal por culpa del chico de turno? Lo que pasó pasó, pero las cosas pueden arreglarse, ¿no? Me gustaría hacerle entender que, a pesar de que hicimos el amor, podemos seguir yendo al cine juntos o comentar «X Factor» los viernes en la oficina, exactamente lo mismo que haría con Gio. Bueno, exactamente lo mismo, no, porque para Gio «X Factor» es de gais y no lo ve ni muerto.

—Oye, Benedetta, tal vez haya estropeado nuestra amistad... Pero hacer el amor contigo...

—Chist. —Ella mira a su alrededor con cautela, temerosa de que alguien pueda oírnos. No hay nadie, pero aun así parece estar en ascuas—. No entiendo por qué hablas de eso...

—Porque...

—Yo te diré por qué —estalla—. Porque te gustaría que todo estuviera siempre en su sitio, que todo fuera perfecto, que la gente se llevara bien contigo, que todo el mundo estuviera feliz y contento, que te sonrieran...

Me quedo callado. Sigo uno de los consejos de mi padre: contar. «Uno, dos, tres...».

—Que pudieras seguir haciendo lo que quisieras, simulando que en realidad no pasó nada. Sin embargo, no es así...

—Bueno, pero son cosas que ocurren, fue una equivocación. —Me muerdo la lengua, tal vez habría sido mejor llegar hasta seis, siete, ocho...

—¿Una equivocación? ¡Pues claro! ¡Quién sabe cuántas equivocaciones habrás cometido tú, ¿eh?! Vas haciendo muescas en la pared como los presos. Solo que tú, en vez de marcar los días, apuntas a las facilonas. Pero a mí no me metas en tu currículum, ¿está claro?

Esta vez soy yo quien se incomoda, echo un vistazo alrededor y me doy cuenta de que ahora Gianni Salvetti está sentado a su mesa, pero no me preocupo de él. Una mariposa nocturna, que debe de estar atrapada en la oficina desde ayer, va dando bandazos bajo la lámpara de la mesa de Benedetta. Intento alejarla con la mano y, sin embargo, sin darme cuenta la empujo debajo del neón, donde acaba quemada, para después caer tiesa sobre el teclado de la computadora. Quería salvarla y le hice daño sin querer.

En un instante me doy cuenta de todas las cosas que han cambiado en mi vida: mi padre, que ya no está; el dolor de mi madre; el caos de la vida de mis hermanas, Valeria y Fabiola; Alessia, que se fue diciendo solo «Lo siento...»; María, que se marchó así, sin decirme nada... Probablemente Benedetta tenga razón, se estaba quemando y yo no hice nada por evitarlo. Un error de cálculo, no de mala intención. Pero deduzco que todavía sería más doloroso explicárselo, de modo que me rindo. Simplemente tenía que contar hasta diez y quedarme callado.

—Como tú quieras —digo, y me voy, dejándola en su mesa. Imagino su estupor, su boca abierta, y lo que más me sorprende es que no volteo, no siento ninguna curiosidad, simplemente no me interesa. Ya no.

Me dirijo a mi meta y llamo al marco de la puerta abierta.

—Buenos días, disculpe, ¿se puede?

Alfredo Bandini, el viejo director de la inmobiliaria, se está colocando bien los lentes sobre la nariz mientras revisa unos papeles.

—Ah, eres tú, entra, entra... —me dice levantando la mirada.

Voy enseguida al grano.

—Me gustaría ausentarme durante una semana.

—¿Qué ha pasado? —Se reclina en el respaldo de la silla—. ¿Todo bien en casa?

—Sí, sí. Es... para hacer un viaje. Tengo la oportunidad de ir a Madrid y no quiero dejarla escapar.

Me dedica una sonrisita irónica.

—Podrías haberte inventado cualquier cosa pero, en cambio, vienes a decirme que te vas de vacaciones...

—Me pondré al corriente la semana que viene.

—No es por eso, no creo que el mercado inmobiliario en este momento pueda ir peor de como va... —Me estudia como si fuera un ejemplar de laboratorio. Uno de esos viejos pájaros disecados que uno no sabe si le atraen o le repelen.

Lo miro sin dejar traslucir nada, no capto el sentido de su tono, cuál será su reacción. Bandini hace una prolongada pausa. Me dirá que solo un inconsciente puede irse a España cuando día tras día más gente está siendo despedida. Hará una declaración a los periódicos gritando a los cuatro vientos que no es que falte trabajo, sino que los jóvenes no tienen ganas de trabajar, y mi cara en 3D aparecerá en un recuadro debajo del artículo. Tomará el sobre de mi sueldo y me hará ver que casi no alcanza para pagar el billete de ida y vuelta...

—Y no creo que se hunda del todo por tu breve ausencia, sin contar que además estamos en verano...

Bueno, sí, al menos en eso estamos de acuerdo. Escribe algo en un papel, después me lo pasa. Oh, Dios mío, ¿la carta de despido?

—En este sitio se come muy bien. Estuve hace muchos años con mi mujer. Es un tablao flamenco en el barrio de Callao. —Exhalo un suspiro de alivio, no puedo creérmelo: ¡Bandini es mi héroe! Se levanta y me acompaña a la puerta—. ¡Siempre y cuando no haya cambiado mucho! —Me da la mano y por un instante me parece grande y cálida como la de mi padre. Se me hace un nudo en la garganta, pero intento no pensar en ello. Después me sonríe—: Si hay algo que aprecio es la sinceridad, muchacho. Diviértete...

—Gracias, de verdad, gracias. —Hago el gesto de irme.

—Ah, Niccolò, acuérdate de dejar las llaves de todos los apartamentos que estás llevando..., también las del ático del Coliseo.

—Sí, claro. —Y me voy con los ojos bajos.

Quién sabe lo que habrá querido decir. ¿Por qué ha citado precisamente el ático en el que sorprendí a Salvetti en dulce compañía con Marina, la recién llegada? Y en el que yo, con María... Después veo a Benedetta, que me mira con un destello de malicia. ¿Se habrá enterado de todo? ¿Habrá ido ella a decirle al jefe que sus empleados aprovechan los apartamentos de los que se encarga la agencia para sus citas picantes?

Aunque así fuera, Alfredo Bandini no me lo ha dado a entender. Quién sabe, tal vez él también lo haya hecho miles de veces. No con Benedetta, ni hablar. Ella es de las puras, de las que lo dan todo, maldita sea. Si lo hubiera sabido antes.

Cuando estoy a punto de salir, me parece notar un velo de lágrimas en sus ojos. Me doy más prisa. Es inevitable: cuando te sientes culpable, siempre ves sombras aunque no las haya.

3

Voy a llevar esta carta a mi padre. Hace un poco de sol, tí-
mido, como si estuviera indeciso de si entablar un combate
con esas nubes altas, blancas, que en vez de anunciar lluvia
parecen tranquilizar a la gente sobre cómo acabará el día:
«¡Vayan tranquilos, hoy no haremos llover!». Subo al coche, había dejado puesto un CD que al momento me hace
de banda sonora en estos minutos de tráfico.

Sonrío mientras conduzco, como si en serio hubiera un
cartero allí arriba que le entregará mi carta. Y, sin embargo, ya hace meses que dejo una al lado de la foto de mi padre y, cada vez que vuelvo, no está. De manera que me di-
vierto fantaseando. ¿La habrá tomado mi madre? ¿Una de
mis hermanas? Sí, seguramente Fabiola, pero no por afecto
o sentimentalismo, sino porque en el lugar donde las dejo
a ella le parecerá que crean desorden, que rompen la armo-
nía. En resumen, ¡que estoy desbaratando el cementerio!
Ella es así, existe su mundo y luego están los otros, la mayor parte, que se equivocan. Pero tal vez lo más sencillo y lo
más verdadero también sea lo más estúpido: esas cartas,
¿no se las habrá llevado el viento?

Decido hacer un alto en el camino. Una especie de pausa estimulante.

Entro en Regoli, en via dello Statuto, 60, en Esquilino. No hay nada más bonito que tomar un segundo desayuno a media mañana, y además este sitio es fantástico.

—Buenos días, ¿me das un capuchino, por favor?

Laura, la chica que está detrás de la barra, me saluda.

—Hola, Niccolò.

—Eh. —Le guiño el ojo.

—¿Te vas a llevar lo de siempre?

—No, no, gracias, me comeré uno aquí.

Me pone un *maritozzo*, que es un bollo de uvas y piñones con nata, en un platito de hierro que sabe a cosas ricas de antaño. Al otro lado, fuera, dice REGOLI DESDE 1916.

—Todo tuyo. Y aquí tienes el capuchino.

—Gracias.

Qué rico. Cierro los ojos, aquí la nata es realmente deliciosa, ligera, dulce pero no demasiado, y este bollo tiene una masa de manual, levemente amarilla y esponjosa como una pluma. Un sorbo de capuchino y un mordisco al *maritozzo*. El sabor amargo del café se mezcla con el dulzor de la nata: ¿no será esto la felicidad? Me gustaría hundirme allí dentro.

Me quedo con los ojos cerrados, saboreando cada mínima sensación: eso es, si ahora volviera a abrirlos y el mundo fuera como tiene que ser, aquí a mi lado en Regoli estaría María. Entonces me entran ganas de reír. En realidad, este lugar me lo hizo descubrir Alessia, de modo que sería más justo que estuviera aquí con ella; siempre iba con su abuela, los *maritozzi* la volvían loca. Pero Alessia ya no está, se ha apartado de mi vida y yo, para no sentirme mal, me he juntado con una española, María. O, mejor dicho, la vida ha hecho que me junte con una española, porque al fin y al cabo yo prácticamente no he hecho nada. No he movido un dedo. Y María es guapísima, no precisamente lo que se dice una aventura. ¿Han visto alguna vez un parche de metro ochenta de altura con unos preciosos ojos verdes? Cuando salíamos por las noches la pasábamos estupendamente y nos hartábamos de reír. Como aquella vez que en Elbi, el restaurante chino de via Ostia, quiso probar los rollitos vietnamitas y los mojó en mi cuenco, en el que yo había echado wasabi. Empezó a quemarle toda la boca y yo me moría de la risa, mientras ella bebía Asahi como si fuera una náufraga. Ahora que lo pienso, le hice comer de todo, pero no llegó a probar estos bollos. Tal vez era algo demasiado íntimo entre Alessia y yo y no quería compartirlo con nadie más. Bueno, pues la próxima vez María tiene que probar sin falta este bocado divino, así conseguiré de verdad librarme de lo que hay entre Alessia y yo: es decir, en realidad, nada, aparte de este regusto a nata.

Cuando vuelvo a abrir los ojos, encuentro a Laura mirándome; está ahí, delante de mí, se sonroja como si la hubiera sorprendido in fraganti, a continuación sigue con lo que estaba haciendo con los ojos bajos: enjuaga unas tazas en el fregadero, después las mete en el lavaplatos de debajo de la barra. Justo en ese momento veo reflejada en el espejo que hay detrás de ella la puerta de cristal, que se abre y me quedo con la boca abierta.

—¡Bato! ¿Qué haces aquí?

—¡Hola, Nicco! ¿Qué pasa?, ¿cómo estás?

Bato es uno de mis mejores amigos, somos cinco o seis, jugamos juntos futbol de salón, póquer, de vez en cuando salimos a cenar los hombres solos. Nos llamamos «los Budokani» porque durante un tiempo estuvimos yendo juntos a un gimnasio por la zona de Borgo Pio que se llamaba Budokan y que al parecer hizo historia en los años ochenta. Bato es el más elegante de todos, lleva unos sacos perfectos, pantalones ajustados, camisas Brooks Brothers que se hace enviar directamente de Los Ángeles, y es hijo de un gran empresario y político. Sus padres son de origen napolitano, pero él nació en Roma.

Bato me abraza tomándome la mano, doblando el brazo y tirando de mí hacia él en un choque pecho contra pecho, tal y como se saludan los buenos amigos, los verdaderos amigos.

—¿Qué pasa, Bato?, ¡qué sorpresa!

Me mira y esboza una sonrisa; por un momento me parece incómodo.

—Pero ¿estás solo?

—Sí, claro...

Una extraña sensación me baja por la espalda, pero enseguida se me pasa.

—Qué raro, nunca habíamos coincidido aquí en Regoli —digo.

—Ah, yo casi nunca vengo, es que mañana es el cumpleaños de mi madre y quiero llevarle unos canutillos, me han dicho que aquí son muy buenos.

—¿Sí? No lo sé, nunca los he probado, para mí aquí todo está rico: los profiteroles, las napolitanas, y también todos los pasteles, pero lo más rico es esto...

Bajo la voz como si le estuviera revelando un gran secreto.

—Los *maritozzi*... —El secreto de Alessia y mío.

—Ah, bueno, ya los probaré alguna vez. —Lo dice deprisa, casi comiéndose las palabras, como si quisiera cambiar de tema.

Luego se dirige a Laura:

—¿Me puede poner una bandeja con ocho canutillos, por favor?

—¿De cuáles? ¿De crema o de ricota?

—De ricota, los sicilianos, gracias. —Se queda pensando un momento—. Y luego póngame también una bandeja más pequeña con dos bollos. —Me lanza una mirada huidiza—. Bueno, has hecho que sienta curiosidad y ahora ya, como veo que tienen... —Se encoge de hombros, como si quisiera justificarse.

—Ya verás como te gustan.

—Sí... Pero dime, ¿te lo ha dicho Gio?

—¿Qué cosa?

—Ya, en serio, ¿Gio no te ha dicho nada?

—No, te lo juro.

—Qué raro, pensaba que ustedes dos se contaban todo... Vaya, yo una cosa como ésa no podría habérmela guardado. Mi padre lo ha vendido todo, o sea, todo no, media empresa, y debe de haber juntado un buen montón de billetes, porque se ha comprado un hotel y toda una isla en las Maldivas.

La noticia es menos impresionante de lo que me esperaba, y a la vez me deja más tranquilo: no considero que sea una de las cosas más urgentes sobre las que Gio tuviera que informarme. Pero la megalomanía de Bato evidentemente exige que los asuntos de su familia sean sensacionales para el mundo entero.

—¡Qué increíble!

—Sí, claro..., pero ahora mi hermano y yo tenemos que ponernos a estudiar en serio.

—Bueno, perdona, siempre pueden dedicarse a pescar en la isla... —me burlo yo.

—Sí, el tiempo justo de salir en un *reality* de la tele.

—Por un tiempo podría resultar divertido: los cocos, los mosquitos...

—Por supuesto, y un par de azafatas incluidas en el precio. La verdad es que primero vas a pasar una semana con la novia, otra semana con los amigos, pero después te hartas... Pero bueno, mi padre está completamente ido. Qué raro que todavía no se haya fugado con la chica rusa y aún esté con mi madre. Bueno, sí..., tampoco es que ya haya dicho la última palabra.

Toma las dos bandejas que le ha preparado Laura y se dispone a pagar.

—Nos vemos esta semana, Nicco... Podríamos jugar póquer en mi casa.

—No estaré..., me voy fuera con Gio.

—¿Adónde?

—A Madrid.

—Vaya, Gio no me ha dicho nada.

—¿Lo ves? Hasta contigo está callado.

Se echa a reír, después me toma de la mano y vuelve a tirar de mí contra su pecho.

—Hecho, hermano, que se la pasen bien...

Y lo veo salir, con los canutillos sicilianos, los *maritozzi* que tiene que probar y una isla esperándolo.

Su padre, además de dedicarse a la política, tenía una empresa de globos inflables de todos los tamaños (que si hay una cosa que no te hace rico en la vida yo habría dicho

29

que era precisamente ésa). A partir de ahora «solo» harán la mitad, y cuando estén demasiado cansados irán a zambullirse a las Maldivas, si no es que también se han aburrido ya de la isla privada. No puedo imaginarme nada mejor. O tal vez sí: un trocito de playa con montones de arena en Ladispoli con María. En modalidad contigo en las buenas y en las malas. Con el sol despellejándonos y muertos de sed, pero nosotros dos nos bastaríamos. No necesitaría lujos para ser feliz con ella.

No como Bato. A veces mostrarse descontento y exigente es más bien una moda. Como si la infelicidad —inventarse problemas cuando no existen— fuera una pose obligatoria para ser cool. Pues entonces yo estoy desfasado del todo. Porque mis problemas son completamente verdaderos.

Me dispongo a salir.

—Adiós, Niccolò. —Laura, detrás de la barra, me saluda amistosamente—. ¡Déjate ver! No vuelvas a desaparecer durante un mes.

—Claro..., volveré pronto. Que tengas un buen día.

Laura está siempre radiante, pero no puedo decirle: «Vamos, Laura, deberías estar triste, es más cool». No lo entendería, es una pragmática. Pies en la tierra y tetas hacia arriba. Sí, indiscutiblemente es guapa, y no me parece de las que se hacen ilusiones o que se quedan con el corazón hecho añicos como Pozzanghera. No me gustaría cometer el mismo error... Pero ¿qué carajos estoy diciendo? Me ha sonreído un par de veces y ya pienso que se está echando a mis pies. Hoy debe de ser el día de la autoestima. Aunque será mejor que ponga el freno, si no tendré que buscarme otro sitio donde comprarme unos buenos *maritozzi*. Sí, tengo que acordarme de no provocar más líos sentimentales.

Aunque el que estos días anda flojo de memoria es Gio: qué raro que se le haya pasado contarme la historia de Bato, su padre y la isla... Bueno, con todo el sexo que ha tenido últimamente hasta es normal que se le haya olvidado; ¡no sucede todos los días que tres mujeres te dejen al mismo tiempo! Sus dos ex y Paula, la española amiga de María. Entonces, me echo a reír, claro, ¡tal como es, si no fuera por eso, ya estaría en las Maldivas y gratis!

Sin embargo, todavía no sé que la explicación es muy distinta.

4

Cuando era pequeño, el día de muertos íbamos a visitar las tumbas de algunos tíos abuelos y yo me divertía imaginando la vida de esos rostros anónimos que me rodeaban. Recuerdo a un viejo con una barba muy larga que se llamaba Calippo y, riéndome de aquel nombre, me imaginaba que era Santa Claus y que había acabado allí, extenuado de dar vueltas llevando regalos. «¿Y los renos?, ¿dónde están los renos?», le preguntaba a mi abuela. «En el cementerio de animales», contestaba ella. Yo no sabía dónde estaba, pero un día, al pasar por delante del zoológico vi a unos manifestantes con una pancarta en la que decía: ESTO ES UN CEMENTERIO DE ANIMALES. Desde entonces me convencí de que los renos de Santa Claus también estaban allí, y cada vez que íbamos de visita al zoológico con la escuela intentaba descubrir dónde estaban enterrados. Hoy el zoológico se llama Bioparco, todos los animales están vivos y siempre está lleno de gente. Sin embargo, el cementerio tiene más éxito: es el único lugar que sin duda todos visitarán..., una frase que bien podría haberme dicho mi padre.

Sigo caminando y, cuando vuelvo la esquina, en ese pequeño remanso donde él reposa, encuentro a mi madre y a mis hermanas. Instintivamente escondo la carta que he traído para papá en el fondo del bolsillo.

—No lo puedo creer, estamos todos aquí —suelto.

—Sí... —dice mi madre en un gemido, y enseguida se pone a llorar en voz baja. Sollozos apenas perceptibles. Valeria resopla, mientras Fabiola le rodea los hombros con el brazo.

—Pero si es una cosa bonita, mamá, casi tendría que hacerte gracia...

Valeria es la que interviene ahora.

—Oye, perdona, pero ¿por qué lo dices? ¿Qué tiene de gracioso que estemos todos aquí en el cementerio?

Bueno, de hecho, visto de esta forma sí que hace un poco de gracia. Y mamá, al final, sin querer sigue ese consejo y en parte ríe y en parte sigue llorando, en una alternancia tan repentina e increíble que al final a mí también me entran ganas de reír, y luego a Valeria, y al final también a Fabiola. Y así empezamos a reírnos los cuatro y no podemos parar. De vez en cuando miramos alrededor para cerciorarnos de que no nos esté observando nadie, porque sin duda nos tomarían por unos locos que no tienen ningún respeto, y ¿cómo podríamos negarlo nosotros? Entonces, poco a poco, nos acercamos unos a otros y nos abrazamos. Lentamente las risas se van apaciguando. Y nos abrazamos todavía con más fuerza en este extraño silencio que se ha creado. Después nos soltamos, nos separamos de ese grumo de cuerpos y de emociones y nos quedamos delante de la imagen de papá.

Valeria pone unas flores azules y blancas dentro de un pequeño jarrón. En cuanto se aparta, Fabiola se inclina para colocarlas mejor; según su acostumbrada manía perfeccionista, las separa un poco entre sí como si así pareciera que hubiera más, como si de alguna manera pudieran llenar ese vacío.

Mamá llega poco después con una jarra que ha encontrado en alguna parte y que ha llenado de agua; echa un poco en el jarrón y lo deja allí cerca mientras yo me quedo quieto observando esta escena casi irreal.

Mamá es la primera en hablar.

—No he visto nunca a nadie aquí, y hoy estamos todos. Estoy asombrado.

—¿Por qué?, ¿ustedes tres no vinieron juntas?

—No. Yo he llamado a mamá y cuando he sabido que venía le he dicho que nos encontraríamos aquí —dice Fabiola, que evidentemente tiene que hacerse perdonar algo.

Valeria se ríe.

—Yo, en cambio, estaba en una clase en la universidad y me dio por venir. —Se encoge de hombros—. No me pregunten por qué.

—Si estamos aquí todos por casualidad puede que sea por algún motivo...

Mamá se acerca a la lápida y acaricia el nombre de papá.

—Quizá quiere decirnos algo.

Entonces me armo de valor, mientras arrugo definitivamente la carta en el bolsillo. Hago una pelota que aprieto en la palma de la mano hasta hacerme daño.

—Me voy a España...

Fabiola está entusiasmada, radiante.

—¡Qué bien! ¿Para siempre?

Valeria reacciona con su acostumbrado desencanto.

—Nos está tomando el pelo.

Mamá es más realista.

—¿Cuándo?

—Dentro de dos días. Me voy con Gio. ¿Saben?... —me dirijo a mis hermanas, que no tienen ni idea de nada—, he ganado al rasca y gana y quiero regalarme este viaje.

—Pues claro, haces bien. Yo me pasaría el día viajando —continúa Fabiola—. Siempre que los microbios lo permitan —puntualiza riéndose de sí misma.

Valeria me mira socarrona.

—A España, ¿eh? —Seguro que ha pensado en María, pero no dice nada.

—Sí, a Madrid.

—¡Ah, muy bien, si te encuentras con algún vip tómate una foto con él!

—Claro...

—Mejor dicho, cásate con alguien de la familia real. Y que sea guapa. Pero, sobre todo, rica.

—Mejor aún, no, toma un curso de flamenco y déjate fotografiar con una de esas guapísimas bailarinas con los vestidos de lunares —dice Fabiola, dejándose llevar por la fantasía.

—De acuerdo, lo intentaré.

Mamá se ha quedado callada, ahora levanta la cabeza y me mira.

—Se marcha el hombre de la casa.

La abrazo.

—Mamá, no estaré fuera ni una semana, no te vas a dar cuenta.

—Me doy cuenta hasta cuando no vienes a cenar... —Y nos quedamos así, los cuatro de pie, uno al lado del otro, por primera vez desde el último día que nos despedimos de papá. Al final mamá suspira.

—Tu padre y yo nunca fuimos a España. Lo habíamos pensado alguna vez, como tampoco estaba tan lejos...

Y en ese instante siento que me muero, no sé qué más decir, me quedo a su lado, con el brazo sobre sus hombros, y los ojos se me llenan de lágrimas, arrollados por ese dolor inmenso que te da la vida cuando te deja claro que algo se ha acabado para siempre. Un sueño que no puede convertirse en realidad: mis padres ya no podrán ir a España.

Pero, papá, te juro que cuando vuelva te lo contaré todo. Aunque no te lo escriba, vendré y te lo contaré.

5

El día antes de partir tengo la sensación de que es un día suspendido en el aire: ¿me he despedido de todo el mundo? ¿Y si no regreso? ¿Qué no debo olvidar llevarme? Doy vueltas por la casa, abro el armario, agarro algunas camisetas, también un suéter, no, mejor dos, el azul oscuro y el azul más claro, que son mis favoritos. Me hacen sentir seguro y, a pesar de que me quedan algo anchos, me siento bien con ellos, es más, me gustan precisamente por eso, porque me hacen la vida más cómoda.

Tomo algunas camisas, dos blancas, tres azul celeste, tres de rayas, dos de cuadros y además un saco azul marino, dos pantalones de mezclilla, un pantalón azul algo más elegante, dos pares de tenis y unos zapatos de Tod's. A lo mejor nos dejamos caer por algún acontecimiento social.

No sé qué habría dicho mi padre de que me fuera. Una noche le confesé a Alessia que movía las manos como lo hacía mi padre. Entonces ella me dijo: «Un hombre sabe cuándo se hace viejo porque empieza a parecerse a su padre». Después vio que estaba triste y me abrazó.

«Para el mundo tú puedes ser solo una persona... Pero para mí tú eres el mundo.» Me estrechó con más fuerza y no sé cómo conseguí contener las lágrimas. Me habría gustado echarme a llorar para demostrarle cuánto me había impresionado aquella declaración, mostrarme realmente desnudo y enamorado ante sus ojos. Pero no pude.

Después, un día, ni siquiera sé cómo, vi esa misma frase en internet. Era de Gabriel García Márquez. Alessia la había copiado y no me había dicho nada. Sentí como si se hubiera apagado una luz en mi interior: en ese momento me di cuenta de que había algo extraño, que salía con una persona a la que tal vez no conocía. Me habría gustado que inventara palabras solo para mí y, en cambio, las tomaba de otros. El problema no era eso, es más, me quito el sombrero ante el premio Nobel, pero ¿por qué engañarme? Aquella noche estábamos juntos delante del televisor viendo «X Factor». Sentados el uno junto al otro, y aun así nos hallábamos lejísimos. La miraba y, testarudo como un niño, tenía ganas de decirle: «Oye, aquella frase no era tuya, era de García Márquez, ¿por qué no me lo dijiste?». Y a lo mejor nos habríamos reído juntos de ello. ¡A lo mejor habríamos decidido que un día llamaríamos Gabriel a nuestro hijo! Sin embargo, una vez más, me quedé callado. Después Alessia se volvió hacia mí y me sonrió.

—¿Has visto qué bien canta Mika?, y es guapísimo, ¿no? Eh, ¿no estarás celoso? De todos modos, me parece que es más fácil que se enamore de ti que de mí.

Yo en aquel momento pensaba en todo menos en Mika y en «X Factor».

—¿Sabes que Mika está haciendo furor con una canción que se llama *Grace Kelly*? Pero ¿qué te pasa? ¿Por qué me miras así?

—Eres guapa. —Simplemente le dije «Eres guapa», y ella sonrió y luego incluso se puso colorada.

—Ya, cuando dices eso me incomodas. —Y siguió viendo el programa y bailando al ritmo de la música.

Cuando conté en casa la historia de Alessia y la frase de García Márquez, que se había convertido en mi tormento, cada uno tuvo una reacción distinta.

—Oye, perdona, ¿no podría ser que se le hubiera ocurrido a ella, que se le pasara por la cabeza una frase parecida? Tampoco es que usara las mismas palabras —intentó justificarla mi hermana Valeria.

—Idénticas.

—Está bien, sin duda tienes razón. Pero entonces, perdona, ¿para qué me lo preguntas?...

Y se metió en su cuarto dando un portazo. Valeria es así. O es como dice ella o... ¡es como dice ella! Papá, en cambio, le dio la vuelta a la situación, desviando la atención sobre mí, haciéndome sentir un poco estúpido.

—¿De verdad tiene tanta importancia para ti?

—Eso no tiene nada que ver, solo quería saber su opinión. En resumen, ¿es plagio o no?... Tampoco se trata de un juicio —protesté yo, haciendo ver que era una cuestión más universal que personal.

A mi madre y a Fabiola, mi hermana mayor, ni siquiera les saqué el tema, habrían condenado a Alessia sin ninguna duda. En el fondo, nunca la soportaron. Y en este momento tengo que decir la verdad: me importa un pimiento... Me interesa más saber si encontraremos a María y a Paula. Gio ha pagado al portero del hotel en el que estaban aquí en Roma para saber la dirección de María en Madrid, la que dio cuando se registró. Pero tal vez el portero, por no correr riesgos, le haya dado una falsa. Habrá pensado: «Total, como mucho le enviarán una postal, un regalo», tampoco sabe que hemos decidido ir a verlas a España.

Bueno, aunque esa bendita dirección sea un embuste, me siento más ligero. Detrás de un viaje siempre hay una fuga o un reencuentro. Eso dicen. Si no encuentro a María, a lo mejor me encuentro a mí mismo.

Voy a la habitación de Valeria. Allí es donde guardamos las maletas, en el desván del falso techo. Me subo a una silla y el corazón me da un salto cuando lo primero que sale es la maleta de papá.

Me doy cuenta de que, desde que él se fue, mi vida ha cambiado, me faltan sus sugerencias, aquella sabiduría disfrazada de sarcasmo que me ayudaba a afrontar las cosas con ligereza.

Estoy seguro de que se habría burlado amablemente por lo mucho que estoy sufriendo con la historia de Alessia. «Hijo mío, si las mujeres te dejan así, ¿estás seguro de que no son mejores los hombres? Por lo menos puedes dejar de ducharte durante un par de días, total, no se dan cuenta.» Ése era su sistema cuando me quejaba de mis miles de problemas. Como la primera vez que saqué un tres en matemáticas y no quería volver al colegio: «¿Qué hay que sacar? ¡Demuéstrale que eres bueno haciendo multiplicaciones, saca un seis la próxima vez que te examine!». «Papá, tú no lo entiendes...»

Me río solo, acordándome mientras miro su maleta. Es de tela marrón oscuro con aplicaciones de piel: la huelo, todavía siento el lejano aroma de su agua de colonia.

Me basta un segundo para decidirlo: quiero llevármela, será mi manera de hacer que venga conmigo a España.

Abro bien las puertas para sacarla sin que se caigan las

otras maletas apiladas, y entonces, en el fondo de la repisa, encuentro una caja de cartón blanca con un lacito rosa encima. Es uno de esos estuches para el álbum de fotos que te regalan cuando te casas o cuando nace un bebé. Debe de ser un regalo que mis padres nunca han utilizado. Intrigado, la bajo y la dejo sobre el escritorio.

Dentro hay un gran álbum con la portada de piel, de un rojo cereza. La verdad es que es un color un poco estridente para una boda. Y así es, en la primera página aparecen las fotos de Valeria y papá. Nunca las he visto antes. Es una de esas colecciones que se hacen con los primeros pasos de un bebé. Debajo de cada foto hay un pequeño texto con la caligrafía inestable de Valeria de pequeña.

«Mi primer beso», y sale ella, apenas una bolita, en brazos de papá, muy joven. Él la mira con una sonrisa llena de amor, la estrecha contra su pecho, la sujeta con la mano izquierda, el rostro inclinado sobre aquella carita colorada. Esta foto debió de tomársela mamá o, aún mejor, el tío, o un amigo de visita. Seguro que yo no, todavía era demasiado pequeño por entonces.

Sigo hojeándolo y recorriendo las frases de Valeria, que crece acompañada de papá.

«Mis primeros pasos», «mi primera Navidad», «mis primeras velas de cumpleaños», «mi primer día de escuela»... Y papá está allí, acuclillado junto a la mesa de la guardería, sonriente, lleno de optimismo por todas las cosas buenas que le ocurrirán a su niña. Y seguro que piensa que siempre estará a su lado y la protegerá hasta el fin de sus días. Todos los padres desean lo mismo para sus hijos. Piensan que los verán estudiar, crecer, licenciarse, trabajar, y luego los llevarán al altar, los ayudarán con los nietos, incluso los verán partir. Pero después el destino se pone por medio. Quién sabe qué clase de abuelo habría sido papá...

Otras fotos de Valeria van pasando ante mis ojos, las instantáneas de una infancia feliz. Aquí mete el dedo en el pastel, ahora está en el coche haciendo que conduce, sentada sobre las piernas de papá mientras sonríe cogida del volante; casi parece que quiera arrancarlo, y él la mira orgulloso.

Papá sentía una especie de predilección por Valeria, tenían una relación única, privilegiada. Ella siempre lo supo. Y de hecho aquí está en la fiesta de su cumpleaños dieciocho: «La fiesta más bonita de mi vida..., con mis dos amores, papá y Giorgio. Pero me parece que a Giorgio lo voy a dejar».

La cosa está en que así acabó. Valeria dejó a Giorgio no mucho después de aquella noche. Mi hermana se mueve por instinto, nunca ha tenido paciencia. Ya de jovencita, en cuanto las cosas iban bien o el chico estaba demasiado enamorado de ella, Valeria lo dejaba: ella necesitaba que hubiera lucha, tenía que discutir con ellos, por el gusto de tenerlos controlados. Papá adoraba ese lado de su carácter, aunque se mofaba de ella.

—Pero ¿por qué no sales con alguien que tenga un restaurante?

—¿Por qué?

—¿Te imaginas lo bonito que sería si se aventaran los platos a la cabeza?...

—¡Papá..., qué tonto eres! Tú no me entiendes.

—No se le dice tonto a tu padre... y, por otro lado, ¿por qué tú y tu hermano siempre me dicen que no los entiendo? ¿Es solo cuando les llevo la contraria?

El momento en que Valeria más lo quería era cuando empezaba una de sus discusiones absurdas, en las que bromeaban y reían, y se decían de todo, un poco en serio, un poco en broma, y ella podía mostrarse combativa y seguir escurriéndose, hasta que papá la abrazaba, la tomaba prisionera y la llenaba de besos.

Como en la foto que estoy mirando ahora, en la que Valeria, completamente despeinada, se ríe abrazada a papá en el sofá, y al lado dice: «Yo, pequeña prisionera... ¡Libérame, papá!».

Y debajo, un texto más reciente: «Aunque ahora lo daría todo por ser tu prisionera una vez más».

Esas palabras me encogen el corazón y me devuelven bruscamente a la realidad. Me quedo allí, mirando esas fotografías con los ojos brillantes, leyendo ese desesperado último deseo que Valeria ha logrado expresar.

Yo no, yo nunca he podido decírselo a nadie, pero daría cualquier cosa por poder estrechar entre mis brazos a papá una vez más. Y porque él me abrazara.

Entonces sonrío y vuelvo la página final de ese viaje hacia atrás a un paraíso que ya no existe. Hasta que lo que veo me deja con la boca abierta. Aquí están, todas mis cartas, detrás del papel de seda que cierra el álbum. Una tras otra. Incrédulo, las agarro, las reconozco, de la primera a la última. Las abro con dedos temblorosos, empiezo a leerlas.

«¿Quieres saber la noticia? He cortado con Alessia. Sí, ya sé que te gustaría decirme "Te lo dije", pero no puedes, porque sabes perfectamente que no soporto a los que dicen "Te lo dije" cuando todo ha pasado. Y, además, no me lo habrías dicho... Puede que me lo dieras a entender... como haces tú para no herir a la gente.»

Abro las otras cartas, leo unas frases, algunas las recuerdo perfectamente, palabra por palabra. Después me viene una a las manos. No, de ésta no me acuerdo. Tiene un papel ligero, lila, la abro: la letra no es la mía, las vocales están inclinadas en medio de las consonantes más derechas; entonces la reconozco, es la letra de mi hermana Valeria.

«He vuelto a pelearme con Nicco y, sin embargo, lo adoro. Si siempre ataco primero antes de dejar que hablen, para que así se callen, es para evitar tener que dar explicaciones, yo, la pequeña de la casa. Es como si para el hijo menor se hubieran previsto menos palabras, menos pensamientos, menos cosas profundas. ¿Cómo puedo competir con Nicco y Fabiola? No es envidia, al contrario, se trata de admiración, nada más, solo que la escondo detrás de la rabia, me sentiría una estúpida...»

Oigo un ruido a mi espalda, un leve chirrido, es la puerta al abrirse. Es difícil, en un instante, decidir qué hacer. Entonces veo su cara, sus ojos, mira mis manos, ve su carta y palidece. No tengo otra salida que decir simplemente la verdad.

—Estaba buscando la maleta de papá.

Valeria parece hacer como si nada.

—¿Me traerás una playera bonita de Madrid?

Deja su bolso sobre el escritorio.

—Te traeré lo que quieras.

—Ya te lo he dicho, una playera.

Se vuelve de espaldas. Entonces la detengo, le tomo la mano.

—¿Por qué tienes que hacerte siempre la dura?

Sigue sin volverse.

—Porque soy una chica dura.

—Basta ya, he leído la carta...

Permanece inmóvil, no quiere mirarme a los ojos.

—Siempre dicen que soy cínica y despiadada.

—Estamos equivocados.

Se queda un rato en silencio. Después veo que sus hombros se mueven, agitados por un sollozo. Intento que se dé la vuelta pero no quiere, niega dulcemente con la cabeza.

—No puedo...

Y entonces nos quedamos así.

—No importa.

Y al final se vuelve y de repente habla, con los ojos llenos de lágrimas, como si todavía faltaran miles por salir:

—Me gustaría tanto ser diferente, me parece que nunca he sido yo misma. Siempre soy la que hace enfadar a todos, la maleducada... pero yo no soy así.

Y se echa a llorar, esta vez a mares. Los miles de lágrimas han derribado todos los diques. Se me echa encima y yo no sé qué hacer, me encuentro con los brazos abiertos mientras mi hermana llora desesperada sobre mi pecho. Y entonces la estrecho contra mí y le acaricio el pelo.

—Ya, ya, no te pongas así, eres un poco difícil, pero no estás mal...

—Extraño mucho a papá...

Y después de su constatación, me quedo en silencio. A mí también me entran ganas de llorar, pero no es el momento, sé que ahora tengo que ayudarla.

—No esperaba que fueras tú quien tomaba las cartas... —digo.

—¿Pensabas que era Fabiola?

—Como está tan obsesionada con el orden, si hasta tritura las notas, imagínate un paquete de cartas...

Entonces se echa a reír, pero todavía tiene los ojos llenos de lágrimas, de modo que se ríe y sorbe por la nariz al mismo tiempo.

—Es verdad. ¡Bienvenido al mundo perfecto de miss Fabiola, donde todo está en orden y todo el mundo tiene que hacer lo que ella quiere, la única que nunca se equivoca! ¡Cómo me gustaría que de vez en cuando ella también hiciera alguna tontería!... ¡No es que la envidie, no, pero eso la haría un poco más humana! Yo qué sé, que por una vez resbalara en un charco...

Y me entran ganas de reír al pensar en mi hermana, con el pelo siempre perfectamente en su sitio y sus tacones de doce centímetros, cayéndose en un charco, rodando por el lodo... Si Valeria supiera todos los líos que está armando doña Perfecta en su vida, ella, que siempre está dispuesta a criticar a todo el mundo, y que ahora ha empezado a salir de nuevo con su ex de la época del instituto, le daría un patatús. No obstante, temo por la salud de Valeria y no digo nada.

—Tengo que decirte una cosa —me anuncia ella, en cambio, con tono serio. Se ha apartado y me mira directamente a los ojos—. ¿Sabes que cuando pienso que papá ya no está no me parece posible? Siento que me vuelvo loca, de repente es como si me faltara el aire. Sí, creo que tengo ataques de pánico.

—Yo también lo extraño muchísimo —le susurro a mi hermana.

Después le sonrío, exhalo un suspiro y es como si de repente algo se estuviera derritiendo en mi interior. Entonces Valeria me abraza, me aprieta, y yo sin querer, sin conseguir mínimamente evitarlo, empiezo a llorar, así, en silencio sobre su hombro. Ahora soy yo quien la necesita a ella. Y Valeria lo entiende, ya no llora, se siente más segura. Es como si poco a poco estuviera empezando a abrirse un hueco solo suyo en nuestra familia, en su vida. Pero es un instante. Un instante larguísimo. Después, como si nunca hubiera pasado nada, se separa de mí y vuelve a ser la Valeria de siempre. Es su manera de ayudarme en este momento, lo sé.

—Pásatela bien en España, te envidiaré mucho, ¿sabes? —Me guiña el ojo, sin necesidad de añadir nada más.

Me vuelvo, me seco los ojos con la playera y después hago como si nada.

—¿Aunque por culpa de Gio pueda acabar en la cárcel? —sonrío para descargar el ambiente.

—Bueno, a lo mejor allí podrás entender mejor cómo me siento... Si tengo un ataque de pánico, ¿puedo llamarte? —pregunta luego, muy seria, con los ojos un poco atemorizados.

—Mira, será mejor que no. ¡De lo contrario, el ataque de pánico nos lo va a provocar el montón de euros de la factura del teléfono!

Y estallamos en una carcajada que lentamente disuelve la tensión y se la lleva consigo. La abrazo, la levanto del suelo y la hago girar.

—Señorita, ¿quiere bailar conmigo? —digo ceremonioso.

—Caballero, mi papá me ha enseñado que no se baila con desconocidos —ríe ella.

Nos quedamos quietos y nos miramos un instante a los ojos.

Y entonces levanto la mirada y a su espalda veo a mamá

de pie en la puerta, observándonos. Se ve muy triste, con una melancolía encima que parece inextirpable. Entonces ve la pose en la que ha quedado Valeria, entre mis brazos, sobre un solo pie y una pierna levantada, en el torpe intento de un paso de danza. Y esboza una tímida sonrisa, comprende lo que todos nosotros, antes o después, aceptaremos: la vida tiene que seguir adelante.

—Cuando vuelvas de España a lo mejor habré cambiado completamente, ¿quién sabe?... Te encontrarás a otra Valeria —dice mi hermana, que no se ha dado cuenta de nada.

Le sonrío.

—¿Quieres decir que vas a apuntarte a un curso de rock and roll y por fin aprenderás a bailar? —bromeo yo.

Entonces miro de nuevo hacia la puerta. Ahora ya no hay nadie.

6

Voy a abrir la puerta con la identificación en la mano, pero no me da tiempo a terminar de abrirla del todo cuando Gio me la arranca de los dedos.

—¿Cómo no hemos pensado en eso? ¡Mira que estamos mal! ¡Está vencida y ni siquiera la habías revisado!

—Saqué mi identificación cuando era pequeño, porque querían enviarme a Francia a visitar a una tía. Después se divorció del hermano de mi abuelo y ya no quiso que fuera. Ni siquiera me acordaba de que había que renovarla.

Gio en un instante baja corriendo la escalera. Solo oigo que grita:

—Cruza los dedos, Nicco... ¡Si no, nos las veremos negras!

Por suerte conoce a gente que puede remediar este despiste. Solo espero que sea todo legal. Levanto los ojos al cielo; a veces, si no fuera por él estaría perdido.

Entro en casa y cierro la puerta despacio. Ha cortado hace poco con dos mujeres que eran toda su vida —o casi, teniendo en cuenta que mientras tanto también hubo aquella mesera, Lucia—, y con las que ha estado al mismo tiempo durante un año y pico. Un año, ojo, no un fin de semana; pero ¿cómo puedes enamorarte de dos personas a la vez? Digo enamorarte, no irte a la cama.

Normalmente lo que sucede es esto: tú sales con una chica hasta que te fastidia, después te cansas, empiezas a discutir y te buscas a otra. Al principio puede parecerte la persona ideal, la salvadora, la única solución posible, pero al final acaba fastidiándote más que la primera.

Por lo menos en «Mujeres y hombres» ocurría eso las veces que Alessia me obligaba a verlo. Por no hablar de «Belleza y poder», aunque ahí todos andan con todos, preferiblemente si son parientes, y no es fácil saber cuál es la lógica que los anima. Tampoco es fácil entender cómo Alessia podía tragarse el capítulo número dos millones de esa cosa. Tal vez tanto aguante debería haberme despertado sospechas, pero yo no era tan listo como para ver más allá de la pantalla... Todavía no tengo claro cómo surgen las relaciones sentimentales, sobre todo cuando tienen que ver conmigo.

Total, lo único que tengo claro es que en la tele, cuando A + B ya no funciona, A empieza a andar con C.

Sin embargo, Gio naturalmente ha roto todos mis esquemas. Él se comprometió al mismo tiempo con dos chicas, Beatrice y Deborah, y empezó a amarlas de igual modo.

Todo ocurrió más o menos siguiendo la misma e idéntica cadencia: el encuentro, la pasión, el primer regalo importante, la primera frase de amor, las primeras discusiones y, luego, ¡el primer engaño para ambas con una tercera!

Es como si Gio se hubiera desdoblado y hubiera vivido dos vidas paralelas. ¡¿Te imaginas cuánta confusión, cuánta energía, cuánto sentimiento, cuánto esfuerzo...?! El doble de todo, o incluso elevado al cuadrado. Tanto es así que hasta consiguieron dejarlo las dos a la vez, cuando descubrieron al mismo tiempo no solo que salía con otra desde hacía más de un año, sino que además andaba con una extranjera. La verdad es que Gio se pasó, y la cuarta en discordia, Paula, en este caso fue la gota que derramó el vaso. Y cuidado con echárselo en cara. He intentado preguntarle qué necesidad tenía de la española en medio de una situación ya de por sí complicada, y ¿qué me ha contestado? «Ésa no cuenta, no la amaba.» A las otras dos, sí, Gio está dispuesto a jurar que las ha amado a las dos en serio.

En fin. Empiezo a llenar la maleta de papá con todas las cosas que he ido poniendo sobre la cama. Añado una sudadera azul con una imagen de surf en la que dice VENICE BEACH. Con ella podrían confundirme tranquilamente con un surfista de Los Ángeles, pero voy a Madrid y además tampoco soy capaz de subirme a una tabla.

A lo mejor me estoy pasando con la ropa para frío, puede que haga un calor horrible, ya se sabe, en verano Madrid puede convertirse en un horno. Antes de añadir nada más y acabar con un equipaje de doscientos kilos, decido consultar el clima en la computadora. De la temperatura paso a la tasa de humedad y, de repente, no sé cómo, no sé por qué motivo, por qué impulso recóndito, vuelvo a estar una vez más en su página de Facebook: Alessia ha cambiado su imagen de portada.

No lo resisto, de modo que lo leo todo y también miro el resto de las fotos. Facebook es una tentación demasiado grande, parece que lo hayan hecho a propósito para espiar, mejor dicho, no, para vigilar desde lejos en mi caso: entro en su vida, de la que ahora ya estoy fuera desde hace unos cuantos meses.

La veo sonriente, etiquetada con las amigas haciéndole muecas al celular, ha añadido alguna imagen, algún emoticono, algún video, un fragmento de «Tutti pazzi per amore» y luego veintiséis fotos de Instagram que hacen que cualquier chica parezca bonita, si bien ella seguiría siéndolo aunque la fotografiaran con una vieja polaroid. Y la veo asomada a un balcón, caminando por una playa en la distancia, sonriendo, y luego una foto más de cerca, de medio cuerpo, sonriente, poniendo cara triste y cara alegre, divirtiéndose, apartándose un mechón de pelo de los ojos. Y una tras otra devoro aquella secuencia de fotografías y la veo a ella, solo a ella, y nunca a nadie a su lado.

Todos borrados ante mis ojos. No existe nadie excepto Alessia. Pero entonces una congoja se me mete en la boca del estómago, me pregunto quién le ha tomado todas esas fotos, quién tiene esos fragmentos de su vida que a mí me faltan, quién los ha vivido en mi lugar.

Y con esta última pregunta sin respuesta cierro Facebook de golpe, no quiero seguir mirando, no quiero correr el riesgo de descubrirlo. Apago la computadora y casi me dan ganas de tirarla al suelo, pero justo en ese momento recibo un mensaje en el celular. Lo abro esperanzado: tal vez sea una señal del destino, sí, que Alessia ha cambiado de idea, o una de sus preciosas fotos, o un mensaje de audio, o una canción elegida adrede para decirme que... Qué va.

«Identificación oficial, hecha. Madrid nos espera, todo perfecto, hermano.»

Gio y sus frases épicas. Pero tiene razón: es mejor mirar hacia adelante. A veces el pasado te arrolla, y te engaña. Se hace pasar por mejor de lo que fue, los recuerdos traicionan la realidad, la hacen más bella. Te parece que tu ex te importa un montón, pero solo es porque es una ex, ya no te acuerdas del aburrimiento, de las discusiones, de todos los problemas de los últimos tiempos. Tal vez solo la quieres porque ya no es tuya, pero si volvieras a tenerla, seguro que no la querrías. Entonces sonrío, ¡no está mal este momento de lucidez! Gio a veces me salva sin saberlo. Y enseguida pienso en María, en su risa ligera, en lo divertido que era salir con ella y en lo hermosa que es, en lo mucho que la extraño en serio, en lo mucho que me gustaría besarla ahora y en el hecho de que dentro de poco estaré en Madrid... Sí, volveré a verla y todo tiene que pasar todavía, todo está por descubrir, y no hay ningún pasado que confunda las ideas.

María, ya voy.

7

Miro los anuncios, la publicidad, la gente de pie en la parada del autobús, intento distraerme, soportarlo, pero es imposible. No se ha callado ni un momento desde que hemos salido.

—... además, hoy no hay quien entienda nada. Y Marino, ¿qué tenía que hacer? Cambiarlo todo, ¿no es así? ¿Y qué ha hecho? Nada, no ha cambiado nada, de modo que, perdone, pero habría sido mucho mejor que nos hubiéramos quedado con Alemanno, que por lo menos algo hizo por nosotros los taxistas...

—Sí, claro.

Desde que he salido de casa no dejo de contestar «Sí, claro...», lo habré dicho unas trece veces. ¡A esta hora, y con el sueño que tengo, solo me faltaba el taxista tertuliano! Me gustaría fingir que duermo, pero de todos modos me despertaría con un nuevo tema. Creo que algunos taxistas escogen este trabajo únicamente para hablar con sus clientes y agotarlos a preguntas.

—Mire, en mi opinión, la única obra buena de verdad que se ha hecho y que es realmente útil son los pasos subterráneos que van desde el Gemelli hasta el Olimpico, aunque hayan robado todos, porque seguro que han robado, pero al menos ha servido de algo. ¿No le parece?

—¡Sí, claro! —Catorce.

—¡Ya me imaginaba que estaría de acuerdo!

Me mira por el retrovisor y me sonríe, le correspondo pero ya no puedo más. Por otra parte, la alternativa era tomar el tren en la estación de Termini, aunque, de todos modos, para llegar allí tenía que tomar también un taxi, y habría corrido el peligro de tropezarme con un taxista que quisiera hablar de la liga de la Roma y del Lazio. Otra posibilidad era que me llevara Vittorio, el marido de Fabiola, que, cuando lo supo, se ofreció a acompañarme al aeropuerto.

—¿Cuándo te vas?

—El lunes.

—¡Precisamente tengo que ir a Civitavecchia el lunes! Si quieres te llevo, debo pasar por Fiumicino.

—No, no, gracias —mentí—, nos llevan los padres de Giorgio. —Siempre se me hace raro llamar a Gio por su verdadero nombre.

Fabiola enseguida se metió en la conversación.

—Vittorio, tú te vas demasiado temprano y tendrá que esperarse un montón de tiempo en el aeropuerto. Pero has sido muy amable...

Y le sonrió a su marido, porque su iniciativa le había gustado de verdad. ¿O era esa extraña sospecha, esa posibilidad de perderlo lo que de repente hacía que le pareciera más amable? De todos modos, una cosa era segura: Vittorio me habría hecho aún más preguntas que el taxista.

Me sonríe de nuevo.

—Perdone, jefe, ¿dónde quiere que lo deje?

—En la terminal 5.

—Ah, pues debe de viajar usted muy lejos, ¿eh?... Qué suerte.

—Sí..., por trabajo.

No sé por qué le miento, como si tuviera que justificarme por el hecho de que estoy a punto de tomar unas cortas vacaciones. Luego, para no suscitar más preguntas, tomo el celular.

—Ah... —Me mira por el retrovisor y asiente mientras Gio contesta.

—¿Sí?

—¿Ya has llegado? Yo casi estoy bajando del taxi.

—Si he llegado, ¿adónde? Estoy en casa.

—¡¿Cómo que «en casa»?! ¡Tú tienes las identificaciones! ¡No llegarás a tiempo! ¡Hay muchísimo tráfico!

Mientras grito, con el teléfono encajado entre el hombro y la mejilla, intento sacar el dinero para pagarle al taxista.

—¡Lo sabía! ¡Te dije que era mejor que pasara a recogerte! ¡Qué lío! —digo, nervioso.

—Es que se me descompuso la lavadora, tengo que esperar al técnico y no sé a qué hora va a venir...

—¡¿La lavadora?! ¡¿Y no puedes hacerla reparar cuando volvamos?! ¿No puede esperar al técnico tu madre?

—¿Mi madre? Pero ¿es que no te has enterado? Qué drama, se ha fugado con el técnico del refrigerador...

Entonces oigo las carcajadas de Gio al otro lado del teléfono.

—¡Mira que llegas a ser *susceptiblero*! Estoy en el mostrador de facturación desde hace media hora; date prisa.

Debo de haber sufrido una bajada de azúcar mientras era víctima de la broma de Gio porque me tiemblan las manos. El taxista se sube de nuevo al coche y se va. Franqueo las puertas automáticas de la terminal y me embisten los ruidos del aeropuerto abarrotado, empiezo a correr junto a decenas de personas que van con prisa. Incluso hay gente que parece contenta de ir con el tiempo justo.

Por fin sonrío cuando llego extenuado:

—¡Mira que eres idiota! ¡He estado a punto de sufrir un infarto, un poco más y tienes que irte solo a Madrid!

Saco los boletos y se los agito debajo de la nariz.

—¡España, allá vamos! —dice él, radiante—. ¡Qué bien, estoy muy feliz, déjame que te abrace!

Y me aprieta con fuerza.

—¿Sabes que, después de todo el estrés con aquellas dos, de verdad necesitaba hacer este viaje?

—Pues claro...

—No, no, en serio; tú te ríes, pero te aseguro que he acabado estresado de verdad.

—Pues piensa en sus caras cuando coincidieron y descubrieron que durante mucho tiempo habían estado saliendo con el mismo tipo, habían recibido los mismos regalos, habían cenado en los mismos restaurantes, habían tomado las mismas vacaciones en los mismos sitios...

—Pero bueno..., ¿tú de qué parte estás? ¡¿Eres amigo mío o hermano de esas dos?! —Gio mira por encima de mi hombro—. Bueno, aun así te he preparado una sorpresa. Y mira que no te lo mereces.

Cuando me vuelvo veo a una azafata de Alitalia alta y delgada que se acerca sonriendo.

—¡Hola, Giorg! —Saluda a mi amigo así; todavía hay alguien que lo llama por su nombre, es decir, medio nombre, Giorg..., no hay quien lo aguante. Masca un chicle, tiene unos bonitos dientes, una coleta alta y el pelo repeinado hacia atrás, unas bonitas piernas y la tez oscura.

—Él es mi amigo Niccolò —le dice Gio mientras se besan en la mejilla.

—Hola, encantada. Yo soy Manuela.

Tiene una bonita sonrisa.

Gio le sonríe.

—¿Y bien?, ¿lo has conseguido?

—Claro. ¿Lo dudabas?

—¡Eres fantástica!

—El comandante de su vuelo es amigo mío, ya está enterado de todo. —Después nos entrega dos nuevas tarjetas de embarque.

Gio me mira.

—¿Te das cuenta? ¡Vamos a viajar en primera!

—¡¿De veras?!

—¡Claro! ¡¿Qué harías sin mí, eh?! —me pregunta Gio, radiante.

—Lo mismo que tú sin mí... —le contesta la azafata, sarcástica.

—¡Primera clase, bien, iremos en primera claseeee! —Gio no cabe en su piel.

Manuela mira a su alrededor.

—¿Podrías evitar gritarlo delante de todo el mundo? No debe saberlo nadie. Si algún directivo descubre que les he hecho un *upgrading*, nos friegan... No sé si también quieras decírselo a los del sindicato... No, no, adelante, vamos...

Nos acompaña hasta el control de seguridad y luego nos deja con un beso a cada uno.

—Pásensela bien... y no se metan en líos. ¡Sobre todo tú! —dice dirigiéndose a Gio.

Luego se aleja con una bonita sonrisa.

—Te conoce bien, ¿eh, Gio?

Él asiente y pone esa cara de idiota que solo él sabe poner.

—También en sentido bíblico...

—Pues claro..., ¡si no lo dices, revientas!

Nos formamos en la cola para el último control y metemos las mochilas en la máquina de rayos X.

Mientras me dispongo a ponerme el cinturón en los pantalones, el reloj y todos esos accesorios que no te das cuenta de que llevas hasta que te ves obligado a quitártelos, oigo la voz del agente de seguridad, que dice:

—¿Puede abrir su equipaje, por favor?

Me vuelvo y... ¡oh, no! Han parado a Gio; esperemos que no se le haya ocurrido traer cuchillos, pistolas, droga o cualquier otra cosa que nos haga terminar las vacaciones antes de empezarlas.

El agente saca un botellín de su mochila.

—Esto no puede pasarlo...

—Pero si es agua, simple agua, no es vodka ni gasolina... Mire —protesta mi amigo, que abre la botella y empieza a beber.

—Si se la termina toda puede pasar, en otro caso tendrá que tirarla..., ¿está claro?

Gio al final se deja la mitad y entrega la botella semivacía al guardia con una mirada de falsa inocencia dibujada en el rostro. El otro la toma, la tira a la basura y le echa un vistazo que es toda una declaración de intenciones.

Finalmente acabamos pasando.

—¡Madre mía, por un instante he pensado que te habías traído un pedazo de hachís en la mochila, serías muy capaz!...

—Ya, Nicco, pero ¿por quién me has tomado?

—¡Por lo que eres! Quizá se te ha ocurrido empezar un negocio de qué sé yo en Madrid.

—¡Sí, hombre!

—Serías la única persona capaz de meter droga en España, los dejarías a todos pasmados... ¡Y tal vez lo consiguieras!

—Esto me recuerda a aquella película, *El expreso de medianoche*, ¿sabes cuál te digo?

—Sí, buenísima...

—Sí, cuando lo detienen y creen que es un kamikaze porque lleva el chaleco como hinchado, y entonces todos le apuntan con las armas y hacen que se lo abra y resulta que está lleno de grandes trozos de hachís... Y entonces los policías empiezan a reír y bajan las metralletas.

—Sí, pero él no se ríe y se pasa no sé cuántos años en la cárcel, y cada día intentan cogérselo...

—Sí, es verdad, es mejor no recordar esa parte.

Y tras echar un último vistazo al panel de salidas de los vuelos, subimos a la larga cinta mecánica hacia nuestro embarque, hacia Madrid.

8

Apenas entro miro a la derecha, a las filas de clase turista; los pasajeros van pegados unos a otros, algunos no caben, las rodillas tocan a los asientos de delante, las tripas se desbordan, los compartimentos superiores están abarrotados. Primera clase, en cambio, no tiene nada que ver: las butacas son anchas, enormes, muy distanciadas entre sí, casi aisladas. El avión, más que muchas otras cosas, te hace ver la diferencia entre los que tienen dinero, los que no tienen y los que tienen una amiga en Alitalia.

—Carajo..., no me había fijado en que era así.

—¿Así, cómo? —le pregunto mientras intento orientarme.

—Tan grande, tan padre...

Gio camina entre los anchos asientos de la parte delantera del avión. Un poco más adelante está la cabina del piloto. Una música alegre interrumpida de vez en cuando por un mensaje grabado de bienvenida amortigua el murmullo de los pasajeros.

Una azafata viene a nuestro encuentro.

—Disculpen, ¿puedo ver su boleto?

—Claro.

Gio se lo muestra con cierta satisfacción; la mira sonriente y seguidamente levanta una ceja como diciendo: «¿Has visto? Este sitio es mío, yo siempre viajo en primera clase».

—Gracias.

Y, tras recuperar el boleto, regresa a su asiento.

Pongo mi mochila en el compartimento superior y después me dejo caer en mi mullida butaca 5A. Es realmente grande, cómoda, tapizada de piel clara, muy elegante.

Al cabo de un rato llega otra azafata para servirnos dos copas de prosecco helado.

—Le dejo su flauta aquí... —me dice amablemente mientras pone la copa sobre una pequeña repisa que sale de la butaca.

Se marcha. Es guapa, al igual que todo este entorno en el que nos vemos inmersos. Estas cosas solo las he visto en las películas.

—¡Y después te quejas de mis amistades! —Gio entra así en mis pensamientos, insolente, echándomelo en cara por enésima vez.

—Basta ya...

—¿Qué nos ha traído la azafata?

—Una flauta...

—¿Y qué es?

—Esto... —y le muestro la copa.

—¡Ah! No sé qué me había imaginado... Qué la ching... —y se ríe como un loco dejándose caer en la butaca y apretando los botones, haciéndola subir y bajar, emocionado como un niño en un parque de diversiones.

Después asistimos a todo el rito de un viaje en avión: el comandante da la bienvenida a los pasajeros e informa de que estamos en séptimo lugar de la cola para salir, el tiempo que hace fuera y el que encontraremos al llegar a Madrid. Mientras el avión empieza a rodar hacia la pista de despegue, las pantallas transmiten una filmación que explica cómo hay que ponerse la máscara de oxígeno. Gio hace los cuernos y se ríe como un loco, pero luego me confiesa que le gustaba más ver ese espectáculo en vivo, con las azafatas poniéndose el chaleco salvavidas y señalando las salidas de emergencia.

Y al final oigo el ruido de los motores, la potencia aumenta, el avión empieza a ganar velocidad y traquetea en su totalidad, pero lo raro es que en estas grandes, mullidas y elegantes butacas todo parece más ligero. Miro por la ventanilla, atravesamos algunas nubes y seguimos subiendo, cada vez más deprisa. Ahora veo el mar debajo de nosotros y lentamente el avión vira tranquilo y seguro hacia la izquierda y continúa su viaje aumentando la velocidad; después de repente la reduce. Y todo parece más tranquilo. Ahora está en el sol. Veo la luz sobre las alas, da la sensación de que alguien las haya pintado de color naranja, y también las nubes, las más cercanas, que son rosadas.

Un sonido: *ding-dong*, a continuación se apaga la señal de los cinturones, podemos desabrochárnoslos. La voz de la azafata nos da nuevamente la bienvenida y nos informa sobre los servicios que tienen a bordo. En cuanto acaba de hablar, Gio, que con su alegría y su excitación parece que vuelve a tener doce años, aprovecha para oprimir un botón y llamar a una asistente de vuelo, que llega al cabo de unos segundos.

—Disculpe, Lara... —le dice después de haber leído su nombre en la placa del uniforme—. ¿Puede traerme un poco más de prosecco?

Me mira y se comporta como si nos encontráramos en su oficina y él fuera el director de alguna multinacional.

—¿Tú también quieres? —me pregunta con aire serio.

Me encojo de hombros.

—Entonces, dos...

La azafata lo repasa de la cabeza a los pies y tengo la impresión de que ya ha visto que somos dos pobres desgraciados. Se dispone a irse cuando Gio la detiene de nuevo.

—Disculpe..., tráiganoslo en las flautas.

Y se echa a reír mientras ella se aleja deprisa negando ligeramente con la cabeza. Lleva unos pantalones de cintura alta, tiene las piernas largas y un espléndido trasero, y naturalmente a Gio no se le escapa todo eso.

—En mi opinión, en primera ponen a las chicas que están más buenas... —Después se reclina en la butaca y apoya la cabeza hacia atrás—. ¡Ahhh...! No sabes lo absurdo que me parece no haber tomado nunca el avión, te lo juro... —Se vuelve hacia mí—. Es increíble, ¿cómo es posible que no haya ido a Madrid? ¿Y cómo es posible que no haya ido en primera?... O sea, ¡yo he nacido para esto! Y pensar que te lo debo todo a ti, gracias, amigo mío... —y me sonríe. Lo miro divertido, y justo en ese momento me acuerdo.

—¡Eh! Cambiando de tema... Nunca me lo habría esperado de ti, no me has dicho nada —le digo en un tono de reproche.

—¿De qué? —me pregunta levantando la espalda de la butaca.

—De Bato —contesto—. Me lo encontré ayer. Me lo contó todo y dijo que tú lo sabías...

Veo que palidece y no entiendo por qué.

—¡No, te lo juro, yo no lo sabía! —dice él casi levantando la voz y poniéndose cada vez más rígido.

—¡¿Gio?! No digas tonterías. Tú lo sabías, me lo dijo él ayer por la mañana. ¡Estaba convencido de que ya me lo habías contado!

—Ah, ¿eso te dijo?

—Pues sí...

—¡Sí, claro! ¡Cómo no! ¡Como si fuera tan fácil! Te veía tan deprimido, estabas hecho un trapo, y según el idiota de Bato yo debía ir y decirte: «¡Eh, Nicco, no te importa que Alessia salga con Bato, ¿verdad?!».

Entonces se levanta y se pone delante de mí.

—¿Sabes que casi llegamos a los golpes cuando me lo dijo?, ¿eh? Eso no te lo contó, ¿verdad?

Pero yo ya no lo escucho. Él se da cuenta, porque de repente se calla. Observa mi cara, mi mirada, completamente atónito, mudo, con la boca abierta.

—Nicco... Oh, Dios mío, no lo sabías... —murmura Gio, que finalmente se ha dado cuenta de que estábamos hablando de dos cosas distintas—. Carajo, lo siento, Nicco, lo siento mucho...

No puedo decir nada, todavía estoy aturdido. Es como si mientras voy en moto alguien me llamara desde el otro lado de la calle: «¡Nicco! ¡Nicco!». Yo me vuelvo, sonrío y no me doy cuenta de que el coche de delante se ha parado en el semáforo, de modo que me estampo de lleno. Sí, y ese alguien que me llama desde el otro lado de la calle es Alessia.

—¿Nicco?... ¿Nicco?...

Ahora es nuevamente Gio quien me habla.

—Pero ¿qué te dijo Bato?

—Que han vendido la fábrica de globos y han comprado una isla en las Maldivas... —le explico como un autómata.

Después me imagino a Alessia y a Bato. Son felices, los veo descender en un espléndido atolón desde un hidroavión que acaba de amarizar. Corren tomados de la mano por el muelle y luego descalzos sobre la arena cálida, entran en un *bungalow* y, al igual que en esos anuncios publicitarios perfectos, salen completamente desnudos para seguir corriendo hasta el último hilo de arena, después se abrazan, se besan, se tumban en la orilla, empiezan a hacer el amor y...

—¡Pero ¿por qué carajos no me lo habías contado, eh, Gio?!

Me doy cuenta de que he gritado, porque la señora elegante que está leyendo el *Cosmopolitan* se vuelve hacia nosotros.

Mientras tanto ha venido la azafata con las dos copas.

—Su prosecco...

Gio parece haber perdido las ganas de hacerse el interesante, toma las dos flautas y me ofrece una sin siquiera darle las gracias.

—¿Quieres?

—¡Sí, claro, cómo no, brindemos por esa buena noticia! —contesto, muy enojado.

—Sí, la verdad es que no es el momento... —dice Gio, y se bebe las dos de un trago.

—¿Por qué no me lo dijiste? —insisto—. Cuando te hablaba de Alessia y tú sabías lo de ellos dos, ¿cómo pudiste quedarte callado? Te has burlado de mí...

—Pero ¿qué dices, Nicco? ¡No sabes lo mal que la he pasado!

—¿Cuándo ocurrió? ¿Cómo empezó? ¿Dónde?

—¿En serio quieres que te lo cuente?

—Gio, voy a meterte esas flautas por...

—Está bien, está bien, pero cálmate. Te lo contaré todo. Sucedió por casualidad, los dos estaban muy clavados con ese juego de Mezcladitos... Al menos eso es lo que me contó Bato. Y lo que pasó es que una vez se desafiaron sin saber que detrás de sus alias precisamente estaban ellos dos.

Un flash me lleva a casa de Alessia, en esa época en que no hacía otra cosa más que jugar a Mezcladitos, se había convertido en una especie de droga para ella.

—El apodo de Bato era «Romeo 2000», y lo más extraño es que el apodo de Alessia era «Julieta».

—«Julieta»... —digo, yo le puse ese apodo, lo inventé y se lo escribí en la tarjeta de su regalo de cumpleaños.

—Para ellos se convirtió en una cita fija, se escribían en Mezcladitos, se saludaban por la mañana, durante el día, por la noche... Pero sin saber quiénes eran, solo que eran un hombre y una mujer. Hasta que decidieron ponerse de acuerdo para verse.

Gio sonríe, le parece un efecto muy teatral, como si estuviera contando la trama de una película, esas bonitas comedias con Hugh Grant y Julia Roberts. Casi parece no darse cuenta de que, sin embargo, está contando un drama: el mío.

—¡De hecho, ahora que te la cuento, toda esta historia es absurda! O sea, la vida ha hecho que se encontraran por casualidad precisamente esos dos, que no se soportaban...

—Entonces me mira y, tal vez imaginando lo que está por venir, añade—: Oye, Nicco, quizá sea mejor que...

—Continúa...

—Quedaron de verse en Susina, un pequeño restaurante en via Chiana.

—¿Susina? No me suena.

—Alguna vez Alessia había ido allí con Silvia porque está cerca de su casa. Le parecía el sitio más seguro para encontrarse con ese desconocido.

¿Por qué razón Gio sabe todas esas cosas y yo no? Alessia nunca me llevó a ese sitio, ni siquiera me lo mencionó. A lo mejor también me mintió sobre cuál era su platillo favorito, *tagliatelle* con *funghi porcini*, a lo mejor le apasionaba otra cosa y se la ha comido con Bato. ¡Ese bastardo, seguro que ella lo habrá llevado a Regoli, por eso lo encontré allí! Y además hizo ver que nunca había probado los *maritozzi*. Ahora estoy completamente seguro: fue allí a comprarlos para ella. Y yo diciéndole lo ricos que estaban, como un pobre imbécil.

—Ya sabes cómo son las mujeres..., ¿no? —me dice Gio buscando comprensión.

«No —me gustaría decirle—, no tengo ni idea de cómo son.»

—Las mujeres fantasean, sueñan, se enamoran de las palabras... Alessia le dijo que lo esperaría en ese restaurante, en la sala del fondo, la más tranquila, debajo del pizarrón...

—¿Debajo del pizarrón?

—Sí..., hay un pizarrón donde anotan las especialidades del día con gises de colores.

—Parece que tú también conoces bien el sitio...

Y de repente lo veo turbado.

—¿Qué pasa?

Entonces Gio levanta los ojos.

—Pues que yo fui a ese local al cabo de un tiempo con Deborah.

—¿Por qué?

—No lo sé. De repente todo este asunto me afectó, quería ver dónde se habían encontrado...

9

Alessia está sentada frente a la gran mesa del fondo de la última sala, debajo del pizarrón.

Llega la propietaria de Susina, una mujer muy alta y sonriente.

—¿Espera a alguien o quiere pedir?

—Estoy esperando a un... una persona —contesta Alessia ligeramente incómoda a pesar de conocer ese sitio como si fuera su casa.

—Muy bien. ¿Quiere que le traiga unas galletitas que hacemos nosotros? Están riquísimas, tiene que probarlas.

Y, sin esperar a oír un «sí», sube los escalones que llevan a la salita y desaparece en dirección a la cocina. Mientras las selecciona, la propietaria esboza una sonrisa: ha comprendido por los ojos de la chica que está esperando a alguien importante. Y se acuerda de cuando preparó esas mismas pastas para el hombre del que se había enamorado y que la pidió en matrimonio. Por eso, antes de servírselas, desciende sobre su rostro una velada sombra de melancolía, tan ligera como si fuera azúcar glas.

—Aquí tiene... —Deja el plato delante de ella.

—Gracias, sus galletas siempre son excepcionales.

La propietaria le sonríe con seguridad.

—Gracias, me alegra que me lo diga. Son mi especialidad. Una de las muchas, quiero decir...

Pero Alessia no tiene hambre. Está nerviosa. «No debería haber venido a esta cita, es absurdo. ¿Y si fuera un loco? —Después se tranquiliza—. Bueno, por eso he escogido un sitio público.» La propietaria no para de ir arriba y abajo por el local: si tuviera alguna mala intención, la emprendería a sartenazos en la cabeza contra él. Se ríe por esa ocurrencia tan tonta. A continuación saca su celular, abre Mezcladitos y busca «Romeo 2000».

Ahora ya no juega más que con él, ya no son importantes las partidas o los resultados, lo que cuentan son las palabras, y no las que forman mientras juegan, sino las que se intercambian.

Relee algunas frases: «Hoy es un día aburrido. Tal vez porque todavía no me has contestado. Lo único que podría animarme sería saber que estás demasiado ocupada... pensando en mí». «Hoy me siento otro. Hoy es un día distinto, quizá porque hace un mes que nos conocemos y yo me siento distinto, distinto desde hace un mes.» Y también: «¿Eres bonita como lo son tus palabras? No, me equivoco. Tú eres tus palabras y, por tanto, eres preciosa», «Eres la sonrisa, eres el sueño, eres la risa que llena mis días...».

Y Alessia se pone a sonreír, a leer uno tras otro esos mensajes que llevan días haciéndole compañía, semanas, meses, palabras que se han enroscado en torno a ella como una hiedra alrededor de una casa antigua, que la han hecho sentir bella, alegre, importante..., de colores. Así es, se siente una chica de colores, como un dibujo en blanco y negro que mágicamente toma color a través de los pasteles de la vida.

Alessia mira los últimos mensajes: «Hasta mañana». Que, por otra parte, es hoy, dentro de poco, de unos minutos, ahora. Mira el reloj y de repente empieza a latirle con fuerza el corazón, le gustaría levantarse, salir corriendo, escapar.

Se siente culpable. ¿Y Niccolò? Niccolò no sabe nada, cree que ha ido al gimnasio con su amiga. ¿Qué le dirá a Niccolò? Pero no, él no tiene nada que ver, con él es otra cosa, es una historia aparte, es algo diferente, esto es un juego. Es solo un juego, lo mismo que Mezcladitos. Sin embargo, Alessia sabe que las cosas no son así, que algo ha cambiado, que hay algo que no funciona, ya no. Y un sentimiento de tristeza la embarga, y le gustaría recoger sus cosas, levantarse y marcharse, está a punto de hacerlo, ya ha cogido el bolso cuando, de repente, por la puerta de arriba, al final de la escalera, aparecen dos piernas masculinas, un suéter, luego una mano que lleva una rosa y al final él, ese chico que sonríe y mira a su alrededor. Y cuando se ven se quedan así, mirándose, sin poder creerlo, no tienen palabras. Pero son realmente ellos, ellos mismos, las dos personas que han estado jugando, que se han escrito aquellas frases durante esos meses, que han soñado, reído, y que al final, pues sí, ¿se han enamorado? ¿Ellos, que no se caen bien, que nunca se han soportado, que alguna vez casi han estado a punto de llegar a los golpes? No puede ser.

Bato da media vuelta, vuelve enseguida atrás, se dispone a salir del restaurante, pero entonces se detiene, niega con la cabeza. No, no puede ser, es demasiado absurdo, le dan ganas de reír, vuelve despacio a la salita y le sonríe mientras baja los escalones de la pequeña escalera.

—Es una broma, ¿verdad? Me estás tomando el pelo...

Y se le acerca mientras Alessia todavía está confundida por la sorpresa. No lo puede creer. ¿Es él el autor de todos aquellos mensajes? ¿Bato, el amigo de Niccolò? Ese que nunca ha tenido consideración por las mujeres, que se burla de ellas, que se ríe de ellas, que dice que no son nada para él y que solo sirven para una cosa...

Bato se sienta frente a ella, le tiende la rosa, cohibido.

—Es para «Julieta»..., ¿se la llevarás tú?

Alessia agarra la rosa.

—Claro, yo se la daré..., es una amiga mía, me ha enviado para ver quién era el tal «Romeo 2000»..., si era un chasco.

Bato le sonríe.

—Espera, ya sé lo que vas a decirle. Pero ¿no podría ser que hasta hoy hubieras conocido al Bato equivocado? ¿Que por desgracia no hubiera podido mostrarte mi lado bueno?

—Ah, ¿es que tienes uno?

Él se echa a reír y después mira a Alessia sorprendido.

—Tienes el mismo ingenio que Julieta.

—¿Sí? Somos muy amigas. Pero dime tú, oh, Romeo, Romeo, porque tú eres Romeo... 2000, ¿no?

—A lo mejor a tu Julieta le gustaría...

—No lo creo.

—La rosa no dejaría de ser rosa y de esparcir su aroma aunque se llamara de otro modo.

—Ésa antes no la sabías.

Bato sonríe.

—Es verdad..., pero me ha gustado aprenderla. Es la tragedia más bella que existe.

Y Alessia se queda asombrada con esa frase.

Una noche, mientras Niccolò y sus amigos jugaban a las cartas y ella estaba allí, preguntó si alguno de ellos entendía de literatura o de ópera, y casi todos dijeron que ni siquiera habían leído un libro.

—¿Quién ha escrito por ti esos mensajes? ¿Los has copiado de *Cyrano de Bergerac*?

—No, aunque tú tampoco eres la artífice de esos mensajes; tú eres mucho más graciosa que Julieta.

—Pero ¿tú has contestado que no conoces el *Cyrano* por decir algo o en serio?

Y siguen dándose estocadas, intercambiando agudezas, pinchándose, se ríen y bromean, pero sienten que está ocurriendo algo. De tal manera que más tarde, en un momento dado, la propietaria se acerca, amable.

—¿Desean pedir algo para cenar?

Alessia y Bato se miran un instante, se dan cuenta de que el tiempo ha pasado volando. Siguen observándose, entonces él ve que debe decir algo.

—Sí, ¿por qué no?

—Bien, tenemos unos espárragos muy frescos, o también un excelente pollo casero de la abuela... o...

Y escuchan distraídos y al final acaban eligiendo algo rico que llevarse a la boca.

La propietaria se aleja diciendo para sí:

—Cuando se inicia una relación...

Y Bato termina la frase:

—... en comer es en lo último que piensas.

Alessia se sorprende.

—Oye, ésa no está mal, ¿eh? ¿Quién la ha dicho?

—¡Tú..., pero a saber de dónde la habrás copiado!

Y se echan a reír por esa revelación.

La propietaria se detiene en lo alto de la escalera y le dice a una mesera lo que han pedido, y a continuación los mira una vez más.

—Es algo increíble...

La mesera siente curiosidad.

—¿Qué cosa?

—El amor. El amor hace que las personas se vuelvan extraordinarias, ¿no los ves? Y puede que todavía no lo sepan...

Y se va así, orgullosa de esa certeza que solo tienen las mujeres que aman el amor. La mesera, en cambio, se encoge de hombros y anota los platillos, no sea que se le olviden.

Unas horas más tarde, después de haberse contado retazos sueltos de la vida, anécdotas del pasado —un primer novio, un plantón dado por alguien—, de descubrir que hay una canción que les gusta a los dos, una película que han visto varias veces, una metedura de pata con los padres, una playa a la que querrían volver, un concierto al que no se podía faltar, se dan cuenta de que tienen más cosas en común de lo que nunca habrían imaginado y que Bato en realidad es el apodo de Andrea.

—¿Por qué?

—¡Mira!

—Pero no tiene ninguna relación, normalmente los motes son por algo: una asonancia, una abreviatura, una broma, un porqué.

—Pues en este caso no, lo siento, no tengo un porqué.

—Qué tonto eres.

Y empiezan a reír y a mirarse de una manera completamente nueva, sin darse cuenta de que en el restaurante ya no queda nadie.

—¡Eh, me parece que tendríamos que irnos, han subido la música y después la han quitado de golpe! —dice él.

—O tienen un DJ chiflado o tienes razón... —comenta Alessia.

—La segunda... —puntualiza el chico, apuntándole con el índice.

—Ahora reconozco a Bato...

—¿A ese al que no soportas? —le pregunta él con una sombra de preocupación en el rostro.

—A ese al que no soportaba... —responde ella levantándose, imitada por Bato, que recobra la sonrisa perdida un momento antes.

—Gracias, buenas noches —dice él a la propietaria después de haber pagado.

La señora deja por un instante de hacer cuentas y los mira con una sonrisa antes de que desaparezcan en la noche.

Un poco más allá, en cuanto salen, bajo la luz mortecina de una farola insegura de via Chiana, Bato se acerca a Alessia.

—Hemos estado a gusto.

—Hasta has invitado tú, o sea, ¿te das cuenta? Me habría esperado que me pidieras que pagáramos a medias, o incluso que te invitara a la cena —dice Alessia riendo por aquella broma, pero Bato la atrae hacia sí, con amabilidad, y su risa acaba perdida en un beso.

Al principio se sorprende, pero después se deja llevar, se abandona, culpable pero no demasiado, como una moderna Julieta que se deja besar por su Romeo 2000. Y cuando ese beso termina, se quedan un rato más juntos con los ojos cerrados, respirándose encima, en ese silencio único que solo los besos saben crear. Pero luego Bato la mira y se infunde valor ayudándose con una broma:

—Houston, tenemos un problema...

Alessia sonríe, pero con una vena de melancolía, y la luna alta en el cielo, por supuesto, no ayuda.

Asiente.

—Sí, estoy preocupada...

—Yo también...

Bato la mira, serio.

—Para mí es una persona importante.

—Para mí también.

10

Gio me mira para ver qué efecto me ha causado todo lo que me ha contado.

—¡Era tan importante que me engañaron los dos! ¡Imagínate si llego a no importarles!...

—Vamos, Nicco, carajo, no te pongas así. Te dije que hubiera sido mejor que no te lo contara.

—¿Quién más lo sabe?

—Nadie. O sea, al menos aparte de Bato, nadie. Alessia no sé a quién puede habérselo dicho, quizá eso lo sepas mejor tú.

Y entonces intento recordar a quién he visto últimamente de la gente que nos conocía. Y de repente me viene a la cabeza el concierto de Coldplay, ese concierto con María y luego al final el encuentro con Alessia. Sí, la veo como si fuera ahora, cuando me reconoce entre la multitud, cómo me saluda, con qué naturalidad, como si hiciera unos pocos días que no me viera. Abro los ojos.

—El concierto de Coldplay. Él también estaba, ¿verdad?

Gio asiente.

—Por eso no parabas de preguntarme a quién me había encontrado... A ti nunca te importa un carajo nada... pero, en cambio, aquella noche después del concierto, querías saberlo todo, de cabo a rabo. Era porque sabías que iban a ir juntos.

—Tenía la esperanza de que lo descubrieras por ti mismo, sin que yo tuviera ninguna culpa.

—En la vida tenemos que asumir nuestras culpas.

—Habríamos estropeado nuestra amistad.

«¿Y no lo hemos hecho ya?», me gustaría decirle. Pero me quedo en silencio. Lo miro. Está desconsolado, realmente disgustado. No, tal vez no, pero en este momento no puedo pensar, de modo que me vuelvo hacia el otro lado, reclino la butaca y cierro los ojos. Oigo que se levanta y se va.

¿Qué te queda de un amor cuando acaba? Recuerdos sueltos. Hermosos, frescos, nítidos, cada vez más dolorosos, como trozos de cristal cortante, y cuando con el tiempo se desdibujan no sabes si estar contento o desesperado por el miedo a que se diluyan del todo.

Y silenciosamente me caen las lágrimas y no puedo detenerlas, quizá porque en realidad estoy pensando en mi padre, en la vida, que siempre te quita algo, en papá, que ya no está. He cargado sus fotos en mi celular y de vez en cuando las ojeo. Están todas las que tenía, desde que era pequeño y él joven hasta que crecí y él empezaba a envejecer. Tal vez estoy tan mal por Alessia, porque me obliga a pensar en mi padre. En la vida, las cosas bonitas que nos llegan a veces las vivimos con demasiada prisa o distraídos, y luego, de una manera o de otra, estamos destinados a perderlas.

—¿Quiere comer algo?

Me vuelvo. La azafata está a mi lado, me sonríe, luego se da cuenta de cómo estoy y enseguida cambia de expresión.

Por un momento se siente incómoda, pero al instante siguiente vuelve a sonreír y hace como si nada.

—Tenemos un filete excelente, pero si quiere vuelvo luego.

Asiento.

—Sí, luego, gracias...

De modo que se aleja. He visto en la placa que se llama Eva, y es una chica guapísima.

«Eva, la primera mujer. Alessia, la última...», pienso.

Me pongo los audífonos, selecciono el idioma y busco una película. Encuentro la de Checco Zalone, *Che bella giornata*, pero me parece la película más triste que he visto nunca. Solo veo a un tipo medio calvo que se mueve entre la gente, que quiere conquistar a una chica que en la vida real no saldría nunca con él, tal vez ni siquiera le dirigiría la palabra. Las películas son como Alessia y Bato: no dicen la verdad, te toman el pelo, mejor dicho..., peor, te traicionan. Luego, no sé cómo, me quedo dormido y duermo sin sueños hasta que alguien me toca el hombro, me zarandea varias veces y al final abro los ojos.

—Nicco... ¡Nicco! Eh... Anda, despierta, que van a servir un aperitivo.

Es Gio.

—Antes tampoco has comido nada. ¡Anda, que tenemos que estar fuertes para conquistar España!

Me lo dice así, como si todo lo que me ha revelado antes no tuviera ninguna importancia. Y luego se va, dejándome solo en mi asiento.

Niego con la cabeza e incorporo la butaca. Llega la azafata y, sonriendo, me deja una bandeja al lado. Lleva un café humeante y un jugo de naranja, todo muy apetitoso.

—Si quiere cualquier otra cosa lo único que tiene que hacer es llamarme.

Es una chica distinta, tiene el pelo castaño claro y los ojos verdes.

—Sí, gracias.

La azafata se aleja deprisa dirigiéndose hacia otro pasajero. Me bebo el café y a continuación muerdo un bocadillo.

Veo que Gio habla con Eva; quién sabe qué tonterías le estará diciendo con tal de ligársela, los cuentos que le estará contando: que es un hombre de negocios, un cazador de talentos, un comerciante de diamantes...

—No, no, ahora tiene que tener el cinturón abrochado porque vamos a aterrizar.

—¿Sabes que le he agarrado el gusto a esto de volar? O sea, a mí me daba miedo, pero mi amigo, ese de ahí —me señala, me ve y me guiña el ojo—, ha hecho que lo supere... ¿Ustedes cuánto tiempo se quedarán en Madrid?

—Siempre demasiado poco... Disculpe, pero me llaman del *office* —contesta la azafata.

Eva se vuelve, mira a su compañera y levanta la ceja como diciendo: «Qué pesado». Después desaparece detrás de una cortina.

Gio, en cambio, me sonríe, convencido de haber conseguido ligársela.

El avión da un pequeño salto. Me aprieto un poco el cinturón, me echo hacia atrás, recuesto mejor la espalda y luego cierro los ojos. El personal de vuelo pasa por la cabina, entre los pasajeros, cansados, alegres, soñolientos, excitados, para controlar que todo esté en orden mientras una voz femenina anuncia que faltan pocos minutos para aterrizar y que debemos recordar llevar con nosotros los objetos personales. A mí, en cambio, me gustaría dejar a bordo a mi antiguo yo y ponerme a caminar por Madrid dentro de un Nicco completamente nuevo, con una nueva vida y nuevas ganas de seguir adelante.

Otro salto. Me vuelvo para mirar a Gio. Tiene los ojos cerrados y las manos aferradas a los reposabrazos, con tanta fuerza que los nudillos se le ven blancos. Como si sintiera que lo están observando, se vuelve hacia mí y yo me aprovecho.

—¡Eh, Gio, tranquilo, lo peor que puede pasar es que se caiga!

Me tomo mi pequeña revancha. Él esboza una sonrisa pero es evidente que está aterrorizado, y el hecho de reírme de todo esto de repente me tranquiliza. Si ahora tuviera que morir, dejaría alguna decepción, alguna carcajada que he provocado a alguien, alguna demostración de gran amistad, algún intento de empezar a escribir un libro.

Otro salto increíblemente más fuerte y me doy cuenta de que Alessia ya no me importa nada, y entonces tengo que esforzarme un instante para intentar comprender, para dilucidar si se trata realmente de un pensamiento mío o, en cambio, me estoy obligando a pensarlo. No, en un segundo lo entiendo todo... Yo amo a María. Veo su sonrisa, su risa. Aquí está, sentada a mi lado, se vuelve de repente y me mira sorprendida, no lo entiende.

«¿Qué dices? —Se echa a reír—. ¿Qué quieres decir?...» Y empieza a hablar, con sus miles de palabras en español, todas aquellas cosas que me habrá dicho y que no he entendido y que he fingido entender. Después, la belleza de aquellos besos y la forma como me miraba, a veces tan pequeña, tan ingenua, tan niña, y de repente mujer. La belleza de una extranjera que disfruta de la vida. Para ella cualquier sitio parecía perfecto, no ponía problemas sobre dónde comía, lo que comía, sobre adónde iríamos después, qué haríamos, un restaurante, un pub, una discoteca, un paseo.

Así es, solo cuando una persona pierde algo se da cuenta de lo que tenía. Con María sucedió una cosa increíble, nunca me había ocurrido salir con una chica y no pensar en adónde iba a llevarla.

Se oye un ruido fuerte, repentino. ¿Qué es? Estoy asustado. Si muriera ahora me encontraría de nuevo con mi padre. Tal vez, siempre que las cosas sean tal y como nos las han contado. Hay opiniones diversas.

Entonces, la realidad: es solo que el tren de aterrizaje se ha abierto.

Un chico y una chica sentados delante de mí se asoman de sus butacas, alargan el brazo, se dan la mano, se sonríen. Lo que más me impactó de lo que leí sobre la tragedia del 11 de septiembre es que las personas que iban en el avión que estaba a punto de estrellarse contra las Torres Gemelas conectaron sus celulares y enviaron mensajes: «Te extrañaré», «Mamá, te quiero», «Amor mío, te amo». Todos ellos, mensajes de amor. Porque en ese momento una persona solo quiere que se sepa cuánto ama, que lo comprendan, que no lo olviden.

Después oigo que las ruedas tocan el suelo, todo el avión se posa en un instante, y cuando frena me parece que me succionan hacia atrás. Un compartimento superior se abre y cae una bolsa del *duty free*.

Ahora sí, ya hemos llegado, y entonces me echo a reír. Si nos hubiéramos caído no habría enviado ningún mensaje de amor a María, no le habría dicho lo que siento por ella, que he viajado hasta Madrid para verla. Y ¿por qué no lo habría hecho? Muy fácil: porque no tengo su número de teléfono.

11

Precisamente la semana pasada leía en *Wired* que Plácido Domingo ha entrado en el Guinness de los récords por haber recibido un aplauso de ochenta minutos al final de un concierto. No me puedo ni imaginar lo que se debe de sentir en medio del alborozo del público exultante durante ochenta minutos. Cuatro mil ochocientos segundos en los que la gente reconoce tu talento, tu calidad, te quiere sin reservas y manifiesta su gratitud por el espectáculo que le has ofrecido.

Bueno, no está durando tanto, pero llevamos un rato aplaudiendo al piloto, agradeciéndole que nos haya hecho aterrizar sanos y salvos. Aunque es uno de los pocos casos en los que no pediría un *encore*. Gio está entre los más exaltados, de vez en cuando incluso emite un medio silbido que se intercala con los gritos de un bebé que se ha despertado con ese estallido de alivio colectivo.

Ha recobrado el color, mi amigo en su primer vuelo, y se está dejando llevar por el entusiasmo, de tal manera que mientras los pasajeros de su alrededor empiezan a desabrocharse los cinturones y a recoger bolsas y chaquetas del compartimento superior, él todavía aplaude siguiendo el compás, y hasta sigue el ritmo de la *Marcha Radetzky* de Año Nuevo: «Tarará-tarará-tarará-tatá...».

Me acerco y le doy un codazo.

—¡Idiota, para ya!

Gio se vuelve y se encoge de hombros con aire de superioridad.

—¡Habla míster Valentía! ¡Oye, que te he visto, tú también te estabas meando encima mientras nuestro capitán... —se levanta y empieza a hacer girar las caderas sinuosamente— nos estaba haciendo bailar el *laaap-daaance*!

No sé qué turbulencias son más peligrosas, si las del avión o las de Gio de camino a Madrid.

Mientras tanto, el numerito no parece que divierta mucho a una anciana japonesa que está detrás de nosotros y que, sin proferir ni una palabra, se abre paso con su puntiagudo neceser de Louis Vuitton, lastimándome en el hueco de la rodilla con una especie de sablazo.

—¡Ay! ¡Y apuesto a que es de imitación! —me quejo señalando el arma impropia, mientras la mujer avanza expedita como si yo no existiera.

Gio se carcajea:

—Estos japoneses, en vez del cepillo de dientes, llevan el sable en el neceser. ¿Siempre debo explicártelo todo?

Recojo mis cosas; me siento aturdido por el viaje, por todas las emociones que han llenado las casi dos horas en el aire: miedo, nostalgia, ansiedad, entusiasmo, añoranza, euforia... Ahora la alegría de haber aterrizado se mezcla con cierta confusión.

Bajamos del avión y, a través de un larguísimo túnel traslúcido, desembocamos finalmente en el aeropuerto. El gentío es más o menos el de Porta Portese un domingo por la mañana en hora pico. Aquí solo hay algún saco y corbata más y algún gitano menos.

Por un instante temo ser engullido por esa masa humana, me veo aplastado entre el enorme estuche de un contrabajo que se agita en el hombro de una especie de vikingo y una colonia de filipinos que se mueven compactos como un bloque de hormigón, creando una barrera insalvable. Tengo la cabeza aplastada bajo la axila del vikingo, los pies encajados en el carrito de uno de los filipinos, y el tronco se va por su cuenta en busca de las extremidades que le faltan. El habitual hombre de traje azul, en vez del nombre del pasajero al que tiene que acompañar, agita un cartel en el que dice: Se buscan miembros sueltos de joven italiano.

—Y ahora, ¿adónde vamos? —me pregunta Gio, que, sin darme tiempo a regresar a la tierra y contestar, se queda extasiado detrás de un mujerón de dos metros con una cabellera rubia larguísima con las puntas azuladas, recogidas al final con unos pequeños corazones de Swarovski.

»Quiero casarme con ella —dice, y se derrite observando su poderoso contoneo sobre unos tacones de aguja. Sin embargo, los tobillos revelan más de un secreto: ¡parecen los de Tyson!

—Pero ¡¿no ves que es un transexual?! —lo fulmino, jalándolo de la chamarra.

Miro a mi alrededor: el aeropuerto de Madrid es muy bonito, los techos ondulados parecen estrecharme en un cálido abrazo y enseguida me siento como en casa. La gente que pasa volando por mi lado es variopinta y sonriente, y el sonido de la lengua española me envuelve con su miríada de acentos diversos y musicales. Lo bueno es que no estamos lejos de Roma, pero todo es tan parecido y diferente al mismo tiempo.

Se diría que este aeropuerto es un muestrario del mundo, están presentes todas las razas y las clases sociales. Desde el rasta con un par de grandes audífonos en las orejas, que escucha música y sigue el ritmo moviendo la cabeza, hasta dos sijs con sus elegantísimos turbantes y el maletín debajo del brazo, o la pareja de mexicanos con sus sarapes de colores.

—Carajo, es realmente un *melting pot* —comento, fascinado.

—¿Dónde? ¿Dónde? A lo mejor nos regala una entrada para el concierto.

—¿Quién?

—El de ese grupo..., los Meeting Pop.

Niego con la cabeza, desconsolado.

—¡Sí, claro, para el festival de Comunione e Liberazione en Rímini! ¡Lo que quiero decir es que aquí hay una mezcla de razas increíble!

—Sí, sí. ¿Es que nunca has estado en piazza Vittorio? —replica Gio con un aire de experto.

Aquí los taxis son blancos, como los que salen en las películas. Subimos a uno, Gio saca del bolsillo un papel completamente arrugado y muestra la dirección al taxista mientras justo en ese momento suena mi celular, contesto y oigo la voz de mi madre:

—Niccolò... ¿Niccolò? ¿Cómo estás?...

—Mamá, bien, tranquila.

—¿Cómo ha ido, Nicco? No habrá pasado nada, ¿verdad? No los habrán arrestado...

Sí, basta que te vayas a España para que las preocupaciones tomen dimensiones internacionales.

—Todavía no..., ejem, o sea, no, no, ya estamos en el taxi, vamos al hotel.

—¿Has intentado reservar en el Ritz? Era uno de los hoteles que papá había subrayado en la guía..., decía que quería llevarme allí si íbamos a Madrid.

El Ritz es un hotel de superlujo, una habitación cuesta entre trescientos y tres mil euros. Está claro que Gio y yo nunca podríamos haber hecho una reservación allí, ni siquiera a cambio de fregar platos toda la vida.

Y está claro que papá lo había subrayado para que mamá se sintiera como una princesa, porque así es como hay que tratar a las mujeres según él, y tal vez haciendo un esfuerzo la habría llevado allí.

Lo malo es que después no pudo ir a Madrid, ni siquiera a una pensión baratita.

—No, mamá, es demasiado caro para Gio y para mí.

—Pero llevaste la guía de papá, ¿verdad?

No, he cogido su maleta, la guía se me ha olvidado, pero a veces es mejor mentir.

—Claro que la...

La comunicación se interrumpe. No tengo pila.

—Ahí lo tienes, es culpa de tu Steve Jobs, con esas baterías que duran dos segundos —regaño a Gio, que ha pegado la nariz a la ventanilla y ya no se aparta de ella.

—Oh, Dios mío, hasta el tráfico de Madrid es más bonito que en ningún país del mundo. ¡Eh, mira, cuántas luces, mira aquella fuente qué bonita! —me dice Gio indicando una fuente monumental, que representa a una diosa sentada en un carro tirado por dos leones. El juego de chorros de agua es hipnótico, y me parece que Madrid nos está recibiendo de la mejor de las maneras.

Luego el taxi se detiene en un semáforo, mostrándonos una vista espectacular, una serie de palacios blancos, restaurados, y en el fondo un edificio altísimo en el que se lee «Metrópolis» y una cúpula negra con un ángel encima que parece levantar el vuelo, en este mismo momento. Gio lo señala con el dedo, como un niño, y ese dedo se mueve frenéticamente de un punto a otro.

—¡Pero si aquí es todo más grande, parece que estamos en Nueva York!

Una chica preciosa cruza la calle, tiene el pelo oscuro y largo, camina con la cabeza alta y es tan elegante que cada uno de sus gestos parece un paso de baile. Quién sabe si es consciente de que todas las miradas apuntan hacia ella. Tal vez se llama Penélope, o Lola, o puede que María... Me viene a la cabeza aquella canción que sale en una película del gran Almodóvar... *Volver...* Y ahora yo también siento que estoy volviendo de alguna parte, a pesar de que no había estado antes en Madrid...

—¡Eh, mira, Nicco, estamos en la Gran Vía! —me dice Gio arrancándome de mis pensamientos.

Letreros centelleantes, escaparates de las grandes firmas, edificios de mármol llenos de frisos, bares en cada esquina, carteles del metro que se parecen a los de Londres pero con forma de rombo, la Casa del Libro, una librería enorme que es un verdadero templo de la lectura, frente a la cual el taxista se detiene. Bajamos y agarramos nuestro equipaje.

—Debería estar aquí en la esquina, hostal Mendoza, ¿eh, Nicco?, como el sargento del Zorro, ¿te acuerdas? Con bigotito y barrigón.

—Igual que tú —le contesto dándole una palmadita en la cara.

En el vestíbulo nos recibe una atmósfera de otros

tiempos. Las paredes de color sepia hablan del Madrid de principios de siglo: grandes avenidas por donde todavía pasaban carruajes tirados por caballos, calles en construcción a principios de los años veinte, antiguos almacenes con cortinas protegiendo el escaparate, los carritos de los vendedores ambulantes... No será un sitio de lujo, pero se respira un ambiente de vieja España que no está nada mal.

No hay nadie, solo un par de impresos en el mostrador que hay que rellenar con los datos personales. Me parece que tenemos que esperar.

En ese momento, sin embargo, llega una mujer de unos cincuenta años, pelirroja y con pecas. En los brazos tiene una pila de sábanas empaquetadas.

—Discúlpenme, estaba en la lavandería —dice indicando una escalera que conduce al piso de abajo. Intuyo que el hostal lo administra una familia; la crisis aquí también ha pegado fuerte.

Gio enseguida se presenta.

—Gio..., no, Giorgio Sensi.

La señora Escobar, según lo que se lee en la placa que lleva sujeta a la chamarra, deja la ropa limpia y nos saluda.

—¿Italianos?

No tenemos el celular pegado a la oreja, no estamos hablando con mamá y, sin embargo, nos reconocen de todos modos. Empiezo a sospechar que llevamos puesta la marca de fábrica.

Después me fijo en que la maleta de Gio lleva un gran adhesivo con una pizza, el Coliseo y un plato de espaguetis que parece salido de una oficina de turismo de los años cincuenta, y entonces me tranquilizo.

La señora Escobar, en cualquier caso, parece contenta de vernos.

—Muy *bene... Mio* bisabuelo *venito qui fa molti anni.* La *mia* familia era *di* Abruzzio.

—Ah, ya verás cómo también tienen un tío —se le escapa a Gio ante ese italiano macarrónico.

—Este edificio lo construyó mi bisabuelo —nos cuenta mostrando uno de los cuadros amarillentos de la pared—. En cambio, *in questo* negocio es donde trabajaba mi abuela, después tomó una oficina para ella y ahora está *tutto nelle sue* manos.

Me pregunto si, cuando intentamos hablar en nuestro español desastroso, también producimos ese efecto.

—*Io* también tengo un *cugino* que se llama Enzo —asiente Gio, partícipe.

No, causamos un efecto mucho, mucho peor.

Y así, la pelirroja de Abruzzio nos acompaña en una visita guiada por todo el hostal y al final nos asigna unas habitaciones mejores de las que había reservado para nosotros. La mía es la número 37. Abro la puerta y lo primero que veo en la mesita de noche es la misma lámpara que tiene Valeria en su habitación. Siento que me invade una especie de serenidad. En el fondo, incluso en Madrid puedes sentirte un poco como en casa.

12

En el silencio de una habitación de Madrid.

Así se llamará mi novela, si es que alguna vez consigo escribirla en serio. También quedaría bien en un disco, como título. Aunque tal vez sea demasiado intimista, demasiado limitado, teniendo en cuenta que Lady Gaga ha arrasado con *Poker Face* y *Paparazzi*. Además, seguro que no haré ningún disco, estoy negado para la música. Todo cuanto sé hacer es escucharla. Por eso saco de la chamarra mi reproductor de mp3 y lo dejo sobre la mesita, esta noche me caerá bien, lo sé: con los nervios que tengo por estar aquí, no podré dormir.

Pero ahora sí que me echaría una siestecita, de modo que me tumbo en la cama y cierro los ojos. «Solo un momento», me digo. Y enseguida me abandono a la fantasía: me veo en una cama extragrande cubierta de pétalos de rosa mientras una masajista con la cara de Natalie Portman me unta aceite por la espalda, y otra con la cara de Jennifer Lawrence me prepara un coctel lleno de fruta y hielo. Así es, en el silencio de una habitación de Madrid..., que, sin embargo, se rompe de repente por culpa del timbre del celular, que he puesto a cargar.

Me incorporo de golpe, con el corazón en la boca. Me

estaba quedando dormido de verdad. El número está oculto. Y aquí tenemos la sorpresa: me dan ganas de reír, tenía que ir hasta Madrid para recibir esta llamada. Ya verás como esa idiota al final se ha decidido y ahora con la voz rota me dirá: «Perdona, he hecho una estupidez. Cariño, perdóname, para mí Bato no significa nada, en mi corazón solo estás tú. No puedo más. Quiero ir corriendo enseguida a verte y a abrazarte».

«Y ni madres que vas a venir corriendo aquí. —No veo el momento de pronunciar esas palabras—. Estoy en Madrid, a casi dos mil kilómetros de ti y de ese bastardo traidor.» Con calma, con frialdad, marcando bien las sílabas: «Trai-dor». Y también añadiría: «I-dio-ta». Después de dejarlo sonar un buen rato, con una sonrisa estampada en la cara, al fin estoy listo para llevar a cabo mi venganza.

—Nicco... Carajo, Nicco, ¿dónde estás?..., ¿por qué no contestabas?

Qué va, no es Alessia, es la voz alterada de Valeria. No lo puedo creer; dices en casa: «No se preocupen, en cuanto pueda me pongo en contacto con ustedes, quizá por Skype...». Para el caso que me hacen.

—¡¿Valeria?! ¿Cómo que dónde estoy? ¿No sabes que estoy en Madrid?

—Pues claro... —miente ella, que acaba de acordarse—. Y por eso te llamo. ¿Te la estás pasando bien?

Me lo pregunta de una manera repentina, casi precipitada, no parece muy lúcida.

—No lo sé.

—¿Cómo que no lo sabes?

—Acabo de llegar. El tiempo de dejar la maleta y...

No me deja terminar, su voz es cada vez más inquieta.

—Estás enojado conmigo, ¿verdad?

—Pero ¿qué estás diciendo?

—No quería fastidiarte... Pero no me siento bien... Me ahogo, Nicco..., siento que me ahogo... Tengo el corazón en las orejas..., no puedo respirar.

Oigo que su respiración se vuelve entrecortada.

Me viene a la cabeza aquella vez que mi padre, en el hospital, casi sin aliento, me dijo: «Prométeme que cuidarás de ellas», y yo: «Claro, papá, pero en cuanto te cures volverás a casa y ya estarás tú». Y él respondió: «Sí, sí, ya me curaré, pero tú cuida de Valeria, le gusta aparentar que es un león y, en cambio, es una mariposa, sus alas pueden romperse de un momento a otro...». Ahora la oigo jadear, me da miedo que le suceda algo. Las alas de la mariposa chocan contra la lámpara. Tengo que cuidar de ella, como le prometí a papá, aunque él ya sabía que no iba a volver a casa.

Mis ojos se fijan en la toallita para las manos que me he traído del avión, una de las muchas cosas que guardo sin motivo. Después hablo de carrerilla, no quiero perder ni un segundo.

—Valeria, cálmate. Agarra una bolsa.

—¿Qué bolsa? ¿Qué bolsa? —me pregunta, asustada.

—Una bolsa de papel..., o un sobre, donde meten el pan. Y respira dentro.

Intento utilizar el tono más sosegado posible para evitar que se altere más. Oigo que está moviendo cosas.

—Ya está, ya la tengo...

—Muy bien. Póntela delante de la cara y respira dentro.

Valeria lo intenta, después tose.

—Oh, Dios mío, he aspirado las migajas.

Se suena la nariz. Casi me dan ganas de reír. Y a ella en parte también.

—Un poco más y me atraganto con tus métodos.

—¡Pues la próxima vez no me llames a Madrid! En cualquier caso, lo vi en una película y allí les funcionaba de maravilla —bromeo, esperando calmarla.

—Es que he intentado gritar, pedir ayuda, pero la voz no me salía... Es como si se me hubiera atascado en la garganta. Y menos mal, si no a mamá un día de éstos le va a dar algo. Después de todo lo que ha tenido que pasar, solo le faltaba yo...

Y empieza a llorar, me llega un ligero lamento, distorsionado por la distancia.

—Tranquilízate y dime qué ha pasado.

—Nada. Giorgio, el que hace *windsurfing*, se ha marchado —sigue gimoteando—, pero él no me importa nada.

—Ah.

—Es que en cuanto quiero a alguien, lo pierdo.

—Perdona, Vale, pero si acabas de decir que no te importa...

—No es por él, si me apuras puedo ir yo a Hawái. Es... es por papá...

Ésa es la cuestión, ése es nuestro agujero negro en el que caemos continuamente. Pero yo tengo que trepar para hacerla salir; se lo prometí a él, a nuestro padre.

—¿Sabes que una vez papá me confesó que sería perfecto para ti salir con un atleta? «Tu hermana necesita tomarse las cosas deportivamente», decía.

Ahora Valeria llora más fuerte.

—¿Lo ves?, estoy negado. No doy una —suspiro, abatido.

—Tú crees que estoy loca, ¿verdad? —continúa mientras sorbe por la nariz—. Porque te llamo al otro lado del mar gastando una fortuna para decirte que estoy sola, cada vez más sola...

—No estás sola, estamos mamá, Fabiola, yo...

—Mira, no hablemos de Fabiola. Habría hecho cualquier cosa por hacerme quedar como una tonta delante de papá, disfrutaba haciéndome sentir fuera de lugar, la hija que no da más que disgustos.

—Pero si eras la niña de sus ojos, Vale, su niña mimada...

Un nuevo sollozo al otro lado me sobresalta. ¿Por qué soy incapaz de decir las palabras adecuadas? Alargo la mano para encender la lámpara, está oscureciendo, a lo mejor consigo verlo todo más claro. Y en ese momento reflexiono en voz alta sobre esa extraña coincidencia.

—¿Sabes que en el hotel hay una lámpara idéntica a la tuya? Con la pantalla de color naranja y el encaje alrededor.

Y, mientras lo digo, yo mismo me siento más tranquilo.

—¿Recuerdas aquella vez que Fabiola y yo te la robamos, para fastidiarte, porque te daba miedo la oscuridad y chillabas como un águila? Te dijimos que había ido a parar al planeta de Pepita.

—Qué cabrones.

Me río, no anda muy desorientada.

—Y papá, para castigarnos a nosotros, nos dejó en casa, y a ti te llevó de noche a la noria del parque del Eur, que en aquella época todavía estaba abierta, y te mostró lo bonita que era la ciudad en la oscuridad. Y en el asiento, arriba, hizo que encontraras tu lámpara naranja. «¿Lo ves?, éste es el planeta de Pepita», te dijo tranquilizador.

Ahora la voz de Valeria se ilumina como la de una niña.

—Sí, no entendía nada. Si debía tener miedo, si debía estar feliz... Y sigue siendo mi duda.

—Me parece que eras feliz, porque luego nos trajiste almendras garapiñadas. Y en la bolsa escribiste: «Muchos saludos desde el planeta de Pepita».

—Pero ¿sabes que el año pasado Fabiola me echó en cara que tuvo que ir al dentista a tratarse una caries seguramente por culpa de aquellas almendras del parque de diversiones?

Esta vez nos echamos a reír.

—Fabiola sería capaz de hacer sentir culpable a san José por no ser el padre biológico de Jesús.

Parece que Valeria ya ha vuelto a la normalidad.

—Bueno, ahora soy yo la que empieza a sentirse culpable. Hace tres horas que estamos hablando, y es una llamada internacional...

—Hablar con tu hermana no tiene precio... —digo un poco bobamente.

—Y, para todo lo demás, ya está la tarjeta de crédito de mamá. —Parece que el momento más oscuro ya ha pasado. El pánico se está evaporando. La mariposa puede retomar el vuelo.

Exhalo un suspiro. Al fin puedo pensar de nuevo en Madrid. Miro por la ventana, veo los letreros de neón de un local. Las letras, en vertical, se encienden y se apagan, iluminando parte de la habitación.

—Oye, no tengo intención de pasar mi valioso tiempo en Madrid hablando contigo por teléfono —finjo molestarme.

Ahora la tensión se disuelve con bromas.

—Pero ¿qué dices?... Si no llego a llamarte, te habrías muerto de aburrimiento.

—Adiós, Vale, y sigue tranquila —intento cortar yo.

—Sí... —Luego se acuerda de algo antes de colgar—. Ah, espera. Díselo a esa española...

—¿Qué cosa?

—Que tiene suerte de haberte conocido... Puede que te mande la frase exacta en español.

Me echo a reír.

—Sí, sí, ya se lo diré..., no te preocupes, me he traído el diccionario.

—De acuerdo... Ah, otra cosa...

Nada, no hay manera de colgar.

—Alessia se ha perdido un tipo genial. No encontrará a otro como tú.

—La verdad es que ya lo ha encontrado.

Lo he dicho. No aguantaba más, ha salido como una bebida gaseosa cuando la abres después de agitar la lata. Por otra parte, es mi hermana.

—¡Ah, así que Gio ya te ha contado lo de Bato!

¿Qué? Me parece estar en un programa de cámara oculta.

—¡No lo puedo creer! Pero ¿tú también lo sabías? —levanto la voz, fuera de control.

—Los vi una noche en el cine. Hablé con Gio al día siguiente, me dijo que estaba buscando el mejor momento para decírtelo y...

—Y lo ha encontrado..., en el avión, cuando se habían cerrado las puertas y ya no podía bajar.

—Mejor así, si no ya te veo haciendo el Rambo por Roma... Cuando los vi en el cine estaban tan... Bueno, mira, olvídalo.

—¿Tan cómo? —Me pongo rígido.

—Nada, tan... De todos modos tú estás ahí en España y tienes una nueva novia, ¿no?

—Sí, ya lo sé, pero quiero saber qué quiere decir «estaban tan».

—Pues qué quieres que te diga..., quiere decir tan... tan enamorados, eso.

Me niego a escuchar según qué afirmaciones. Podría polemizar hasta el infinito sobre el tema. Podría montar incluso un *talk-show* en la tele para oponerme a una tesis así. Y llamar a científicos de todo el mundo que me darían la razón.

—O sea, ¿tú ves a dos personas de espaldas, delante de una pantalla de cine, y ya sabes que están enamoradas? ¿Por qué lo dices?

—Porque..., ¿sabes esas tonterías que se hacen cuando estás enamorado?

—No, no lo sé... —Al menos, ya no.

—En resumen, bromeaban, se daban codazos, ella tenía un cubo de palomitas y se las metía en la boca...

—No.

—¡Sí! ¿Por qué iba a contarte una mentira?

—Solo era un decir, es que era lo que hacía yo con ella.

En el cine, comprábamos la medida maxi, yo le metía las palomitas en la boca, una para ella, una para mí. Alessia de vez en cuando me agarraba la mano, me mordía el dedo y lo chupaba... y luego se reía mirándome con malicia. «Mmm, qué rico..., pero no está lo bastante salada para ser una palomita.»

Eso, naturalmente, no se lo cuento a mi hermana.

—Nicco, no le des más vueltas...

Me ha apuñalado y ahora dice que no le dé más vueltas.

—Bueno, ya no te molesto más... Llámame si te sientes mal.

La verdad es que somos el colmo. Me hace llegar la alarma de su ataque de pánico a un mundo de distancia y ahora es ella la que está dispuesta a ayudarme.

—Espera. Vale, si vas a Hawái, ¿me llevarás contigo?

—¿Eh?

—Al menos ahorraremos en la factura de teléfono.

13

Una manada de caballos encabritados frente a mi puerta. No, peor, el redoble de batería de un concierto heavy metal con lanzamiento final de instrumentos contra la puerta. Voy a abrir y me doy cuenta de que estaba encerrado por dentro. Hago girar la llave en la cerradura.

Es Gio. Me observa de la cabeza a los pies.

—Pero ¿todavía estás así? —me pregunta, y me fijo en que lleva un gran paquete debajo del brazo.

Lanza una rápida mirada a la maleta intacta, a la colcha ligeramente arrugada, a la gruesa cortina medio descorrida, a mi cara pálida. Abre mucho los ojos, severo.

—No mames, ¿te encerraste con llave para hacerte una chaqueta?

De hecho, esta habitación podría parecer un *boudoir*, con la luz roja del cartel de fuera, el terciopelo granate de la cortina y la tapicería floral de las paredes. «Atmósfera romántica», decía cuando hicimos la reservación.

—Estaba hablando por teléfono con mi hermana. Quince minutos, los he cronometrado.

Gio entra, mete los pies bajo la luz intermitente del cartel que se filtra por la ventana y observa el efecto del reflejo en sus zapatos azules.

—¡Tengan cuidado con las facturas de teléfono, ¿eh?!

En ese momento me llega un sms. Soy consciente de que me he retrasado un poco, así que no le hago caso. A pesar de que Valeria me ha hecho recordar un par de cosas tristes, he acabado con el pasado.

—Necesitaba hablar con alguien, estaba sufriendo un ataque de pánico —explico mientras saco el neceser de la maleta.

—Pues a mí, si no me llevo algo al estómago, me va a dar un ataque de canibalismo. —Abre muchísimo la boca e imita un mordisco felino—. Será mejor que te espabiles.

Deja sobre la cama el voluminoso paquete que lleva bajo el brazo y se mira al espejo para arreglarse el pelo.

—Me doy media ducha y ya estoy.

—¿Bromeas? Estás perfecto. Hasta yo aceptaría salir contigo si no fuera que me gustan las chavas. Eres tan genial que tu madre y tus hermanas, desde que te has ido, no pueden estar ni un minuto sin ti... Y pensar que normalmente en casa eres de pocas palabras...

Le lanzo una almohada.

—A ti, en cambio, deberían cortarte la lengua.

Gio la esquiva y abre su precioso paquete como si fuera una reliquia, despega la cinta adhesiva del papel de seda: dentro hay una chamarra de piel.

—Espera, no querrás perderte el desfile...

Gio me para en la puerta del baño y se pone la chamarra.

—Me la compré especialmente para venir a España.

Da una vuelta entera y va arriba y abajo por la habitación, como un modelo de *striptease*. Cedo a la curiosidad y aprovecho mientras está de espaldas para leer el mensaje:

no quiero que vuelva a acusarme de que pierdo el tiempo. En la pantalla parpadea el nombre de Valeria, y yo quién sabe lo que me esperaba.

«En vista de que es el momento de decirnos la verdad, es mejor que lo sepas todo: aquella noche, en el cine también estaba Gio con una chica. Así, luego no me reñirás.»

Me quedo con la boca abierta: la verdad, eso no me lo esperaba.

Gio, desde el fondo de su pasarela imaginaria, se da vuelta y viene hacia mí, complacido. Menea las caderas, acentuando el caminar provocativo. Esta vez seré yo quien le rompa la cara de verdad.

—¿Y bien? ¿Qué pasa? ¿No te gusta la chamarra?

—No, no me gusta esto. —Le paso el celular.

Lo lee y su sonrisa de treinta y dos dientes se apaga de golpe. Me devuelve el teléfono, como si quemara.

—No, no, Nicco, no es como tú crees...

—¿Y cómo es? Dímelo tú, ¿cómo es?, mierda. ¡Porque yo ya no sé lo que debo pensar!

Gio empieza a negar con la cabeza. Se encoge en la chamarra de la que tan orgulloso está.

—No, no, te equivocas. ¡No es como tú crees, sino en otro sentido!

—Bueno, cuéntamelo —digo, gélido—. No tenemos prisa. ¿Cuándo sale el vuelo de regreso? Podemos quedarnos aquí dentro hasta ese día: tú hablas y yo te escucho.

Le doy la espalda, no quiero ni mirarlo. Saco las cosas de la maleta con una tranquilidad exasperante, como si de verdad estuviera dispuesto a pasar mi vida en esta habitación de hotel, esperando. Empiezo a guardar la ropa en el armario. Meto las camisas en el cajón de abajo, cuelgo los pantalones en las perchas. Gio, al cabo de unos segundos de reflexión, empieza su defensa.

—¡Bueno, te parecerá raro, pero aquella noche no habíamos ido juntos, ni nos habíamos puesto de acuerdo..., nos encontramos en el cine por casualidad!

—¿Con los asientos juntos?

—Sí, increíble. Es culpa de reservar las entradas por teléfono. Yo mismo me sentía incómodo, no sabía qué hacer. Y cuando en la pausa vi a tu hermana, me quedé sin palabras. ¡Una casualidad al cuadrado! Estaba tan tenso que en la segunda parte no me pude reír ni una sola vez.

—Ya ves, ¿y qué peli era?, ¿*El diario de Ana Frank*? Tú eres capaz de reírte hasta de eso —lo pincho, exasperado.

—De Carlo Verdone... Pensaron que estaba loco. Había salido con una tal Valentina, una con dos bubis así... —Redondea las manos en semicírculo, dejando imaginar las dotes de la mujer exuberante: si no una talla cien, sí una noventa y cinco abundante—. Fíjate que no quiso nada conmigo..., supongo que me vería algo raro; al fin y al cabo, ¿quién no se ríe con Verdone?... ¿A ti qué te parece?

Niego con la cabeza, enfurecido, decepcionado, harto.

—Lo que me parece es que siempre tienes que ser el centro de todo. ¿No te das cuenta? ¿Cómo puedes centrar siempre las cosas en tus asuntos? ¿Quieres que te compadezca porque esa tía te dio calabazas? ¿Eh? No, dímelo, Gio, ¿quieres que te consuele en este momento, que te tome de la mano?

Lo ataco. Saco toda la rabia que parecía haber pasado, que he intentado domar como un periquito mudo. Por lo que parece, ha aprendido a hablar.

Gio se da cuenta de que la situación es delicada, se sienta en la cama y adopta su tono en modalidad «complicidad desarmada / comprensión».

—Ya sé que parece paradójico, pero a todos los efectos eres lo que se llama «una víctima del destino».

—Soy víctima de un montón de gente que dice burradas. Eso es lo que son. Unos traidores, unos falsos. Hasta en mi familia me encuentro con mentirosos.

—Entonces ¿Valeria te ha dicho que en el cine también estaba Fabiola?

No, nada de cámara oculta... Esto ya es *El show de Truman*. Se han puesto todos de acuerdo y yo soy el único que ignora el plan. Quizá Alessia sea una actriz y salía conmigo solo para interpretar su papel. Un asunto de altos vuelos, orquestado a la perfección.

—¿También? ¿Y quién más? A estas alturas me parece que hasta debía de haber panfletos por ahí y yo soy el único que no los vio.

Todos cómplices. Me imagino a mi maestra de primaria, que de un momento a otro aparece con sus lentesotes negros. La obstetra que me hizo nacer. El cura que casó a mis padres, y luego mi tío, el de la inmobiliaria y al final hasta Pozzanghera. ¡Todos sabían lo de Alessia y Bato!

—Si seré idiota.

—Cornudo —me corrige Gio—. Es de manual, el cornudo es el único que no sabe que lo es. Lo dice en el abecé de las historias de amor.

—¿Y qué sabrás tú, si te quedaste en la «a»?

Cierro la puerta del armario con fuerza.

Pero Gio ha cruzado las piernas sobre la cama y no se rinde. En posición de gurú.

—No, no, mira, yo esto lo he estudiado bien y tengo una teoría..., pero dejémoslo por la paz. Oye, ¿por qué no salimos a comer algo, que se me está haciendo un agujero en la barriga? De todos modos, estamos aquí, en Madrid, para buscar a María, una chica maravillosa, y tal vez a su amiga para mí, incluso he pagado para conseguir su dirección, y, en cambio, seguimos en la habitación perdiendo el tiempo con Alessia... Bueno, basta, ¿no has dicho que ibas a echar tierra sobre el asunto?...

—¿No has sido tú quien me ha dicho en el avión que mi ex estaba saliendo con otro?

—De acuerdo, pero ahora ya está. Ya lo sabes, acéptalo, la vida continúa. No puedes luchar contra...

Se interrumpe, casi para censurarse a sí mismo.

—Contra... contra un gran amor, ¿es eso lo que ibas a decir? ¿Es ahí adonde querías llegar con toda tu teoría? Cuando tantas coincidencias increíbles se ponen de acuerdo en realidad solo puede tratarse de un amor infinito, poético, puro...

Gio endereza la espalda y baja las piernas al suelo, se pone serio.

—No, no, tan puro tampoco diría. Ya sabes que cuando juegas a Mezcladitos puedes mandar mensajes... ¿verdad?

—No —rebato, seco como el sol en el desierto.

—Entonces, según tú, ¿por qué la mayoría de la gente juega a Mezcladitos para no ganar nada, formando palabras durante horas? Todo es una excusa para llegar siempre a lo mismo... —Hace un gesto no muy elegante que alude a una relación sexual—. Pues eso, al principio, en Mezcladitos, Alessia y Bato se intercambiaban mensajes graciosos, simpáticos pero, con el tiempo, yo no diría que eran poéticos, sino que iban haciéndose más... digamos... atrevidos...

—¿Eh? ¿Cómo que más atrevidos?

—Sí, total, que se escribían... ¡marranadas! Eso...

—¿Que Alessia escribía marranadas? No, no lo puedo creer.

¿La flor más hermosa, la mujer angelical, la heroína romántica..., ella, Beatriz, y yo Dante, convirtiéndose en la pareja ideal de Rocco Siffredi? ¡Y pensar que cuando hacíamos el amor por poco no me obligaba a recitarle poemas de Prévert!

—Una vez intenté decirle algo un poco fuerte pensando que la excitaría. Le susurré: «Ven aquí, zorra, te voy a hacer gozar», y Alessia se puso como una fiera. Un poco más y me deja.

Y Gio, naturalmente, no lo pasa por alto.

—Ah, cómo te entiendo... El mes pasado invité a una mesera del Villaggio Globale de Testaccio, parecía tan desinhibida, y en cambio...

Estallo sin poder contenerme. Si nadie es tan generoso para salvarme, ya me sacaré yo la espina.

—Ya basta de meseras, ayudantes de peluqueras y todas las demás, Gio, tus pendejadas me importan un carajo. Basta, me estás amargando las vacaciones y la vida..., ¿lo entiendes? ¡No lo aguanto más! —grito.

Gio se pone de pie de un salto, él también extenuado. Él también con ganas de gritar.

—No tienes otra opción que aceptarlo, a lo mejor es que todavía no se te ha metido bien en la cabeza. Tu historia se ha terminado, ¿lo entiendes? Terminado. ¡Ter-mi-na-do!

Hace una pelota con el papel de seda que envolvía la chamarra y la tira contra la pared. Después se va dando un portazo con tanta violencia que hace temblar los cristales. Ni siquiera lo miro.

Como un loco, me pongo a guardar en el armario lo que queda en la maleta. Los suéteres, los calzoncillos, el impermeable, un montón de camisetas. Después agarro un calcetín y lo froto sobre la repisa de más arriba para quitar el polvo; quiero limpiar, quiero borrar cualquier rastro de suciedad, quiero una vida inmaculada... Pero por mucho que meto el brazo hasta el fondo del armario, el bisabuelo de la señora Escobar debió de enseñar bien el arte de la hospitalidad a sus herederos.

Y aun así me dirijo a la ventana para sacudir el calcetín del polvo que no ha absorbido. Al otro lado de la calle ahora se ha encendido otro letrero: una mujer sentada en un taburete con las piernas cruzadas y un par de botas que le llegan hasta los muslos. Por lo menos eso es lo que se intuye por la línea azul de neón que bordea la silueta. Al lado dice «Abierto 24 horas». Será la meta segura de Gio en cuanto salga del hostal. No necesita recorrer kilómetros para divertirse. Y, quién sabe, a lo mejor no tendrá que pagar para encontrar a alguien con quien salir esta noche. Gio, cuánta paciencia hay que tener para vivir a su lado. Y cuánta paciencia necesita él para aguantarme. Lo admito: últimamente yo también lo he exasperado bastante.

Ha llegado el momento de darme esa buena ducha.

No sé cuánto rato ha pasado, pero salgo del baño fortalecido. Me ha caído bien poner las cosas en su sitio, lavarme, cambiarme. El orden a mi alrededor me ayuda a encontrar el orden en mi interior.

Pero todavía queda algo que hacer antes de poder decir que estoy completamente limpio.

Llamo a la puerta de Gio, aunque seguramente ya estará dando vueltas por la ciudad.

Sin embargo, me abre y se desahoga, ofendido.

—Mira, si hemos venido hasta Madrid para discutir..., ¡te has equivocado de dirección! Podríamos haberlo hecho en Roma, me dabas el dinero del boleto y entonces sí que habría tenido un motivo para escucharte.

—He venido a hacer un trato: yo no me quejo más si tú no dices más tonterías.

Veo que los ojos de Gio se iluminan, se habrá conmovido por esta especie de enmienda pública que acabo de hacer. Ahora me saltará al cuello diciendo: «Amigo mío, gracias por perdonarme».

—Oh, Nicco, ¿sabes que no estaría nada mal que la gente te pagara por escuchar sus penas? Podría ser buena idea.

—Existe desde siempre, se llama psicoanálisis —le aclaro entonces, desarmado. Lo cierto es que Gio vive en otro mundo.

—Ah... —Se queda perplejo un instante—. Muy bien, pero podría hacer una aplicación que te escuche, analice tu problemática y mande unas sugerencias, todo por noventa centavos.

El inagotable espíritu emprendedor que se mezcla con su maravillosa ingenuidad es una de las cosas que más aprecio de Gio. Me arranca una sonora carcajada.

—¡Si lo consigues, te harás más famoso que Zuckerberg!

—Ya sabes que me gusta apuntar alto.

Da un salto y se exhibe en una pirueta como si quisiera anotar una canasta. Es entonces cuando me fijo en la parte de atrás de su chamarra de piel: durante el desfile que hizo en mi habitación estaba demasiado concentrado en mí mismo. No sé si horrorizarme o envidiarlo.

—¡Ya veo, pero Zuckerberg no se ha puesto nunca algo como esto!

—¿Por qué? ¡Está padrísima!

—¡Claro, con un tigre saltando detrás!

—Oye, si la compré en Hollywood, en via Monserrato.

—Pero ¿ahí no es donde suelen alquilar *cult movies*?

—Sí, de hecho esta joya viene directamente de un plató: era de Bruce Lee. ¡Eso sí que es de culto! Me costó una fortuna, doscientos euros, el tipo no quiso rebajarme ni un céntimo.

Gio agarra el celular y se mete la cartera en el bolsillo de los pantalones.

—Bueno, ¿nos vamos a cenar en plan *cult*, a un restaurante *cult* con mi chamarra *cult*?

—*Vintage*, eso es *vintage*, Gio.

Levanta una ceja.

—Vi... ¿qué?

—*Vintage*, de época, una cosa que tiene más de veinte años y es rara, irrepetible.

—¡Ah, como nuestra amistad! —exclama feliz, antes de cerrar la puerta a su espalda.

Ahí está, ésa es su manera de saltarme al cuello y decirme «Amigo mío, gracias».

Gracias, gracias, Gio, por ser mi amigo.

—Me gusta eso... —le digo.

—¿Qué cosa? —No sabe a lo que me estoy refiriendo.

—Que somos unos amigos *vintage*...

14

Ahora entiendo qué siente un español que llega a Roma hacia las siete de la tarde, después de un buen rato en un trenecito que lo lleva del aeropuerto al centro de la ciudad, desembarca en la estación de Termini y se pone a buscar un taxi. Piensa que ha retrocedido en el tiempo, que ha llegado a otra época, como Marty de *Volver al futuro*. En Roma, a esa hora siempre hay una serpenteante cola de pasajeros esperando para poder regresar a casa o llegar al hotel. Hombres de negocios con sus maletines, estudiantes con grandes bolsas que se ponen de acuerdo para compartir la carrera, nuevos ricos chinos que empiezan a temer que la visita a los outlets de las grandes marcas que han reservado para el día siguiente tenga que aplazarse: todos unidos por el mismo destino, la agotadora espera delante del estacionamiento vacío. Incluso hay quien llama al servicio de radiotaxi para pedir que envíen más coches. Y no hablemos de los días que preceden a la Navidad: parece que los habitantes se multiplican en busca de regalos y que los taxistas menguan, víctimas de un hechizo desconocido. A lo mejor una compañía de trineos tirados por renos noruegos urde el maleficio, pero está visto que en el siglo xxi, los desplazamientos todavía no están resueltos en una de las capitales más grandes de Europa.

En Madrid, en cambio, basta con levantar la mano para que al segundo se pare un taxi. A veces, más de uno.

Pero nosotros, en parte para ahorrar y en parte porque queremos recorrer esta ciudad de cabo a rabo, nos movemos a pie.

—Oye, Nicco, no nos vayamos a perder.

—Que no, Gio, estamos a dos pasos del centro. Y aunque nos perdiéramos, ¿qué? Total, no conocemos nada, todo es un descubrimiento.

—Ah, bueno, he leído sobre un sitio en un blog, parece que está lleno de mujeres guapas. Voy a preguntarle a esa chica. *Scusa, ¿per* la plaza Mayor? *Ristorantes, paninos,* comer, chicas bonitas.

Ella lo mira un poco escéptica y le indica el camino:

—Bajas por calle Montera, llegas a la plaza del Sol...

Y Gio ya se ha perdido, no por las calles de Madrid, sino en los ojos de la guapa morena que le está contando cómo llegar.

—¿Por qué diablos estudiamos francés en el instituto? ¡Todavía no me lo explico! —me dice él cuando volvemos a ponernos en marcha.

—Tranquilo, que ese idioma es universal —le digo guiñándole el ojo.

Aunque tal vez el español de Gio es menos fiable que los senderos del amor, porque cuando llegamos al local que tenemos frente a nosotros no se parece ni un poco a «un sitio lleno de mujeres guapas». «La campana», dice en rojo encima de lo que tiene toda la pinta de ser un típico bar español, pero de esos en los que se come de lo lindo, frecuentado mayoritariamente por familias o grupos de amigos varones, por lo que se ve por las vidrieras transparentes.

—¿Estás seguro de que se llamaba así?

—En este momento tengo tanta hambre que ya no estoy seguro de nada.

Entramos. Lo primero que llama la atención es un cartel gigante: BOCADILLOS DE CALAMARES. Detrás de la barra hay varios meseros atareados friéndolos en grandes cubetas de acero, son rapidísimos entre un plato y otro, y no dejan de hacer chistes que por desgracia nosotros no entendemos.

—¿Qué hacen? ¿Bocadillos con calamares rebozados? —le pregunto a Gio.

—He leído en el blog que es una tradición de este sitio, qué olorcito...

—¿Italianos? —nos pregunta uno de los meseros.

—Sí, de Roma —contesta Gio enseguida.

—¡*Allora*, dos bocadillos de calamares a la romana para dos *romani*!

—Nicco, esto también lo he leído en el blog, a los calamares rebozados los llaman «a la romana».

—Entonces, perfecto, ¿no?

Intentamos sentarnos, pero nos dicen que no sirven en las mesas.

—¿Cómo te llamas? —le pregunta a Gio el mismo de antes.

—Me llamo Gio, ¿y tú, jefe?

—José, Pepe para los amigos.

Nos sentamos a una mesa que rezuma aceite por todos los poros y Gio echa un vistazo a su alrededor.

—Chicas guapas no hay, pero buena comida, sí.

—¿No será que tú no ves otra cosa?

El aroma que se esparce por el local es tentador. Cada

vez que uno de los meseros sumerge los calamares en las cubetas, el perfume se propaga con más intensidad, acompañado de un ruidoso chisporroteo. Ni cinco minutos más tarde nuestra cena está lista.

—Veamos si estos calamares están a la altura de la tradición romana —le dice Gio al mesero con aire de desafío.

—Una vez que los pruebas, ya no puedes estar sin ellos, amigo.

Y regresa a la mesa con dos platos enormes llenos de calamares rebozados, un buen pedazo de torta de papa, una ración de papas con una salsa picante y sabrosa por encima, unas aceitunas verdes muy gustosas y dos cervezas.

—Todo esto por quince euros, ¿eh?... ¿Dónde encuentras un sitio como éste? Y además, aunque no haya mujeres, ¿qué importa por una noche? Oye, qué tiernos están estos calamares.

Gio muerde uno y lo saborea.

—Y además estamos tan hechos polvo que ni siquiera nos mirarían —añado.

—Habla por ti —balbucea Gio. A continuación bebe un sorbo de cerveza helada y me sonríe—. Estaba todo sacado de onda.

—¿Por qué?

—Porque la agarraste contra mí cuando soy el último de los culpables.

—Bueno, dime solo una cosa: ¿cuándo lo descubriste?

—Poco antes de que conociéramos a las extranjeras.

—Todo este tiempo... sin decir nada.

—Porque no quería hacerte sufrir. En mi opinión tenía que decírtelo Bato, era cosa suya, hasta me peleé con él, ¿qué te crees?... —Entonces se dirige a Pepe—: ¡Perdona!

¿Puedo tener otra birra? Mejor dicho, ¿dos? Grande, mucho grande..., mucho española.

Desde el centro de la barra, el mesero le sonríe y asiente con la cabeza durante un buen rato. Empiezo a pensar que tiene un tic. Gio retoma la conversación.

—Claro, pelearme justo ahora, que puedo ir gratis a las Maldivas... —Suspira—. Si al final iba a repasárselos a todos, solo me habría gustado que empezara primero con Bato, lo dejara y luego se fuera contigo. Él y yo somos amigos, es verdad, pero tú eres mejor, ¡y punto! ¿Qué te crees, que Jesús no prefería a alguno de los doce que tenía consigo en la mesa? Bueno, aparte de Judas, claro..., que al fin y al cabo fue quien lo hizo famoso porque lo traicionó, ¿no?

—¡Gio!

Pero él, impertérrito, canta:

—«*Jesus Christ Superstar, nananananananananana...*» Oye, hasta en esa película se ve que a veces la mala suerte te hace famoso. ¿Sabes que todavía gusta un montón? Me la piden continuamente. ¡Toda una *cult movie*! Hace dos semanas la descargué rapidísimo, vendí siete DVD. Treinta y cinco euros limpios.

Levanto la ceja.

—Limpios, ¿eh?...

Nos bebemos la cerveza que acaban de traernos, un larguísimo trago, y al final conseguimos acabárnosla entera.

—Qué sed...

—Sí, pero nos hacía falta, puede que nos hayamos deshidratado en el avión.

—Sí...

De modo que pedimos dos más y seguimos bebiendo.

—Me parece que nos estamos pasando un poco.

—Total, no tenemos que conducir...

—También es verdad.

—De todos modos, si lo piensas bien, la historia encaja de maravilla. Tú, Jesús; él, Judas, y Alessia, María Magdalena. Quiero decir, solo alguien así podía hacerte una chingadera como ésa en un momento difícil como el que estabas pasando. Después de perder a tu padre, en un año de mierda, ¿qué hace? Te deja. —Se queda unos segundos en silencio, presa de su delirio. Luego continúa, serio, a pesar de que todos esos vasos de cerveza le hayan puesto los ojos brillantes y la mirada lánguida—: Si yo hubiera sido Alessia, nunca te habría dejado.

—No debes confundir el amor con la compasión.

Quién sabe si después de un whisky diría una trivialidad como ésa. Claro, ahora que el vaso vuelve a estar vacío, me gustaría mucho tener un whisky delante de mí.

—Ya ves... Muy bien, entonces, dicho de otra manera, si yo fuera Alessia no me habría quedado contigo, pero tampoco me habría juntado con tu amigo —me contesta Gio sin ningún titubeo. Para él las cosas son blancas o negras.

—Cuando amas a alguien no hay reglas —le digo—. Las ganas de hacer lo que deseas te destrozan, sientes que la pasión te quema por dentro... y te olvidas de todo y de todos, sin miramientos, quieres a esa persona y punto. El amor es rojo, querido Gio, rojo como el fuego —declaro, admitiéndolo muy a mi pesar.

Veo que me mira perplejo. Y entonces insisto, esperando que acabe de entenderlo.

—Te das cuenta por la manera en que de repente notas que gira el mundo, por cómo todo lo que haces te parece mejor, nunca tienes mucha hambre y si no duermes no te importa, dejas de sentir frío. Con ella te basta...

—Perdona —me interrumpe—, pero así estás justificando a Alessia y a Bato. ¿Los perdonas, en nombre del amor? ¿Qué intentas decirme? No lo entiendo.

Me lo quedo mirando y le dedico una amplia sonrisa.

—Es muy sencillo: que nunca te has enamorado.

Entonces noto que la cerveza ha hecho su trabajo. La vista se me nubla un poco, siento de golpe todo el cansancio del viaje y me desmorono en la silla.

—¡Oh, si ustedes lo dicen..., tal vez un día lo entienda! —Continúa comiendo y, después de un trago de cerveza, como si estuviera en el mejor de los escenarios, insiste—: ¡«Jesus Christ Superstar, nanananananananana...»!

No lo veo, pero estoy seguro: en este momento, Pepe asiente.

15

No sé cómo he ido a parar a esta piscina. Floto con los brazos abiertos en la superficie del agua. Llevo puesta la ropa de la noche anterior, mientras que la gorra azul se me ha caído y se ha hundido en las profundidades en alguna parte debajo de mí. Me parece recordar que había un coctel, gente amable, un mesero puertorriqueño, todo organizado en la majestuosa villa de la señora Escobar, la que parecía la simple propietaria de un hotel y, en cambio... Gio debe de haberme metido en todo este lío. Pero ¿dónde está? Se estará divirtiendo con alguna, pues claro. De modo que sigo dejándome acunar por el agua cuando de repente siento un remolino cerca de mí, como si alguien hubiera quitado el tapón de esta gran piscina. Inmediatamente, la gente que está en el césped junto al agua desaparece a paso ligero mientras una alarma empieza a sonar a lo lejos. No, es un despertador, no, es el *bip* de un celular, un mensaje. Abro un ojo, no, no estoy flotando en la piscina, a pesar de que estoy empapado en sudor. Estoy en mi cama. Tengo la boca pastosa y la cabeza me retumba. Un terrible dolor en el costado. Intento tomar el celular, ¿dónde está? Alargo el brazo hacia la izquierda, en el vacío. Levanto la cabeza. La mesita de noche se encuentra en el otro lado. Me doy la vuelta en la cama, desorientado, pero ¿quién la ha cambiado de sitio? Pero si todo es diferente, ¿dónde estoy? ¿Adónde he ido a parar? ¿Dónde está mi cama, mi almohada? ¡No es el olor de mi habitación! ¿Qué ha pasado? Abro también el otro ojo. Y veo, en la pared que hay frente a mí, uno de esos cuadritos amarillentos de la familia Escobar... Ah, no..., claro, exhalo un suspiro de alivio: estoy en Madrid.

Busco a tientas entre las sábanas, hay algo que me está torturando la espalda: ¡el celular, he dormido encima de él! De ahí viene el dolor en el costado. Intento ordenar mis ideas: anoche no puse el despertador, ese sonido procedía de un mensaje. El mensaje es de Gio.

«Te he dejado dormir y mientras tanto he encontrado el *Corriere dello Sport*. Te espero en la Chocolatería San Ginés, me la ha recomendado la chica de recepción. ¡Parece que es espectacular! ¡Procura no perderte!»

Lo sé, dentro de poco será como estar en el bar de debajo de casa: charlas por la mañana, propósitos para la jornada, un par de bromas tontas para estar en forma. Gio no renuncia a sus costumbres, entre ellas, la de despertarme en cualquier parte del universo en la que estemos. Más que adaptarse al mundo, Gio adapta el mundo a él. Estamos en Madrid y él busca el *Corriere dello Sport*. Si pienso en don Quijote y Sancho Panza... Nosotros, antes de empezar a buscar, ya nos hemos parado.

Paso rápidamente de la modalidad oso perezoso a la plena actividad. Claro, las ojeras que descubro en el espejo dirían todo lo contrario. Pero después de una ducha fresca y de arreglarme rápidamente, la humanidad vuelve a contar con el muchacho agradable que soy.

Tal vez por eso, cuando al poco rato estoy abajo en el

vestíbulo, la chica de recepción me dedica una sonrisa radiante.

—¡Buenos días! —saludo mientras intento ver la placa que lleva en la chaqueta del uniforme: «V. Escobar».

A pesar de que no se parece en nada a la señora Escobar, debe de ser una descendiente de la estirpe de su bisabuelo. Me contesta demasiado deprisa para mi hipotético español, de manera que le sonrío y corto por lo sano.

—Perdona, no entiendo bien —digo precipitándome a la calle.

El cielo está claro, hay mucho ajetreo en la calle. La gente es vivaracha y siento que podría hacer amistad con todos. A pesar de estar a muchos kilómetros de casa, sé que este lugar me pertenece un poco. El sonido de esta lengua me cautiva cada vez más..., ésta es la música de Madrid.

Realmente es como si estuvieras en la fiesta más grande del mundo.

Y de repente yo también me pondría a bailar. Me siento ligero, aliviado, es como si aquí, lejos de Roma, todo asumiera otro significado.

Recorro una serie de callejuelas estrechas, repletas de tiendas y bares de sabor antiguo. Los locales están llenos, a pesar de que es horario laboral, veo muchísimas servilletas de papel por el suelo, la gente parece tirarlas con desenvoltura, como si fuera normal. Allí adonde fueres, haz lo que vieres...

Algo que me sorprende enseguida son las placas con los nombres de las calles: unas losetas blancas y pulimentadas sobre las que se ven imágenes de colores, parecen escenas de vida antigua.

Al final llego a la Chocolatería San Ginés, he tenido que

caminar un rato, pero ha valido la pena. Solo con ver el rótulo me doy cuenta de que estamos en un sitio especial, de gusto retro, y el perfume a chocolate que se extiende en el aire es realmente una buena tentación. Gio está en la mesa de la esquina más cercana a los espejos, con dos tazas de chocolate humeante y un plato lleno de unos dulces largos y fritos. Pero no lee; está ligando con la elegante mesera, vestida completamente de blanco, que vierte rápidamente el chocolate en las tazas sin parar ni un momento. Voy hasta él.

—Perdona, ¿no ves que no te hace ni caso?

—A lo mejor antes o después levanta la mirada, ¿no? Además, hoy me he puesto a trabajar temprano. Ya les tiré el anzuelo a dos chicas que estaban de miedo. —Me guiña un ojo—. Ah, buenos días. —Y me hace una señal para que me siente.

—Podrías haberme esperado antes de pedir lo mío.

—Tranquilo. Mira, aún están bien calientes.

Dice todo esto mientras sigue guiñándole el ojo a la chica de la barra.

—¿Y esto qué es? Parece pizza frita, ¿no irás a mojarlo en el chocolate?

—Se llaman churros, vamos, prueba, ya verás qué delicia. ¡Mmm, exquisitos!

Lo imito y sumerjo uno en el chocolate espeso, aterciopelado, y cuando lo muerdo me siento en paz con el mundo. La consistencia crujiente del churro combina a la perfección con la cremosidad del chocolate.

—Con esto, el coma diabético está asegurado —mascullo.

Gio tiene la cara manchada de chocolate.

—Estos churros pueden hacerles la competencia a los *maritozzi* de Regoli.

—Ya ves, igual que las chicas españolas pueden competir con las italianas. ¿Has visto cuántas morenas guapas hay por ahí?

Gio me da una palmada en el hombro, satisfecho de mi broma.

—Vamos por el buen camino, ¡pero puedes hacer más!

—¿Como decidir adónde ir? —propongo al agarrar el mapa que está debajo del periódico—. Hoy encontraremos a María —digo, convencido.

—Y a su amiga Paula, ¿no?

—A ella también..., ¡siempre que tenga un buen recuerdo de ti! Después de descubrir que llevabas más de un año saliendo con dos chicas...

—¡Sí, pero le dije que las había dejado a las dos precisamente porque la había conocido a ella!

—Sí, y se lo creyó...

Entonces Gio de repente se ilumina.

—¡Se me acaba de ocurrir una idea!

Bueno, ahora empiezo a preocuparme. Se vuelve hacia la mujer que está detrás de la barra. Lleva un bonito uniforme blanco con un moño negro en el cuello. En parte estoy temblando por lo que pueda pedirle.

—Perdona. Señorita —intenta llamarla.

La mujer, que a bote pronto no llega a los cuarenta años, ni se da cuenta, inmersa como está entre dulces y tazas humeantes.

—¿Señora...? ¿Bonita...? *Carina...*?

A la tercera llamada la mujer vuelve los ojos hacia nosotros, levanta un dedo para decirnos que esperemos un momento y viene hasta nuestra mesa con una libreta para tomar la orden.

—¿Desean algo más?

Gio niega con la cabeza, no se entretiene en explicarle el equívoco. Yo miro el corazón grabado en la muñeca de la mujer, dentro del cual dice: «La belleza es tu cabeza».

—No, perdona, queremos *maglietta*, con toros.

—Perdona, no entiendo.

Gio le señala su camiseta.

—*Questas* toros.

—Ah, ¿camiseta toro? La encontrarás cerca de la plaza Mayor, aquí al lado —explica amablemente, antes de dejarnos como un cohete, reclamada por la cola de clientes que esperan.

Ante esa noticia, Gio casi lo celebra.

—¡Camisetas con toros, fantástico! ¡Compraremos un montón y las venderemos al doble en Italia!

—Gio, pero ¿cómo vamos a llevarlas por ahí?, pero ¿qué dices?

Niega con la cabeza.

—No, la idea es genial. ¿Sabes cuál es tu problema? Que no tienes espíritu empresarial. Las oportunidades hay que cogerlas al vuelo... Ya sabes lo mucho que gusta España en Italia, me parece que por lo menos podríamos sacar para pagarnos los gastos del viaje. Y teniendo en cuenta que estamos en Europa, no tenemos que pagar gastos aduaneros. Empezamos así y puede que acabemos montando una empresa increíble de importación-exportación.

Realmente viajar le está causando un efecto beneficioso. Desde que hemos llegado, se ha convertido en un agudo psicólogo, en medio teólogo, y ahora además en analista financiero.

—Mira, Gio, también hay bastantes cosas españolas que no salen bien. ¡Pero de ésas casi no se habla!

—¿Estás seguro?

—Sí.

Él se queda pensativo, luego sonríe.

—Pues, entonces, ¿sabes lo que te digo? Que los españoles eso también lo tienen resuelto.

No hay nada que hacer, es imposible.

Y así, nos levantamos y nos ponemos en camino mientras saco el mapa en el que he marcado la dirección de María, esperando que este proyecto sea mi éxito más personal.

16

El metro de Madrid es un espectáculo dentro del espectáculo y, por la variedad de caras y situaciones que ofrece, ni siquiera es muy caro. No se parece en nada al de Roma, que tiene más o menos dos líneas en cruz. En mis recuerdos de los metros siempre hay alguien que corre, que huye, que consigue saltar a bordo del tren justo a tiempo, antes de que su perseguidor lo atrape, justo mientras las puertas se cierran. Luego, ya a salvo, con las puertas cerradas para protegerlo, se apoya en el cristal de espaldas y recobra el aliento mientras el metro arranca; entonces el perseguidor recorre los vagones hasta que ya no puede, da puñetazos contra el cristal, y al final la oscuridad del túnel se traga el tren. Siempre termina así. Aquí no se espera a nadie. Pero lo que sorprende es que el metro de Madrid es un teatro al aire libre, mejor dicho, subterráneo: puedes encontrar artistas increíbles, músicos capaces de tocar con virtuosismo cualquier instrumento. Por ejemplo, ahora hay un tipo que está tocando el saxo de manera increíble, y en otra esquina hay un concierto de dos baterías. Un poco más allá, tres chicas que hacen de estatuas vivientes, en cuanto alguien se acerca y les deja una moneda, se animan y empiezan a bailar flamenco.

—¡Mira, mira a ésas!

Nos quedamos fascinados, además de por sus piernas, que se mueven exaltadas, sobre todo por el modo en que ese espectáculo toma vida, así, de repente, con los sonidos, los colores, la música. Pero no nos da tiempo a ver más porque llega el metro.

—Ahí está, es éste...

Tenemos suerte, encontramos dos asientos libres a pesar de que el vagón está atestado. De modo que nos sentamos, excitados por cualquier cosa que vemos. No podía faltar el violinista, uno con la guitarra colgada, otro que la toca pero sin pedir limosna. Casi todos los chicos llevan audífonos en las orejas, escuchan música, muchos leen, otros repasan los apuntes de la universidad.

—Bueno, hemos llegado.

—¿Tan rápido? Ha pasado volando.

Bajamos, lo sigo y al cabo de un momento volvemos a estar en la superficie.

—¿Lo ves?, estamos delante del edificio donde vive María, es ése. Cuarta planta, segunda puerta.

Y de repente me quedo bloqueado. ¿Y ahora? Ahora la cosa va en serio. A veces sueñas, te la pasas bien, fantaseas, decides hacer una cosa, normalmente lo piensas mil veces, pero en esta ocasión no ha sido así. Ni siquiera he reflexionado, quizá debería haberle enviado un sms, un mail, haberla llamado por teléfono, decirle que voy a ir a verla. Sí, pero ¿cómo?

—Demasiado tarde para arrepentirse...

Una vez más, Gio parece leerme el pensamiento.

Lo miro en silencio. Eh, ¿y si hubiera desarrollado poderes extrasensoriales?...

—¿Y bien?

—Oye, ¿qué pasa?...

—¡No lo sé! Hemos venido, estamos aquí, dime tú qué es lo que pasa. ¿Qué hacemos?, ¿esperamos un par de horas más? ¿No te gusta el color del interfón? ¿Querías un equipo del noticiero para que cubriera el acontecimiento? ¿Nos regresamos a Roma?

Y, por un instante, lo que me está diciendo no me parece del todo absurdo.

—Bueno..., es que...

Luego recuerdo una cosa que decía mi padre: «Mejor hacer y quizá equivocarse que vivir de añoranza y lamentarse mil veces: "Ay..., si lo hubiera hecho..."».

—Bueno, toquemos. ¿Cuál es?

Gio lo encuentra enseguida.

—Es éste, ¿toco?

—No, no, espera un momento...

—Está bien. Pues te dejo aquí, me alejo y así te concentras y luego decides..., ¿sale?

Asiento. Gio se aparta unos metros. Me quedo allí, delante del interfón, y empiezo a pensar y se me ocurren algunas frases bonitas, solo que... Me volteo, Gio está allí mirándome.

—¿Y bien? ¿Qué haces? ¿Qué esperas?

Levanto la barbilla.

—Toca, ¿no? —Mi amigo resopla y niega con la cabeza. Se acerca a grandes zancadas—. ¡No tienes que pensar, Nicco, tienes que actuar! En ciertos casos es mejor así, y éste es uno de esos casos.

—No, mira, es que he pensado que cualquier frase que le diga por aquí ella no la entenderá.

—Eso es casi seguro: tú apenas hablas español, ella no entiende nada de italiano, ¡imagínate el diálogo!...

—¿Y si no me reconoce? ¿Si no se acuerda de mí?

—Oye, perdona, pero si todo lo que me has contado es cierto, ¿cómo quieres que María se haya olvidado del sexo fantástico que tuvieron en el ático del Coliseo? ¡Ni que hubieran pasado diez años! ¿Qué le pasa?, ¡¿tiene alzheimer?!

—Está bien, entonces prefiero esperarla aquí abajo. Le daré una sorpresa.

—¡¿Cómo?! ¿Aquí abajo? ¿Y si ha salido y vuelve por la noche?

—Correremos el riesgo.

—¿Y si se ha ido y no vuelve hasta dentro de tres días?

—Querrá decir que no era mi destino.

—¡Pero tú has perdido la cabeza, y de lo lindo!

Y con esa última frase, me aparta con decisión y mira dónde tiene que oprimir.

—¡No, quieto!

Demasiado tarde. Ya lo ha hecho.

Espera unos segundos, luego una voz contesta y él arranca a hablar y, no entiendo bien lo que se dicen, pero veo que charlan durante un rato y él incluso se ríe. Después oigo que se abre la puerta. Gio se vuelve hacia mí y me hace una señal para que lo siga.

—¿Y bien? —le pregunto, desconcertado.

—¿Y bien, qué? ¿Quieres que subamos o prefieres pensarlo un par de años más? Nos esperan, cuarto piso.

Mientras el elevador sube, él me mira y yo intento ordenar los puntos básicos que tengo que decir, cómo empezar la conversación. Gio no me quita los ojos de encima y veo que se está aguantando para no echarse a reír.

—¡Basta ya! ¡Me estás bloqueando!

—Ah, perdona, Nicco..., deberías verte la cara que tienes ahora. Un condenado a muerte se sintiría menos triste... ¡Piensa solo en lo contenta que estará de verte! Cada vez que aparecías, María se iluminaba... y yo siempre me preguntaba...

—Pero ¿qué le verá a alguien como Nicco? —termino la frase en su lugar.

—¡Muy bien! ¿Lo ves? Me comprendes, somos unos amigos en perfecta sintonía.

—Pues claro... *¡vintage!* Imagínate si te cayera mal, lo que podrías haber dicho.

El elevador se detiene, salimos, y Gio recorre el rellano como un sabueso.

—¡Aquí, es ésta! —dice señalándome una puerta.

—¡Espera! —digo yo.

Demasiado tarde, ya ha llamado. Nos quedamos así, esperando, delante de aquella puerta, y parece que los segundos no pasaran nunca. Hay momentos en tu vida que ya sabes que recordarás siempre. Éste es uno de ellos. Miro la puerta verde esmeralda, igual que todas las demás, esperemos que me traiga suerte. Estoy emocionado. Y preocupado, mejor dicho, aterrorizado. ¿Por qué estoy aquí? ¿Lograré decirle algo inteligente? Y ella, ¿se alegrará de verme? ¿Estará feliz como parecía cada vez que bajaba de su habitación? ¿Y cuando me encontraba allí, esperándola? Qué preciosa era aquella sonrisa. María se iluminaba de una manera que, aunque hubieran apagado las luces, podría haberse visto igualmente. Eso es, no hay palabras más bonitas para decir «te amo» que iluminarse de amor de aquella manera. ¿Y yo? ¿Yo me iluminé así?

¿Le hice entender lo importante que era para mí? ¿Lo que significó?

No, tal vez no, tal vez no lo conseguí. Estaba distraído. Todavía seguía pensando en Alessia, me sentía como un peluche, era una mente enamorada, como diría Gio.

Gio me observa, es más, me escanea, le sonrío titubeante y él me guiña el ojo, me infunde seguridad, esperanza.

Ya..., pero de repente me da un ataque de pánico, ¡debo de tener la tensión a tres mil! Quisiera volver al elevador y huir, o bajar corriendo los cientos de escalones... Mejor dicho, ¡no! Me gustaría ir corriendo hacia la ventana del fondo y arrojarme al vacío, pero en ese momento oigo pasos que se acercan a la puerta, alguien se para al otro lado y pregunta:

—¿Quién es?

17

Gio ve que no contesto, que estoy allí, inmóvil, alelado, de modo que al final habla él:

—¡Somos nosotros! —Después me mira y yo levanto las cejas—. No, ¿verdad?

—No... —le digo.

Entonces intenta decir algo mejor.

—Venimos de Italia, *siamo* amigos *di* María.

Al final oímos que se abre el cerrojo. Tal vez «María» sea la palabra mágica, como «Ábrete, Sésamo», y si es así, quiere decir que estoy viviendo en serio un cuento, y si este cuento tiene un final feliz, mucho mejor.

Pero mi mirada esperanzada se apaga enseguida porque, una vez abierta la puerta, se nos presenta un tipo delgado con el pelo rubio platino. Lleva unos lentes con montura azul celeste, un saco verde y una camisa amarilla encima de unos pantalones de cuadros blancos y negros, y unos zapatos violeta que completan el conjunto.

—¿Nos hemos tomado un ácido en el desayuno? —me susurra Gio.

—No, se lo ha tomado él... —le contesto mientras sonrío desconcertado.

Nos sonríe y simplemente pregunta en español:

—¿Puedo ayudarlos?

A lo mejor es que están rodando una película de Tim Burton; lleva más colores encima que un arco iris. Es todo tan increíblemente absurdo que me dan ganas de reír, pero al final recupero el aplomo y hablo.

—*Cerchiamos* a María —le explico, esperando haber articulado bien la frase.

—¿María? ¿Qué María?

—Sí, María. Chica española.

Gio me mira desconcertado.

—Pero ¿cómo? ¡¿Ni siquiera sabes su apellido?! —me pregunta.

—No, ahora no lo recuerdo. Pero ¿por qué?, perdona, ¿tú sabes el apellido de la tuya?

—No.

—¿Pues entonces? ¡Si no lo sabes tú, ¿por qué tendría que saberlo yo?!

—Porque no hemos venido a Madrid para buscar a la mía. ¡Estamos buscando a la tuya!

—¡Ojalá fuera la mía...! Y además, ahora que lo pienso, en la nota que te dio Roberto, el portero, ¿no decía su apellido?

—No.

—¡¿Y tú le soltaste cien euros sin que te diera el apellido?! ¡Eres un genio!

—Le pedí la dirección y, de hecho, hemos llegado hasta aquí... Por lo que yo sí que he conseguido algo, en cambio; ¡tú estuviste con ella una semana y ni siquiera sabes cómo se apellida!

—Aclárame una cosa..., porque tú, cuando andas con una chica, ¿le preguntas el apellido?

—¡Si solo ando con ella, no, pero si me enamoro, sí!

Continuamos riñendo como dos vecinas belicosas de los barrios españoles de Nápoles y no nos damos cuenta de que, desde el interior del apartamento, junto al dueño de la casa, ha llegado otro tipo, vestido —si es posible— de una manera todavía más chillona: saco azul eléctrico vivo, camisa rosa, pantalones con grandes franjas gris claro y gris oscuro y mocasines de charol de color naranja. Y lo más extraordinario es que éste, además, ¡habla italiano!

—Eh, pero ¿qué ocurre? ¿Qué están tramando ustedes dos?

Lo dice con un extraño acento que lo hace parecerse mucho a Miguel Bosé.

—Estamos buscando a María... Vive aquí...

Y de repente me viene a la cabeza su apellido: ¡López! Nos habíamos reído de él porque le pregunté si era pariente de Jennifer.

—López, María López —puntualizo como si fuera una especie de agente secreto.

Gio se vuelve satisfecho hacia mí:

—Ah, ¿ves cómo sabías su apellido?... ¡María López, qué bonito, suena bien! Como Jennifer Lopez, ¿sabes? —Se dirige al recién llegado, el amigo de Miguel Bosé.

—¿María López?

—Sí..., pero deja que nos presentemos. Yo soy Gio y él es Nicco.

Nos estrechamos la mano.

—Yo soy Venanzio —dice él—. Él es mi amigo Tomás. Hace veinte años que vivo en Madrid, dieciocho en este departamento, y nunca he oído hablar de ninguna María López...

¡Qué increíble encontrar a un italiano precisamente aquí! Hace que las cosas sean más fáciles, al menos en este momento. Aunque la noticia que acaba de darnos no es que sea muy alentadora.

Tomás nos observa intentando comprender lo que está pasando. Después mira a Venanzio, que se lo explica en español. Él asiente.

—Entiendo...

Ahora lo tiene todo claro, ¡le parece normalísimo que dos italianos busquen a esa tal María López en su casa, debe de ocurrir a diario! En España es todo tan posible que nadie se maravilla por nada.

—No sabría cómo ayudarlos. Tal vez les hayan dado una dirección equivocada... —Entonces, de repente, Tomás se acerca a Venanzio, se le arrima, se toman de la mano, se miran con una sonrisa: se ve claramente que están enamorados y naturalmente son gais.

—Bueno, entonces gracias, y perdonen la molestia, nos vamos... —dice Gio, visiblemente incómodo pero con una sonrisa de circunstancias. Hace intención de dirigirse al elevador.

—Espera, Gio, de acuerdo, pero ¿cómo vamos a encontrar a María? —lo detengo. Después le arranco la nota de las manos y la pongo debajo de las narices de Venanzio.

—Por favor, mírala bien. ¿Es la misma dirección? ¿Hay una calle con el mismo nombre? ¿Cómo puedo encontrarla? Te lo ruego, es importante.

Gio interviene.

—¡Pero ¿tú sabes cuántas López debe de haber en España?! ¿Y tenías que enredarte con una mujer con ese apellido?

—¿Acaso podía escoger?

—No, tienes razón..., con el apellido no se puede hacer nada.

Venanzio se echa a reír, pero luego niega con la cabeza.

—Lo siento, pero no sé cómo ayudarlos... Deberían preguntar a quien les dio la dirección, tal vez el nombre de la calle sea otro... Lo siento mucho.

—Ya, gracias, excelente idea. ¿De dónde eres, Venanzio?

—¿Por qué?

—No, por nada, por saberlo...

—Soy calabrés. Entren y tomen algo.

—Gracias, pero tenemos que irnos, y has sido muy amable, de verdad... Perdona otra vez... Hemos dado palos de ciego... Adiós —contesto, desconsolado.

—*Bucos* de ciego... —les traduce el cretino de mi amigo.

—Para ya, idiota. Vámonos... —digo jalándolo de una manga. Totò y Peppino en España no lo harían mejor que nosotros.

Venanzio y su novio Tomás esperan educadamente a que el elevador llegue al rellano y nos saludan con un gesto de la mano. No puedo evitar pensar que el amor es algo grande, prescindiendo de a quién se ama.

18

Volvemos a estar en la calle, decepcionados y derrotados, allí parados sin mucho que decir mientras la gente que camina apresuradamente con un objetivo que alcanzar nos esquiva. Qué suerte tienen.

—¿Y ahora qué hacemos? —me pregunta Gio.

—Estaba pensando que, en efecto, Venanzio tiene razón.

Mi amigo me mira pasmado.

—Oye, ¿no irás a cambiar de idea ahora en ese aspecto? España no te hará cambiar de bando, ¿verdad?

Hago como si no lo hubiera oído.

—Decía que podríamos llamar a Roberto, el portero del hotel; ¿tienes el número?

—Sí, lo tengo... ¿Qué hora es? Debe de haber empezado ahora su turno...

Lo veo titubear.

—¿Qué pasa?

—No, nada..., no tengo mucho saldo en el teléfono. Con las prisas de irnos se me olvidó cargarlo y, además, no tengo mucho dinero. Ya ves, es que últimamente no he conseguido vender tantos DVD. Y ni hablar de los juegos, lo que pasa es que no puedo piratearlos, ¿sabes? Todos mis ahorros han venido conmigo a España...

—Claro, toma —le paso mi celular—, tengo una tarifa especial. Se llama «Iluso cien por cien día y noche», ideal para los imbéciles que salen en busca de la chica perfecta pero con la dirección equivocada... Llama con el mío.

Mira el número en su celular, lo marca en el mío y enseguida le responden.

—Hotel Fontana, buenos días.

—¡Sí, hola, Roberto! ¿Cómo estás?

—¿Quién es?

—Soy Gio, venía a menudo con aquel amigo mío, Nicco; a recoger a dos españolas.

—Ah, sí, claro... Perdóname, pero ahora estoy ocupado, ¿puedes llamarme dentro de una media hora? Estoy con unos clientes que acaban de llegar.

—No, no, solo necesito una información...

Gio nota que el tipo resopla desde el otro lado.

—Está bien, dime, deprisa.

—Bueno, me parece que me diste una dirección equivocada...

—¿Qué dirección?

—De una de las dos chicas españolas, se llamaba María, era de Madrid...

—¿Por qué?

—¡Porque aquí en la dirección que nos diste no vive nadie con ese nombre, solo una pareja de gais, y no les consta que nunca haya vivido allí ninguna María!

—¿Cómo lo sabes?, ¿estás en Madrid? ¿Se fueron a España?

—Pues claro, si no, ¿para qué iba a pedirte la dirección, según tú?

—De acuerdo, pero podrías haber pedido la dirección

139

porque sí, porque te gusta soñar, porque te dices que un día irás a darle una sorpresa, pero luego ese día no llega nunca...

—En cambio, para nosotros ha llegado y estamos debajo de su casa.

—¿En España?

—Sí.

—¿En Madrid?

—Sí. ¿Puedes decirme si la dirección es correcta? La que me diste era...

—Está mal.

—¿Cómo que está mal?

—Me era imposible darte la dirección de un cliente nuestro, es información confidencial. Me arriesgo a que me despidan...

—¡Me lleva la chingada! Te di cien euros para saber dónde vivía, he venido hasta aquí y ¡¿ahora te acuerdas de que es información confidencial?!

—Me confundes con otra persona, yo nunca he recibido dinero de nadie; ahora, si no te importa, tengo que trabajar.

—¡Espera a que vuelva, iré allí, te agarraré de las orejas y te pelaré como a un caramelo Golia! ¡¿Oye?! ¡¿Oye?!

Gio mira el celular y después a mí.

—Ha colgado. O sea, ese pendejo ha colgado. O sea, él sabe que hemos venido hasta Madrid solo para buscar a esa chica, sabe que nos ha dado mal la dirección, él tiene la buena, y en vez de dármela, ¿qué hace? Cuelga. ¡Me ha estafado cien euros para nada! Pero yo lo mato, cuando vuelva está muerto.

—Olvídalo, es capaz de denunciarte. Imagínate que le

pasa algo, localizan las llamadas que ha recibido y te metes en un lío... —le digo intentando calmarlo.

—Te meterás tú, en todo caso, porque el teléfono es tuyo, así que irían tras de ti —me contesta Gio, que ya vuelve a estar de buen humor.

—¡Mierda, es verdad!

—Pero yo ya tengo un plan, tranquilo, nosotros estamos aquí, en España, y a él lo matarán en Italia.

—¿Y quién?

—Llamaré a Pepe y le diré que Roberto ha besado a tu hermana Valeria cuando estaba saliendo con él y que además se pitorreó de él mientras lo hacía. Ya está muerto...

—Estás completamente loco.

—Sí, yo, pero ¿te parece normal lo de ese Roberto? Que no nos haya dado la dirección correcta... Aunque no fuera por los cien euros, ¡al menos podría habérnosla dado por el amor! ¡Son chingaderas que alguien haga un viaje como éste, es precioso pero, en cambio, hay personas como ese cabrón de Roberto que estropean el mundo! ¡Se hace el remilgado y a lo mejor está estafando a su amo!

Entonces me doy cuenta de que a nuestra espalda hay un enorme cartel de esos que promocionan las bellezas de la ciudad. Gio me sacude.

—¿Te has quedado embobado? ¿Qué miras?

—Es el parque del Retiro, uno de los lugares más románticos del mundo. Mis padres soñaban con ir allí juntos —le explico con la nariz todavía hacia arriba.

—¿Y qué? Ellos no son los que están en Madrid.

Inmediatamente después de haberme contestado así, Gio se queda paralizado y se pone colorado de la vergüenza.

—Perdóname, Nicco, he dicho una idiotez, no sé cómo se me ha escapado. Sí, lo sé, digo muchas... pero no quería ofenderte, perdóname.

—No te preocupes... ¿Te gustaría ir?

Sintiéndose culpable, Gio empieza a gesticular como si le hubiera picado una tarántula y para un taxi. Me parece que la respuesta es sí.

El coche brinca suavemente en cada cruce por el que pasamos y en poco tiempo llegamos delante de la entrada del parque. Antes de que pueda hacerlo yo, Gio saca la cartera y paga.

Empezamos a caminar por los senderos arbolados y después de unos minutos llegamos frente a un monumento imponente que se asoma a un lago sobre el que se mueven ligeras unas barquitas azules, conducidas por alegres familias y parejas de enamorados.

Le paso mi celular y le digo:

—¡Ten, tómame una foto!

—¿Por qué?

—Se me acaba de ocurrir una idea, al menos hoy alguien será feliz...

—Ah, bueno... —Gio se lleva el teléfono a los ojos, estudia el encuadre, le da vueltas todo concentrado, lo vuelve a poner como estaba antes, un suplicio...

—¡Date prisa! ¡Tardaron menos en rodar *La guerra de los mundos*!

—Un segundo...

—¡Por favor, intenta que el encuadre salga bonito!

—¿Es que no confías en mí?

—Tiene que salir el lago y el monumento que hay detrás, por favor...

—Que sale todo —me tranquiliza mientras dispara—. ¡Mira!

Me pasa el teléfono, observo la foto y sonrío satisfecho.

—Bien, ¿no?

—Sí, ahora solo tenemos que encontrar un sitio, un centro con computadoras, con diseño gráfico... —le digo.

—A sus órdenes —dice él y, como antes, pero menos exaltado, para otro taxi.

El conductor es un madrileño simpático y muy amable que después de ver que somos italianos enseguida nos pregunta si nos gusta el futbol.

—¡Claro! *Forza Roma!*

—*Forza Lazio...* —añado yo.

—Y tú, ¿de qué equipo eres? —le pregunta Gio.

—Del mítico Real Madrid. ¿Ya fueron a ver el Bernabéu? Es uno de los estadios más grandes de Europa.

—Todavía no, pero me parece que el de Barcelona es más grande...

El taxista nos mira con aire socarrón.

—Pero el Real es el Real... ¿De dónde son? —nos pregunta antes de dejarnos.

—De Roma —contesto.

—Ah, qué bonito... El Coliseo, la *piza*, le *ragaze* —dice él, embelesado.

—¡Aquí las consonantes dobles nunca las pronuncian, ¿eh?! —comenta Gio y, antes de que me eche a reír en su cara, cerramos la puerta y lo vemos irse.

El sitio al que hemos ido es un paraíso para los aficionados a las computadoras. A Gio literalmente se le cae la baba al ver cualquier aparato de los que hay allí y que tenga una tecla en la que diga «on».

—Con un negocio de éstos en casa, me descargo hasta las películas que todavía están por rodar...

Una chica con unos ojos muy verdes que lleva una camiseta con el logo de la tienda viene a nuestro encuentro para preguntarnos cómo puede ayudarnos. Es mona, amable. Le pregunto su nombre, se llama Carmen, Carmen Corrales. Intento hacerle entender lo que necesito.

—Mi madre, mi padre, mi padre muerto.

Dice que lo siente por mi padre. Yo saco la foto de ellos dos que siempre llevo en la cartera y se la enseño. Me esfuerzo en explicarme con gestos, medias frases en español, y ella parece captar lo que tengo en mente.

—Entiendo, sígame, por favor, no tardaremos mucho —me dice, afable.

No he entendido ni una palabra de lo último que ha dicho, pero la sigo de todos modos.

Al cabo de menos de media hora consigo acabar lo que tenía pensado. Le muestro el resultado de mi ocurrencia a Gio, que se queda con la boca abierta.

—¡Qué bonito! ¡Es una idea genial! —exclama. Está realmente emocionado, se lo leo en los ojos.

Miro de nuevo la imagen, orgulloso de mí mismo: mis padres y yo delante del parque del Retiro, en un fotomontaje hecho con arte. A continuación empiezo a manipular el teléfono. Estoy muy concentrado, abro los archivos de música, selecciono una canción, su preferida, la que cantaban siempre, después pulso «enviar». Ya está hecho.

Estoy contento, no hay nada más bonito que hacer algo por alguien a quien quieres, es todavía más bonito que cuando alguien hace algo por ti.

Camino con Gio, paseamos en silencio por Madrid,

hace buen día, al final de la calle veo un edificio alto, hasta arriba dice «Schweppes»; esta ciudad es realmente una metrópoli moderna, mucho más que Roma. Miro hacia el cielo, las nubes más lejanas, más grandes, no son amenazadoras, al contrario, hacen que todo parezca más sereno. Hay carteles de cine, grandes, me sorprendo porque algunos de ellos están pintados a mano, a la vieja usanza. Los rostros de los actores, perfectamente reflejados, emergen todavía con más fuerza que los carteles habituales.

Es maravilloso pensar que en una ciudad como ésta todavía haya artesanos que se ocupen de hacer un trabajo tan meticuloso.

Justo en ese momento me suena el teléfono.

—Cariño, no tenías por qué hacerlo...

—Mamá...

Llora a mares, oigo sus lágrimas, su respiración, su dolor, y luego lo dice casi en voz baja:

—Y además con la canción..., qué tierno.

Me la deja escuchar. Se trata de *Luglio*, de Riccardo del Turco.

Y yo me la imagino en el teléfono de casa desde el que me ha llamado y con el celular en la mano mirando nuestra foto mientras vuelve a escuchar la canción.

—Pero ¿cómo lo has hecho?... —me pregunta. Sorbe por la nariz, pero ya no solloza. Menos mal.

—Ha sido fácil, mamá: siempre llevo una foto de ustedes dos en la cartera. He entrado en una tienda especializada en informática, he hecho que escanearan la foto, han añadido la mía, que Gio me ha sacado hace un rato, y las han montado con Photoshop.

Ella al final se echa a reír.

—¿A ti te parece que he entendido algo de lo que has dicho?

—Mamá, qué linda eres cuando te ríes... ¿Te ha gustado?

Se queda en silencio. Me quedo en silencio yo también, miro a Gio delante de mí, que no sabe qué decir.

—Es el regalo más bonito que podías hacerme.

—Mamá, a papá le gustaría oírte reír más a menudo.

—No digas eso.

—Me lo ha dicho él... —le confieso, y al cabo de un momento me echo a llorar yo también.

Me habla en voz baja.

—Estoy mirando la foto...

De vez en cuando se detiene para que sus palabras no se rompan con las lágrimas.

—Estamos guapísimos los tres. —Después hace una pausa y se pone seria—. ¿Por qué no has puesto a tus hermanas?

Abro los brazos, niego con la cabeza y miro a Gio, que, naturalmente, no sabe qué decir. En esta vida siempre hay algo que no va bien.

—¡Porque no llevaba encima ninguna foto con ellas, mamá! ¡No me voy a ir de viaje con el álbum debajo del brazo!

—Está bien, está bien, ten cuidado, ¿o te estás atracando solo de porquerías? —cambia ella de tema.

—¡No, qué va! Aquí se come muy bien y no es caro. Pero ahora tengo que colgar, mamá, que si no todo lo que no gasto en comer lo gastarás tú en teléfono.

—¡Sí, sí, tú siempre tienes que colgar!

—Pero, mamá, ¡estoy en Madrid!

—De acuerdo. Pero dime una cosa: ¿cómo estás?

—Bien, ¿cómo quieres que esté?

—No lo sé, dímelo tú.

—Ya te lo he dicho: estoy bien.

—¿Y cómo te has tomado lo de que Alessia salga con ese amigo tuyo, Andrea?

¡No me lo puedo creer!

Tapo el celular con la mano.

—¡Pero si hasta mi madre lo sabe! —le digo a Gio en voz baja.

—¿Qué cosa?

—¡Lo de Alessia!

—¿Que habían terminado? Bueno, las madres siempre lo saben todo...

—¡No, lo de Alessia y Bato!

Aparto la mano del micrófono.

—Mamá, pero ¿desde cuándo lo sabes? Te lo ha contado Valeria, ¿verdad? ¿Por qué no me lo dijiste?

—No lo sabía... —dice ella, insegura.

—¡Pero si me lo acabas de decir!

—Porque ahora sé que lo sabes.

Nada, es imposible hablar con mi madre.

—Niccolò, esa chica no te merecía, no le des más vueltas, tranquilízate y no pienses más en ella. ¿De acuerdo? ¿Me harás caso por una vez?

—Sí, mamá.

—Me has hecho un regalo precioso, gracias, vuelve pronto...

—Está bien, está bien, pero tú estate tranquila, ¿de acuerdo?

Entonces lo piensa mejor.

—Mejor dicho, Nicco, pásalo bien y vuelve cuando quieras.

Corto la llamada y me quedo mirando fijamente el teléfono.

—¡O sea..., es absurdo! Lo sabían todos. —Lo digo para mí mismo, casi alelado—. No lo puedo creer, lo sabían todos y nadie me lo había dicho.

Y de repente, sin motivo aparente, me entran muchas ganas de reír.

—¡Hasta mi madre lo sabía! No, no, esta historia es demasiado absurda...

—Sí, sí, y tu madre nunca sabía cómo sacar el tema...

—¿Cómo lo sabes?, ¿lo hablaron?

—Sí, cuando iba a tu casa, en cuanto nos quedábamos solos ella me preguntaba: «Pero ¿tú se lo has dicho?». «No... ¿Y tú?» «¡No, yo tampoco!» «Y ¿quién se lo va a decir?» «No sé.» Oh, Dios mío, era tremendo, qué risa.

Y seguimos así, doblados por la mitad como no nos pasaba desde la época del instituto.

—Bueno, Gio, ya basta, volvamos a Roma, total, a María no la encontraremos nunca.

—¡Que no, carajo, que ya hemos pagado el hotel! Y, además, los boletos de regreso que tenemos no se pueden cambiar, de modo que tenemos que quedarnos...

—Está bien..., ¡¿y qué vamos a hacer aquí, entonces?!

—¡¿Estás loco?! ¿Que qué vamos a hacer en Madrid? ¡Hay millones de cosas que hacer en Madrid! Quiero ir a comer una paella, ver el Bernabéu, visitar el Prado, ir a ese mercado tan bonito, ¿cómo se llama?

—El Rastro...

Entonces Gio se da cuenta de que de repente sonrío, de

que estoy contento, de que pongo la cara de quien tiene remedio para todo.

—¿Qué pasa? ¿Qué se te ha ocurrido? —me pregunta.

—Mira, es María, la hemos encontrado.

19

Detrás de nosotros, con toda su inolvidable belleza, aparece María, protagonista del anuncio de Desigual.

Está en una playa, con los cabellos al viento, un traje de baño de colores, y me sonríe. O más bien sonríe al mundo desde lo alto de ese edificio, perfecta en toda aquella miríada de pixeles de la enorme pantalla. Después, se vuelve y se aleja así, sobre el fondo de un fantástico mar, avivando mil fantasías sobre su trasero.

—No mames... —Gio mira el anuncio con la boca abierta. Después se vuelve hacia mí—. No, quiero decir, preciosa..., esa playa...

—Espléndida.

—Pero ¿te das cuenta? ¡Tú has estado con esa modelo! María es modelo...

—Sí, y fui tan tonto que no me di cuenta de lo mucho que me importaba, pero es el momento de ponerle remedio. Ahora que hemos descubierto que María López está vivita y coleando y más guapa que nunca, que ha hecho de modelo en esa publicidad, es más, espera, que voy a grabarla... —Saco el celular y filmo todo el spot—. Así que trabaja de modelo. Ahora solo tenemos que saber cómo podemos encontrarla. ¿A quién podemos acudir?

—No tengo ni idea... ¿No podríamos hablarlo en la mesa? Me estoy muriendo de hambre... —contesta Gio.

—Eres la persona más insensible que he conocido nunca. A mí, con la emoción, se me ha cerrado el estómago —protesto.

—Es una sensación que no he tenido nunca...

Al final acaba ganando, y la verdad es que haber descubierto que María estaba tan al alcance de la mano me alegra y me abre el apetito también a mí. De modo que nos sentamos en un restaurante en el que hacen tapas.

—¿Te puedes creer que aquí si pides un vaso de cerveza te traen todas estas cosas para comer? —me dice Gio.

—¡Nicco! ¡No lo puedo creer!

De repente noto que me dan una palmada en el hombro y por poco me meto el palillo de la tapa de huevo en la garganta. Es Venanzio, y también Tomás.

«Madrid no debe de ser tan grande», pienso.

—Éste es nuestro bar de tapas favorito, los hemos visto detrás del cristal, ¡qué casualidad, ¿eh?! Íbamos a ver la exposición de un amigo nuestro. ¿Quieren venir?

Gio me da patadas por debajo de la mesa y comprendo que la exposición le importa bien poco, y menos aún ir con ellos.

—No, gracias, creo que iremos al hotel a descansar un rato...

—Comprendo... Y ¿qué?, ¿encontraron a la misteriosa María?

Antes de que pueda contarle nuestro descubrimiento, Gio se me adelanta y les hace un resumen pormenorizado de la noticia, sin olvidar informarlos también sobre la perfección de su trasero.

—Miren, aquí está la grabación... —Les enseño el celular, y hasta Venanzio es capaz de apreciarla.

—Una chica preciosa...

—Sí...

Tomás le da un empujón, entiende lo que ha dicho. Los dos empiezan a discutir en español, pero se nota que es más en broma que otra cosa.

Gio se acerca y me susurra:

—¿Quieres ver cómo María los hace cambiar de idea? —A continuación se ríe como un imbécil, y Venanzio se dirige a mí y a Gio.

—Tienen suerte...

—¿Por qué?

—Últimamente he hecho todos los castings de Zara y de Mango...

—Entiendo —dice Gio—. Pero ella ha trabajado para Desigual.

Venanzio lo mira con suficiencia.

—Estamos continuamente en contacto con todos, tal vez podamos ayudarlos. Tengo que hacer un par de llamadas, pero vengan a cenar esta noche a casa y hablaremos. Total, la dirección ya la saben, ¿no?

Esta vez mi amigo casi me parte el menisco, pero María es una prioridad, y acepto encantado.

—Con mucho gusto, gracias. Al fin y al cabo, tampoco teníamos ningún compromiso para esta noche, ¿verdad, Gio? ¿Te gustaría ir?

—¡Sí, un montón! —comenta él con un tono inequívoco.

Llegamos puntuales, Gio lleva una cara que ni que estuviéramos a punto de meternos en la jaula de los leones. En cambio, Venanzio y Tomás son muy amables y hospitalarios.

Nos hacen pasar, y Venanzio enseguida dice:

—¿Gustan un café, una Coca-Cola, una servidora...? —como Joan Cusack en *Armas de mujer*, una película de sus tiempos.

Hasta son graciosos. Aun así, Gio no está nada predispuesto. El departamento es una extraña mezcla entre una galería de arte minimalista y el despacho de Lele Mora que salió por la tele. Hay muchísimos cuadros de colores, butacas rojas, fucsia, violeta, y una serie de sillas de los estilos más diversos dispuestas alrededor de la mesa del comedor. Gio las mira divertido y parece, por fin, tranquilizarse.

—¡Vaya, si por lo menos hubieran encontrado dos iguales! —comenta.

—¡Son así a propósito! Algo me dice que se dedican al mundo del arte —le explico.

Venanzio me cuenta que tiene amigos que trabajan en publicidad, castings y agencias, probablemente también modelos. Ésta es nuestra última tabla de salvación, y por la cara que debo de tener en este momento, creo que ha comprendido lo importante que es María para mí y mi salud mental. Al cabo de un momento, Venanzio ya está llamando por teléfono y da vueltas por la casa hablando en español; oigo que se enfada.

—No, no, quiero hablar con Juan Díaz —dice.

Por el tono decidido de su voz veo que Venanzio es un hombre con bastante peso en su ambiente. Hace que le pasen a las personas más importantes como si nada, y quién sabe, me digo yo, si les cuenta el motivo de tanto interés por esa joven modelo. Como si me hubiera oído, cubre el micrófono del teléfono con la mano y me dice:

—He dicho que quieren rodar un spot para Armani en Madrid, aquí es muy apreciado, seguro que nos la localizan.

A continuación empieza a hablar de nuevo en español, asiente varias veces, sonríe satisfecho y al final cuelga el teléfono.

—Sí, me parece que vamos por el buen camino, ahora no tenemos más que esperar —comenta luego, y coloca el teléfono inalámbrico a cargar sobre la base.

—¿Un poco de música?

Antes de que podamos contestar ya ha puesto en marcha un maravilloso equipo de última generación y al cabo de unos segundos suena *Fiesta*, de Raffaella Carrà.

—Voy a traerles algo de beber...

Y Venanzio desaparece en la cocina.

Entonces, sí, Gio se sienta en el sofá lila de la sala.

—Oye, Nicco... A estos dos no se les ocurrirá drogarnos y después aprovecharse de nosotros, ¿verdad?

—Mira que eres provinciano... ¡Si ellos no te hacen ni caso, contigo iban a perder el tiempo!... —Cuando habla basándose en lugares comunes, me hace rabiar. Y el hecho de que en realidad sea una persona inteligente todavía me hace rabiar más.

Venanzio se asoma desde la cocina.

—¿Quieren una cerveza, un vermut, una Coca-Cola o un jugo? ¿Qué se les antoja?

—Para mí una Coca-Cola.

Gio me mira, parece más relajado, de modo que decide arriesgarse.

—Para mí una cerveza.

—Perfecto, enseguida se las llevo.

Gio toma el control remoto, enciende el televisor y hace como si estuviera en su casa. Empieza a pasar de un canal a otro hasta que encuentra un partido de futbol.

—Genial, están pasando la Champions.

Y así se relaja todavía más, se hunde en el sofá, quita el sonido del partido y lo ve con las notas de Raffaella Carrà de fondo, que mientras tanto ha llegado a *Maracaibo*. Oh, Dios mío, no nos harán escuchar este rollo de los años ochenta toda la noche, ¿verdad?

—Ya estamos aquí.

Venanzio entra en la sala junto a Tomás con una bandeja llena de papas fritas, aceitunas y cuatro vasos.

—Mientras esperamos a que esté la cena, por favor... Como si estuvieran... ¡en mi casa! —nos dice, soltando una risita.

Gio se incorpora un poco mientras Venanzio deja la bandeja en el centro de la mesita, moteada en blanco y negro.

—¿Les gusta? —pregunta, fijándose en que Gio no deja de mirarla—. La compré en una tienda de antigüedades, la llamo «101», como los dálmatas... Teniendo en cuenta su valor, tampoco me costó mucho, cinco mil euros, es de los años treinta.

—¡Caramba! —salta Gio, que enseguida intenta rectificar—. Quiero decir, pensaba que incluso era más antigua...

—Muy linda —digo yo.

A continuación Venanzio nos pasa los vasos.

—Bueno, brindemos... ¡Por María López... y por nuestra felicidad!

Lo repite en español para Tomás, que parece estar de acuerdo y brinda con nosotros.

Gio y yo hacemos entrechocar nuestros vasos; a continuación me bebo toda la Coca-Cola de un trago. Él, naturalmente, apenas toca su cerveza y vuelve a dejarla, desconfiado por que pueda haber algo dentro. Tomás y Venanzio se sonríen y luego brindan tocando sus vasos delicadamente, y se besan en los labios. Y por un instante, por mucho que Gio pudiera asombrarse con este pensamiento, los envidio. Sí, los envidio porque están en esta casa tan vistosa, hecha con todo lo que a ellos les gusta, con lo que desean, con lo que han querido y conseguido, porque se visten con sus colores favoritos, porque tal vez se aman y, en cualquier caso, ahora parecen felices.

Tomás le dice algo a Venanzio, que asiente y se dirige a nosotros.

—Bueno, voy a poner enseguida el agua a calentar, ¡me encanta cocinar cuando tengo invitados!

Desaparece de nuevo en la cocina. Su compañero, en cambio, se levanta y cambia el CD, pone a Paco de Lucía y una preciosa música flamenca se extiende por toda la casa. A continuación empieza a bailar y, con pequeños pasos de danza, se dirige hacia un gran armario lacado en blanco.

—¿Puedo ayudar? —pregunto educadamente.

En ese momento Venanzio se asoma desde la cocina y me contesta con una pose irónicamente tirana:

—Tú ven aquí a la cocina, que me harás compañía, mientras que tú, Gio..., te llamas así, ¿verdad?

Él asiente sin decir una palabra.

—Eso, tú ayuda a Tomás a poner la mesa. Hacía tiempo que buscábamos a una «domesticada»... —dice luego nuestro anfitrión, que tiene toda la pinta de querer divertirse provocándolo un poco.

—Domesticada lo estará tu hermana... —comenta Gio, que se está carcomiendo. ¡Y de qué manera!

Tomás hace que Venanzio se lo explique todo en español y se echa a reír.

—Ven, Nicco, prepararemos un buen plato de pasta.

Me hace entrar en la cocina.

—Toma, ponte aquí. —Me pasa un cuchillo, una tabla de cortar y unas cebollas.

»Ve cortando... ¡Nos daremos un festín de espaguetis! El otro día también compré unos *tortelloni* porque me dieron ganas de comer comida italiana. A veces extraño Italia, ¿sabes?, como hoy..., y ¿quién llega justamente en un día nostálgico como éste? ¡Ustedes dos! ¿No es estupendo?

Empiezo a cortar las cebollas.

—Eso es, Niccolò, en rodajas finas.

Me vuelvo y veo que Gio está ayudando a Tomás en la sala. Colocan unos manteles individuales en la gran mesa: son de un azul cobalto encendido. A continuación, Tomás le pasa las copas y, en cuanto Gio las dispone junto a las servilletas, le toma las manos y le levanta los brazos en el aire intentando que participe con pasos de flamenco. Para Gio es inútil iniciar una retirada, y al cabo de un instante lo veo que empieza a bailar con él.

—No, no lo puedo creer... —comento presenciando la escena.

—¿Qué pasa? —Venanzio me mira con curiosidad.

—Están bailando...

—Pues claro, no puede evitarlo, Tomás lleva la música en las venas.

—Pero Gio, no. ¡Tu novio ha obrado un milagro, esto no me lo puedo perder! —digo mientras saco el celular del bolsillo e inmortalizo el momento.

En ese instante, al verme, Tomás pone una mirada intensa de conquistador y empieza a taconear como un verdadero experto, mientras a Gio le da por imitar los gestos de un torero, con cuernos y todo en la cabeza. No obstante, ahora también se ha dado cuenta de que los estoy grabando.

—¡Eh, oye, no, ¿eh?! —grita, e intenta librarse de Tomás, que, sin embargo, no lo deja ir.

—Demasiado tarde. ¡Ya lo subí a internet!

Un poco más tarde, Venanzio nos anuncia a grandes voces:

—¡A la mesa! ¡Acérquense, la cena está lista!

Nos sentamos y empieza a servir los platos.

—Ha sobrado un poco, si les gusta después pueden repetir.

—Claro... —Lo pruebo—. Pero bueno... Muy bien, Venanzio —lo felicito, está realmente exquisito.

—Mmm...

Venanzio, después de dar el primer bocado, se da con la mano en la cabeza.

—¡Caramba! ¡Me he olvidado del vino! ¿Les parece bien un chianti?

—Sí, perfecto —digo yo también por los demás, que tienen la boca llena.

Va corriendo a la cocina y aparece al cabo de un momento con una botella de tinto.

—Al final he traído un amarone, lo guardaba para una ocasión especial, ¡y ésta sin duda lo es! Toma, ábrelo tú, Tomás.

Se lo pasa, y entonces, como si hubiera tenido otro flash, dice:

—Esperen, esperen... Quiero poner algo... —Quita el CD de flamenco y pone otro—. Es un recopilatorio...

Mientras tanto, Tomás descorcha el vino y se pone a oler el tapón.

—¡Mmm, qué bien *odora*!

Y vierte el vino en las copas, cada una distinta de la otra, como las sillas. Venanzio hace que empiece a sonar la música.

—Aquí lo tienen, es todo en italiano. La primera canción es de Malika Ayane, una versión de *La prima cosa bella*. Son canciones antiguas interpretadas por cantantes actuales. Luego está *Ma il cielo è sempre più blu*, de Giusy Ferreri, y a continuación *Insieme a te non ci sto piú*, cantada por Franco Battiato. Diablos, hoy estoy de un nostálgico... Soy un nostálgico *vintage*. —Y nos echamos a reír. Venanzio levanta la copa y exclama—: Tengo una idea, propongo un brindis. Por María López, la chica más afortunada de España... ¡Aunque aún no lo sabe!

Y reímos y brindamos haciendo entrechocar las copas, y la pasta está riquísima, y además tienen pan casero todavía caliente, y el vino tiene cuerpo, está a la temperatura ideal, y ellos son dos amigos inesperados, generosos y ¡coloridos! Así es, éste es uno de esos momentos que a veces no nos damos cuenta de estar viviendo, un instante de felicidad. Y yo no quiero volver a cometer ese error. Y es como si me viera desde fuera, y disfruto de cada segundo. Veo que Gio se ríe, habla un poco en italiano y un poco en español, o eso que para él parece ser la lengua española, intentando hacerse entender por Tomás.

—Mira, mira qué bien bailas... —le digo mostrándole el video que he grabado con el celular.

—Bórralo, bórralo enseguida...

—Ahora eres un hombre al que se puede chantajear. Mañana YouTube se va a colapsar...

Gio se ríe, pero no me sigue el juego:

—Oye, Venanzio..., cocinas realmente bien, felicidades, deberías abrir un restaurante italiano...

El cocinero se ríe y se lo repite a Tomás.

—Es lo que siempre me dice él —explica luego mientras su compañero lo confirma, asintiendo con la boca todavía llena.

Naturalmente, Gio aprovecha para incluirse.

—¡Tendríamos que hacerlo en serio! Les traeríamos las últimas novedades italianas, y podríamos vender los mejores productos en el restaurante, ¿qué les parece?

Lo hago callar enseguida.

—Eso ya lo ha pensado mucha gente...

—¡Sí, pero nosotros lo haríamos mejor! —protesta él.

Gio siempre quiere salirse con la suya. Entonces, de repente suena el teléfono y Venanzio se levanta de un salto para contestar.

—¿Hola?... ¿Sí? —Está inmóvil delante del librero, escuchando la voz metálica que llega hasta nosotros—. Bien, muchas gracias. —Después cuelga y me sonríe—. ¡La hemos encontrado, la tenemos!

Me parece casi imposible poder localizar a una persona en España sin disponer de verdaderos elementos, de modo que todavía estoy dudando de si creérmelo, pero el entusiasmo de Venanzio es contagioso.

—¡Es ella, estoy seguro! Elena, la persona con la que he hablado, es muy hábil, se ocupa de las pruebas fotográficas de las campañas publicitarias más importantes. Ha dicho que conoce a su María y que hará todo lo que pueda.

Se ha hecho tarde, al menos para nosotros, que estamos cansados después de todo este día. De modo que Venanzio nos acompaña a la puerta.

—Ah, esperen. ¡Me parece que tengo un mapa!

Y regresa al cabo de un momento con un plano abierto en las manos.

—A ver, la agencia está aquí. —Nos marca con un círculo rojo el lugar al que debemos ir—. De todos modos, si necesitan algo, aquí es donde pueden encontrarme —y nos da una tarjeta a cada uno.

Es una tarjeta muy sencilla con el texto azul sobre fondo blanco; tratándose de Venanzio me esperaba algo más estrambótico, más kitsch, o con más color, sin embargo, descubro de él su faceta profesional, una imagen más seria y formal.

Y de repente todo eso me infunde confianza y pienso que Elena seguro que es supercompetente, que todo irá por buen camino, que encontraré a María.

En la puerta, nos despedimos de nuestros anfitriones, Venanzio ha resultado ser una joya, un verdadero amigo. Es la unión perfecta entre el calor de la gente del sur y la eficacia y el pragmatismo de los madrileños.

—Gracias —digo—. Si van a Italia y pasan por Roma, llámennos, estaremos encantados de devolverles el favor, por lo menos les indicaremos los sitios que visitar, los bares, los buenos restaurantes..., ¡y a buen precio!

Se echa a reír, tal vez podría haberme ahorrado lo de «a buen precio». A juzgar por la casa, no creo que él y Tomás tengan problemas de dinero. Y entonces saco la tarjeta de la agencia.

—Toma, trabajo en una inmobiliaria; si por casualidad tu nostalgia de Italia se volviera insoportable, tengo un montón de casas en cartera que les podría enseñar, y a precios de ganga...

—De acuerdo, amigos, pensaremos en ello. Espero volver a verlos, y saludos a Roma de mi parte... —contesta Venanzio, divertido.

Una vez en la calle, Gio vuelve a ser cáustico con nuestros nuevos amigos españoles:

—¿Nos imaginas en el Tigra convertible con esos dos en vez de con las extranjeras?... ¡Nuestra reputación quedaría por los suelos!

—¡No te gustan, pero los espaguetis bien que te los has zampado, ¿eh?! —le devuelvo yo.

—Soy un nostálgico *vintage* itálico —replica él imitando a Venanzio—. Y, de todos modos, parecía que estuviéramos en una de esas películas de Özpetek, pero más alegre...

—Oye, ¿sabes que tienes razón?... Esas películas, en cambio, siempre encierran una melancolía...

—¡Qué sangrón! Esos gais son siempre más tristes que la gente normal..., ¡échense unas risas!

—Pero ¿no te das cuenta de lo que estás diciendo? ¿Los

gais son más tristes que la gente «normal»? ¡Ni que estuviéramos hablando de extraterrestres!

—Bueno, para mí lo son... Extraterrestres hospitalarios, pero no dejan de ser extraterrestres. ¡En vez de en *No basta una vida* me parecía estar en *No basta un guardarropía*!

20

Una vez leí en un artículo que los españoles cuando van andando por la calle no miran a nadie a la cara, de tal manera que hasta la gente famosa como Sting y Michael Bublé han aparecido de incógnito en el metro y nadie los ha reconocido. No sé si todas esas historias son verdad, solo sé que en Roma decían que Alex Britti tocaba la guitarra en el metro de Londres, alguien lo escuchó y decidió producir su disco. A lo mejor resulta que el metro trae suerte, esperemos que sea así.

—¡Anda, es aquí! —me dice Gio indicándome la parada.

—Madre mía, tengo un sueño que me muero, estuve viendo la tele hasta las tres. ¿Sabes que aquí, en España, ya van por la tercera temporada de «Juego de tronos» y nosotros acabamos de empezarla?

—Entonces ya te has enterado de todo lo que ha pasado en las anteriores.

—¡No, de lo que me he enterado es de que tengo que ponerme a estudiar español!

Y entramos riendo en el metro. En una esquina, una banda interpreta una versión de Bruce Springsteen. Una chica rubia con los ojos azules canta tan apasionadamente que parece que esté seduciendo al micrófono. De los pequeños altavoces laterales sale nítida su voz, que no está nada mal. Aquí todos cantan y tocan bien, pero la gente no parece prestarles mucha atención.

—¡Mira, éste es el que tenemos que tomar!

Gio, con el mapa en la mano, me hace una señal para que lo siga. Subimos a uno de los vagones del metro en cuanto llega, está lleno de dibujos muy vistosos. Algunos me recuerdan a los mangas y otros podrían exponerlos en un museo de arte moderno, por lo expresivos que son. Se ve que en España los grafiteros van un paso por delante, lástima que sean tan numerosos que ya no queden vagones limpios. El metro parte inmediatamente y nosotros encontramos dos asientos libres. Estamos callados durante un rato, después Gio ya no puede más. Está claro que de pequeño no era ningún hacha en el juego del silencio.

—A que no está nada mal la idea de montar un restaurante italiano, ¿eh?

Lo miro. Todavía tengo la cabeza aturdida por el sueño, pero hago el esfuerzo de contestarle.

—¡Pero si ya hay muchos!

—Pues podríamos hacer algo como Roscioli o Frontoni en Roma: base de pizza horneada a todas horas y recubierta con un montón de cosas: mozzarella, tomate, salchichón, jamón de Parma, mortadela, solo productos italianos de calidad. En mi opinión sería todo un éxito..., y nos llovería el dinero.

—Primero tenías que triunfar en el mundo de la nueva economía, después inventar nuevas aplicaciones, ser el primer italiano en enfrentarse a Zuckerberg, y ahora vuelves a la idea del restaurante italiano en España. Qué torrente de creatividad y originalidad, ¿eh?...

—Una cosa no quita la otra; de hecho, voy a hacerte una aplicación con la que puedas pedir la comida sin hacer cola o para que te lleven las cosas directamente a casa.

—Ya existe.

—Yo la haría mejor, y luego...

—... Y luego cotizaríamos en la Bolsa y nos haríamos millonarios. Siempre cuentas la misma historia...

—Oye, si no sueñas a lo grande, no llegas a ninguna parte. Si ya empiezas con un sueño de barata..., acabas teniendo un éxito de pobre. Además, si te fijas, es lo que decía Maquiavelo: ¡tira la flecha bien arriba porque, aunque no llegue al cielo, así caerá muy lejos!

—Las pocas nociones que aprendiste en el instituto te quedaron muy claras, ¿eh?...

—A propósito —dice Gio con aire conspirador—, ¿te has fijado en que los que iban bien en la escuela se hundieron en la universidad? Lo he comprobado con nuestros compañeros de clase, y ¿quieres saber una cosa? La mayoría de los que siempre sacaban un cuatro ya han encontrado trabajo como aprendices en algún taller, mientras que los matados, los que sacaban una media de ocho, ya ves, después de acabar la carrera de tres años están todos por ahí dando vueltas...

—¿Y qué quieres decir con eso?

—¡Que la escuela trae mala suerte!

Una chica de larga melena negra y ojos azules, con un pequeño piercing en la nariz, unos pantalones de mezclilla anchos como sus caderas y una chamarra de color rojo cereza que le queda corta, se echa a reír. Gio se vuelve hacia mí.

—Aquí todo el mundo entiende el italiano... —dice en voz baja.

—O puede que se ría por tu manera de gesticular...

El metro se para. La chica se levanta y baja. Entonces Gio se fija en la parada en la que estamos.

—¡Diría que deberíamos haber bajado en la anterior!

—¿Cómo?

—Sí, teníamos que bajar y después cambiar... ¡Anda, bajemos!

De modo que salimos precipitadamente del vagón antes de que las puertas se cierren. El metro se pone en marcha y nosotros, siguiendo por la escalera a la chica que se reía, nos encaminamos a paso ligero hacia la salida.

—Perdona, perdona... —Gio intenta detenerla—. ¿Sabes *dove stiamos*?

Ella niega con la cabeza como diciendo que no entiende.

—Aquí... ¿Dónde *stiamos*?

Gio saca el mapa.

—¿Y aquí?

Le muestra la marca roja sobre el mapa.

La chica lo mira pero vuelve a negar con la cabeza.

—Ni idea, lo siento.

Y se aleja rápidamente mientras Gio dobla el mapa.

—Bueno, me he dado cuenta de tres cosas: una, no habla italiano; dos, se reía de sus cosas; tres, te has equivocado de camino y estamos jodidos...

—¿Por qué?

—Porque estamos en la periferia, puede que sea el barrio más peligroso de todo Madrid, podría ponerse feo.

—Pues entonces, vámonos, ¿no?...

Efectivamente, será por sugestión, pero la calle a la que hemos salido no tiene un aspecto muy acogedor.

Y justo en ese momento, de la curva del final de la calle, aparece un grupo de chicos con el pelo largo y aspecto amenazador. Hablan entre sí, se dan empujones, alguno levanta la voz, otro se pone a cantar de repente.

—Ahí lo tienes..., ¿ves?... ¿Qué te he dicho? ¿Te acuerdas de aquella película, *Los guerreros*? ¡Parecen ellos!

Tal vez sea su comportamiento lo que los hace parecer peligrosos, o tal vez nuestro miedo que agiganta la realidad, pero el hecho es que no son precisamente las personas más indicadas a las que pedir información. Y, además, ahora nos han visto y vienen hacia nosotros. Se paran todos a nuestro alrededor, nos dicen algo, se carcajean. Gio y yo no sabemos qué hacer.

—Diría que vienen por nosotros.

¿Qué nos dirán? Bueno, total, no los entendemos. Cada vez están más cerca. Pero los palos que estamos a punto de recibir sí que tienen un idioma internacional. Por un instante me gustaría desaparecer, no existir, estar ya en el suelo después de recibir un puñetazo. María López, habría sido bonito encontrarte, si puedes ven a verme al hospital en el que acabe... Ahí están, a un centímetro, entonces cierro los ojos. Pero no siento nada, no ocurre nada. Cuando vuelvo a abrirlos me doy cuenta de que esos tipos nos han ignorado completamente y están entrando en el bar que hay a nuestra espalda.

—No venían por nosotros... —le digo a Gio, que está blanco como el arroz hervido.

—¡Ufff...! Ya me parecía estar leyendo los titulares en el periódico: «Una banda peligrosa da una sangrienta paliza a dos italianos».

—Sí, y María y Paula veían el reportaje por la tele pero estábamos tan hinchados por los golpes que no nos reconocían.

—Bueno, miremos a ver hacia dónde tenemos que ir antes de que cambien de idea, vamos.

Gio abre de nuevo el mapa y lo apoya en el cofre de un coche.

—Vamos, échame una mano, que no entiendo nada. ¿Adónde diantre hemos ido a parar?...

En ese momento sale del bar uno de los chicos, quizá el más joven de todos. Se saca una bolsa de tabaco, después un papel y, con gran maestría, se lía un cigarrillo. En pocos segundos lo tiene listo y, después de encendérselo, da una larga calada mirando a su alrededor. Gio, por su parte, sigue dándole vueltas al mapa tratando de saber cómo hay que mirarlo, después echa un vistazo a la calle en un desesperado intento de descubrir algún cartel indicador. El tipo exhala el humo y nos pregunta:

—Oye, ¿perdidos?

Pero no espera a la respuesta, se acerca con el cigarrillo en la boca, se mete entre Gio y yo delante del cofre del coche y se pone a estudiar el plano, le da la vuelta y después apunta su dedo rechoncho sobre un punto concreto.

—Estamos aquí... ¿Tienen que llegar... ahí? —pregunta señalando el punto rojo.

—¡Sí! —Asentimos sonriendo, contentos como dos desesperados en el desierto a los que acaban de ofrecerles una Coca-Cola helada.

—No está lejos. ¡Eh, tú, ven aquí!

Nuestro salvador llama la atención de un amigo suyo que ha salido del bar, precisamente el que parecía ser el más sanguinario de todos. Los dos hablan en un español muy cerrado del que no logro entender más que el último y arrastrado «vale».

Un minuto después estamos montados en su coche, con la música al máximo y las ventanillas bajadas, circulando a toda velocidad por las calles de Madrid.

Gio, que ha recuperado su color habitual, grita a mi lado en el asiento trasero:

—¡¿No será que esas historias sobre los barrios de mala fama se las inventan para las películas?! Aquí la gente es estupenda. Y qué corazón. ¡Han insistido en llevarnos!

—Eras tú quien decía que ese sitio era peligroso, eres demasiado pesimista, Gio, intenta ver el lado bueno de las cosas...

—Sí, siempre que no nos estén raptando para llevarnos a su madriguera, darnos una tunda a palos y luego pedir un rescate a nuestras familias.

—¡Puede que sean orgullosos y prepotentes, pero no son tontos! Enseguida han visto que tendrían que pagar ellos para que nos recogieran.

Gio se ríe como un loco, puede que sea una carcajada liberadora porque él se hace el duro, pero en el fondo siempre está tenso.

El tipo que conduce acelera más, tengo la adrenalina a mil, después se mete en una calle a la derecha y se para delante de un edificio.

—Aquí estamos —dice el más joven.

Bajamos y les damos las gracias por ser tan amables, les decimos que si van a Roma nos encantaría devolverles el favor, tal vez también podríamos llevarlos a dar una vuelta. Entonces me imagino saliendo una noche con estos dos fitipaldis y Venanzio y Tomás, ¡los seis juntos comiendo en Pizza Re! No estaría mal. Quizá lo han entendido, quizá no, ya que ni siquiera nos piden el teléfono, pero de todos modos se marchan rápidamente acelerando a fondo.

Entramos en el edificio. Gio está muy emocionado.

—¡Qué loca carrera con el coche, en cuanto vuelva a Roma quiero comprarme uno igual! Ya tengo la chamarra de piel de Bruce Lee, solo me falta dejarme crecer el pelo.

El portero, elegante con su uniforme, nos abre la puerta y nos pregunta adónde vamos.

—Hola, *andamos* a Madrid Publicidad. Elena Rodríguez.

Nos indica que esperemos allí:

—Un momento, por favor.

Levanta el auricular del teléfono y, después de marcar el número de extensión de un despacho, habla con alguien. Parece que la persona que está al otro lado estaba avisada de nuestra llegada.

—Cuarto piso, por favor.

Y nos señala un elevador en el que entramos y en poquísimos segundos llegamos a nuestro destino. Toda la planta pertenece a Madrid Publicidad. A la espalda de un elegante mostrador, una multitud de chicos y chicas se mueven atareados llevando papeles, carpetas, proyectos, pruebas, dibujos, prototipos, fotografías.

De las paredes, que por lo menos miden cuatro metros de altura, cuelgan los carteles de algunas importantes campañas de publicidad: Zara, Mango, H&M, Massimo Dutti, El Corte Inglés, y entre todas esas imágenes no podía faltar.

—Eh, aquí está tu María López.

En una gran foto sale ella. Lleva muy poco maquillaje, la piel blanca, inmaculada, y en la palma de la mano sostiene el tarro de crema hidratante que la ha hecho ser tan guapa como es: Lancôme. Pero no, no es verdad, la crema no tiene nada que ver, ella es así y punto, el mérito es completamente suyo.

—¿Puedo ayudarlos?

La señorita del mostrador nos trae de vuelta a la realidad. Gio es más rápido que yo:

—Sí, Elena Rodríguez.

—Un momento, por favor.

Como el portero de antes, ella también marca un número de extensión y habla con alguien.

—Sí, claro.

Asiente. Después cuelga y sale de detrás del mostrador.

—Por aquí, por favor...

Nos hace pasar a una sala de espera muy moderna con unos sofás de piel marrón, paredes blancas de ladrillo con unos grandes cuadros de varios colores: azul, amarillo, violeta, con marcos de madera clara. El suelo, en cambio, está hecho de gruesas planchas de madera oscura, de aspecto gastado, con unos pernos de hierro galvanizado que parecen mantenerlas fijadas al suelo. Delante de nuestro sofá hay una mesa de centro de acero bruñido con unos grandes libros encima, elegantísimos, que contienen las fotos de todas las campañas publicitarias de las que se ha encargado la agencia. Algunas las reconozco, otras no las he visto nunca, pero casi todas me parecen bonitas, incluso geniales. Gio hojea uno.

—Eh, mira, aquí está. —Me muestra una foto—. Y aquí. —Pasa más páginas—. Y aquí también.

María sale en varios reportajes: con ropa interior, vestida de novia, posando para un peinado, en traje de baño, con lentes, con un vestido claro, otro oscuro.

—¡María debe de ser millonaria! ¡A ver si al final habrás colgado el sombrero en el lugar adecuado y acabas casándote con una chica que, además de estar muy buena, encima es rica! ¡Qué suerte..., tú... y ella!

—¡La verdad es que la poesía y tú son la misma cosa, ¿eh?! Aparte, ¿quién iba a imaginarse que era modelo?... Y, además, María ni siquiera sabe que estoy aquí; es más, ¿quieres ver cómo me traes mala suerte?

—¿A qué te refieres?

—¡Pues a que no la encontremos o a que no se alegre de verme!

—Sí, hombre...

—¡Eh, pero si son italianos! ¡Venanzio no me dijo nada! Tal vez querían darme una sorpresa. Son dos locos, Veni y Tomás...

Viene a nuestro encuentro una chica sonriente con la mano tendida. Es guapísima, morena, con media melena, pero con un corte de pelo especial, seguramente obra de algún peluquero que marca tendencia y que cuesta una fortuna.

—Sí... —murmura Gio, que parece deslumbrado por su aparición.

—Yo soy Elena Rodríguez. Encantada.

Le estrechamos la mano y nos presentamos.

—Giorgio.

—Niccolò.

Se sienta en el sofá que está junto al nuestro.

—Siéntense, siéntense... Bueno, hablen despacio porque

no hablo muy bien italiano... ¿Qué puedo hacer por ustedes? Venanzio me ha dicho algo... Ustedes quieren a María López, ¿verdad? Y ¿para qué la quieren?

Me dan ganas de reír, pero por suerte Elena prosigue:

—¿De qué publicidad se trata? ¿Ya tienen al redactor? ¿Van a rodar aquí o en Italia? ¿Será una campaña para las revistas?

Gio la mira como atontado, parece que le sonríe. Y ella le devuelve la sonrisa, divertida, pero espera con curiosidad a que alguien le explique algo.

—¿Hablo yo? —le pregunto a Gio.

—Sí, mejor..., adelante.

Y entonces empiezo a contárselo todo desde el principio. Ni siquiera yo sé por qué. Pero le hablo de mi vida, de mi familia, de la pérdida de mi padre, de mi historia con Alessia, de cómo de repente me dejó de un día para otro. Y le hablo de Ilaria de Luca, que pensaba que era la amante de mi padre y, en cambio, era una mujer a la que él había ayudado para poder curar a su hija, y que esa señora se puso a llorar en el quiosco al devolverme el dinero de papá, que es el que hemos usado para el viaje, y le repito las bromas de Gio y el hecho de que creyera que era un gigoló. Elena lo mira y niega con la cabeza, él le sonríe como un bobo.

—Después, un día apareció María en mi vida...

Y le explico que empezamos a salir con ella y con su amiga, los días que pasamos en Venecia, Nápoles, Florencia y cómo, sin darme cuenta, me fui enamorando de ella, pero que seguía pensando en Alessia como un estúpido, y que María se dio cuenta de todo y se marchó sin despedirse, para no sufrir más.

—Porque tal vez, al no poder hacer que se sintiera lo importante que en realidad era, creyó que para mí solo era una aventura... Entonces decidí venir a Madrid a buscarla y he traído también a Gio... Así es como lo llamo...

Elena lo mira y sonríe.

—Aunque a él le da miedo el avión...

—Me daba miedo —tercia él intentando aclararlo.

Elena asiente atenta y divertida. Después le cuento lo que había descubierto, es decir, lo que Gio me contó en el avión pensando que yo ya lo sabía, en fin, que Alessia estaba saliendo con uno de mis mejores amigos, pero que justo entonces comprendí que ya hacía tiempo que no me importaba en absoluto, que mi corazón lo ocupaba María, pero estaba demasiado distraído como para darme cuenta...

Elena se queda un rato en silencio.

—¿De modo que no hay ningún spot?

Gio parece despertarse del sopor que le ha provocado la contemplación de Elena.

—Sí, perdona... —Entonces se plantea una duda—: Puedo tutearte, ¿verdad?

Ella se echa a reír.

—¡Claro! Creo que no soy mucho mayor que tú, y además en este mundillo todos se tutean a cualquier edad.

—Perdona por haberle hecho contar a Venanzio esa historia de la campaña para Armani..., pero, bueno, Elena, creo que deberías valorar nuestra sinceridad.

Ella sonríe.

—Me dedico a esto, por aquí pasan modelos y agentes todo el día, todo el año. En cualquier caso, su excusa se habría sostenido unos minutos, después los habría picado... No, ¿cómo dicen ustedes?

—Pillado.

—Eso es, los habría pillado enseguida. Lo aprendí durante un máster en Milán y tengo orígenes italianos..., por eso hablo italiano. En resumen, los habría descubierto enseguida y habrían seguido viendo a María solo en foto.

Gio se pone de pie.

—Elena, eso significa que nos estás dando una oportunidad, un atisbo de esperanza, que no debemos olvidarnos de todo esto, ¿verdad? ¡No, es que de lo contrario Niccolò dirá que al final es culpa mía, que le traigo mala suerte!

Ella se echa a reír.

—Pero ¿qué tiene eso que ver?

Gio continúa:

—Sí tiene, sí tiene... Míralo.

Elena me mira fijamente y yo no sé qué cara poner, no tengo la más mínima idea de adónde quiere ir a parar Gio.

—¿Lo ves? —continúa él—. En este momento el chico está en la cuerda floja, su vida es confusa... Ha hecho casi dos mil kilómetros para encontrar a esa chica; incluso ha logrado implicar a un amigo suyo, que en este caso sería yo, al que le daba miedo volar...

Elena levanta una ceja.

—En resumen, Elena..., estamos en tus manos. Tú puedes decidir sobre la vida de un ser humano, tú puedes hacer que esté contento o triste para siempre, dar o quitar la felicidad... Puedes hacer nacer un amor, una familia, un hijo... ¡Elena, en este momento tú eres Dios!

Ella se pone de pie con una expresión contrariada.

—Vamos a ver, aparte del hecho de que no me gusta bromear sobre esas cosas...

—¡Era para que lo entendieras!

—Lo he entendido perfectamente... En Roma tú eres actor cómico, ¿verdad?

—No... Yo descargo... —Luego Gio ve que todavía se está metiendo en más problemas.

—¿Cómo? —pregunta ella un poco sorprendida.

—Descargo... cajas.

—Trabaja en telecomunicaciones... —intervengo yo intentando arreglarlo. La situación está degenerando.

Gio me mira.

—Pero eso de actor, la verdad es que...

La chica parece exasperada.

—¡Bueno, sigue haciéndote el gracioso! Pero aquí las cosas son serias. Yo no puedo dar el teléfono y la dirección de una persona que es una profesional y que no sé si los conoce de verdad ni si quiere verlos o no. Aquí se respeta el derecho a la intimidad, y si mis jefes llegaran a enterarse, me despedirían al instante. ¿Lo entienden?

—Lo comprendo, pero puedes explicarles que es por una causa justa...

—No, no lo comprendes, es mucho más complicado. Aquí el sistema no es como en Italia: si cometes un error vas a la cárcel, y no hay amigos ni disculpas que valgan. ¿Quieres que yo también acabe así?

Gio se queda un momento en silencio, a continuación contesta.

—No... Pero si tú encontraras...

—No puedo, no tengo ninguna solución... Y, además, no quiero, discúlpenme.

—Pero haz un esfuerzo... —sigue insistiendo él.

—Lo siento, ahora tengo que volver al trabajo.

Y dicho esto nos acompaña al elevador. Nos hace entrar

y, cuando oprimo el número cero, Elena me dirige una última mirada solo a mí.

—Lo siento...

Parece que estoy suscrito a esa frase. Sin embargo, cuando las puertas se cierran, casi me como a Gio.

—¡Muy bien! ¡Muy bien! —Le aplaudo—. Te felicito. Ya has hecho el payaso, ¿estás contento? Gracias, de verdad. Has sido de gran ayuda. Tienes la carrera asegurada, ¿no has oído lo que ha dicho Elena? ¡Eres un actor cómico, un actor nato!

—Me gusta un montón... La amo... —contesta él, en absoluto afectado por mi bronca, y tampoco mínimamente arrepentido.

—¡Ya ves! ¡A ti te gustan todas, con tal de que respiren...!

—No, no, con ella es distinto.

—Gio, ¿sabes cuántas veces te he oído decir esa frase? ¡Centenares..., si es que no son miles! ¡Tendría que estamparte contra la pared! ¡Era la única posibilidad que teníamos de encontrar a María, y tú además te pones a bromear!

—No estoy bromeando, puede que sea la primera vez que me enamoro.

—Gio, no seas idiota.

—Te lo juro, pero ¿por qué no quieres creerme? Es la primera vez que no deseo cogerme a una chica, quería seguir hablando con ella, mirarla... ¿Te has fijado en cómo se mordía el labio?

—No.

—Mientras le hablabas y le contabas toda la historia, ella se mordía el labio poco a poco, y se conmovía, y yo, te lo juro, he sentido que se me encogía el corazón, una sensación rarísima, nunca la había tenido...

Miro a mi amigo, parece serio.

—Entonces a lo mejor hay algo de verdad...

—¿Por lo de que se me encogía el corazón?

—No, por lo del labio: cuando nos fijamos en un detalle insignificante y lo convertimos en la cosa más espléndida de este mundo, entonces sí...

—¿Qué?

—Estamos enamorados.

—Se me ha ocurrido una idea...

En cuanto el elevador se para y las puertas se abren, él sale flechado hacia el portero, que abre mucho los ojos, asustado por tanto ímpetu. Pero veo que al final Gio bromea, habla, gesticula y parece que se sale con la suya. Le pide un papel, escribe algo en él, lo dobla y se lo devuelve al portero, después le da una palmada en el hombro y vuelve corriendo hasta mí.

—¡Ya está, vámonos!

—¿Cómo?

—No te preocupes...

—Precisamente me preocupo cuando dices eso...

—¡Anda, no fastidies! Ya verás... ¡Será genial!

Salimos del edificio con él abrazándome.

—¡Ya verás, todo saldrá bien! ¡Encontraremos a María..., tranquilo!

Lo miro dudoso. Pero su optimismo en cierto modo se me contagia. A lo mejor es verdad.

Después de caminar unos centenares de metros, vemos que estamos en pleno centro.

—¡Eh, mira qué tiendas! ¡Ésa por lo menos tiene tres pisos! —me dice, excitado. Parece haber olvidado ya lo que acaba de hacer en el despacho de Elena.

—Eh, pero si ése... ése es...

Y justo en ese momento, pasa por delante de nuestros ojos Antonio Banderas.

—¡Pero si es el Zorro!

—Carajo, qué memoria tienes...

No pasa todos los días que te encuentres por la calle a una estrella del cine; en Roma como mucho te arriesgas a cruzarte con Valerio Mastandrea.

—¿Y salen así, tan tranquilamente? Carajo... ¡España es supergenial!

Nos pasamos las dos horas siguientes paseando por las tiendas, entrando y saliendo de sitios llenos de ideas y novedades, y al final llegamos a Callao, donde compramos boletos para ir a ver un musical español de culto: *Hoy no me puedo levantar*. Es muy bonito recorrer los éxitos del grupo Mecano, que nosotros no conocíamos, y descubrir la historia de esos chicos que quieren perseguir sus sueños a toda costa. La música es preciosa y nos hace descubrir algo más de España y de la vida después de la caída de la dictadura.

Salimos y discutimos sobre lo que hemos visto, hablamos de la música, de los textos que unas veces hemos entendido y otras no, de lo que habríamos hecho nosotros en el lugar de los protagonistas.

Y la gente entra y sale de los teatros, hace cola ordenadamente, y al final acabamos cenando en un tablao flamenco que me aconsejó Alfredo Bandini. Aquí también continúa el espectáculo porque, además de unas excelentes tapas, gazpacho y unas papas increíbles, nuestra cena está acompañada por las guitarras de los músicos y por los movimientos sensuales y enérgicos de las bailarinas envueltas en sus vestidos coloridos y vaporosos. Y así, agotados de todo el día, regresamos al hostal y nos hundimos en las camas de nuestras habitaciones.

—Voy a echar una dormida como si el colchón fuera la fosa de las Marianas... —dice Gio metiéndose de cabeza.

Entro en mi habitación, me desnudo, me meto en la cama y, a pesar del cansancio, me pongo a pensar en el hecho de que en las últimas horas, tal vez con la complicidad del maravilloso musical, las bailarinas del tablao y la exquisitez de aquellas tapas, no he vuelto a pensar en Alessia ni en lo que estará haciendo en este momento en Italia. Bueno, estoy contento. Tengo que seguir por este camino.

Apago la luz, me quedo mirando el resplandor que entra por la ventana, los sonidos lejanos de las calles siempre transitadas y pienso, deseo, que este viaje no haya sido inútil, porque no sería justo que acabara así, sin haber podido volver a ver a María. ¡Tengo que encontrarla, no pido nada más: la vida me debe este favor! Y entonces, con ese extraño crédito que creo merecer, me duermo satisfecho.

21

Un chiquillo de cuatro o cinco años, muy rubio, se escabu-
lle entre mis piernas y baja corriendo la escalera del hostal.
Me aferro al pasamanos para no caerme y entonces veo
que Gio aparece al final del pasillo. Ni siquiera le da tiempo
a llegar hasta mí cuando el enano de cara nórdica aparece
esta vez por la espalda de mi amigo y, rápido como un
rayo, lo esquiva y se precipita hacia abajo.

—¡Oh! ¿Cómo ha podido escapar? ¡Lo había encerrado
en el cuarto de servicio! —dice Gio señalándolo, todavía
con cara soñolienta.

Abro unos ojos como platos:

—¿Has encerrado a un niño en un cuarto de servicio?
¿Estás loco?

—Se ha puesto a cantar detrás de mi puerta a las seis de
la mañana. Parecía un anuncio musical de Ikea.

Está loco, pero aun así me arranca una carcajada.

—Será mejor que tomemos el elevador —digo opri-
miendo el botón de llamada—. Estaremos más descansa-
dos si abajo encontramos a un defensor del menor dispuesto a llevarnos a la cárcel —comento bromeando, pero
tampoco convencido del todo.

Desembarcamos en la planta baja, vemos al chiquillo

rubio: primero en un lado del vestíbulo, después en el otro. Movemos la cabeza rápidamente pero, por muy ágil que pueda ser, solo los efectos especiales podrían catapultarlo de un punto al otro en un nanosegundo. Entonces nos damos cuenta de que los niños son dos..., ¡son gemelos!

—Ése ha sido quien lo ha salvado —refunfuña Gio, recuperando su orgullo carcelario.

Los dos fugitivos se reúnen en el mostrador de recepción con una joven pareja, rodeada de otros dos chiquillos: uno de unos tres años, pegado a los pantalones de su padre, y una niña muy pequeña metida en una mochila portabebés en la espalda de su madre.

Pues sí, para los nórdicos nada es un problema. En Roma también los ves vagar con cuarenta grados y mil hijos por cabeza sin despeinarse. Pienso en mis padres: siempre decían que no podrían venir a Madrid hasta que Fabiola, Valeria y yo fuéramos mayores. «¿Cómo te vas a ir por ahí con tres niños pequeños?», repetía mamá. Éstos tienen cuatro y se disponen a ir al museo del Prado o a hacer un picnic en el parque del Retiro, contentos como unos hinchas cuando anota su equipo. Creo que ellos tienen razón: hay que lanzarse, atreverse, solo así no te pierdes lo bueno de la vida, las sorpresas que puedes encontrar de repente en cualquier esquina del planeta. Si mamá y papá no hubieran esperado a que creciéramos, tal vez también podrían haber visto Madrid en vivo y en directo, y la foto en el Retiro se la habrían tomado los dos juntos.

En ese momento veo que una de las dos réplicas señala a Gio con el dedo. «Oh, Dios mío...» Doy marcha atrás y entonces alguien me da unos golpecitos en el hombro. «Eh.» Oigo aterrorizado una voz femenina que me llama.

Será mamá Ikea, que quiere acusarnos de ser torturadores de niños, que nos señala con el dedo como discípulos de Herodes, que está lista para entregar nuestro cuero cabelludo a Unicef... No tengo valor para volverme.

—¡No me lo puedo creer! —exclama Gio diez semitonos por encima de lo normal.

Me vuelvo: delante de nosotros está Elena Rodríguez. Falda hasta la rodilla, chamarra de piel finísima, bolso enorme de esos que llevan las modelos... ¡y las que trabajan con las modelos! Todo obviamente de color negro.

Tengo que decir que, a propósito de sorpresas, ésta es realmente la más inesperada.

—¡Están realmente de vacaciones, ¿eh?! ¡Son las diez y media y todavía no han puesto un pie fuera del hotel!

Gio se pasa una mano por el pelo, mucho más seguro de sí mismo.

—Si hubiera sabido que ibas a venir, habríamos visto juntos el amanecer.

Elena no capta la broma, o finge no darse cuenta del intento de ligue. Pero yo sí capto el tono insólitamente encantado de Gio: pero ¿qué le está sucediendo, en serio?

—Perdona, ¿cómo has podido encontrarnos? —le pregunto para darle tiempo a mi amigo a que recupere el aliento.

Pero mientras lo digo, me viene a la cabeza lo que ellos dos exclaman al unísono: «¡Venanzio!». Claro.

Gio la mira y sonríe.

—¡Oh, qué fuerte!

Ahora Elena también sonríe.

—Han tenido suerte. —Nos muestra un papel—. ¡Aquí está! Ayer una firma importante solicitó a María López...

—Sí, nosotros... —digo, confuso—. Queríamos saber dónde estaba, ¿no?

Elena me mira como si fuera uno de esos niños suecos que trotaban por el vestíbulo, que mientras tanto han salido alegremente con sus padres. En resumen, soy un ingenuo.

—Hablo de un contrato clamoroso para un spot de millones de euros.

Gio, que a estas alturas ya se ha perdido, parece seguir mis pasos. Definitivamente, parecemos Totò y Peppino de vacaciones.

—¿Todos para ella? —suelta, mientras en realidad está pensando: «Yo pagaría millones de euros por tomarme un café contigo».

Elena ahora sí que se ríe.

—No, es el costo total de la operación. Tengo que ir a hacerle una propuesta, es mi trabajo. Pero pensaba que, si quieren, tal vez podrían acompañarme.

Por motivos diversos, a Gio y a mí nos parece oír cantar a los ángeles.

—Soy muy distraída..., así que no los he visto durante el viaje, ¿de acuerdo? —añade guiñando un ojo.

Trato hecho. Ambos asentimos.

—Y ahora, vámonos a tomar un buen café, conozco un sitio donde hacen un excelente *espresso* a la italiana.

Ahora es precisamente la voz de Dios la que habla.

Nos lleva a un bar al otro lado de la manzana, esperemos que lo hagan bueno de verdad, tengo síndrome de abstinencia.

—Aunque tengo que decirte que el café como lo hacen aquí en España no está mal: solo, cortado, con leche. En resumen, saben experimentar, lo he leído en la guía —susurra Gio como un ruiseñor intentando congraciarse con ella, aunque veo que se muere de ganas de tomarse un buen *espresso*.

Elena hace una mueca.

—¿Esa asquerosidad? Por favor. El café de verdad solo es el italiano.

—No, si de hecho era él quien ayer decía lo contrario. Yo dije enseguida que era un poco raro —intenta salvarse Gio.

—Negro, fuerte, corto, así debe ser el café —declara Elena frente a tres tazas humeantes de verdadera porcelana que nos han servido en un pequeño local en el que hay que estar de pie y cuentan con una buena variedad de dulces típicos. ¡Nada de enormes tanques con café aguado que sirven en algunos locales de moda!

—Después de tres años en Milán, y en vista de mis orígenes, no puedo beber otra cosa —nos explica con su acento inseguro, pero muy guay, como dirían aquí.

—Deberías probar el que hacen en Roma —invita la voz aflautada de Gio.

—Bueno, en Nápoles tampoco está mal —intervengo yo.

Me propina un codazo y por poco la taza sale volando por los aires.

—Pero ¿tú de qué parte estás? —me recrimina entre dientes.

Elena lo observa perpleja.

—¿Qué? ¿Qué quieres decir?

—No, le decía a Nicco que en qué parte estaba de la barra..., se ha quedado todo el espacio.

Así, entre un sofocón, un equívoco y una alusión, parecemos tres amigos que se reúnen desde hace tiempo, acostumbrados a desayunar juntos, riendo y bromeando. Elena se suelta, es mucho más afable que con la actitud profesional que exhibió en su oficina. Nos habla de su periodo de estudios en Italia, de lo bien que se la pasó, y de lo mucho que aprendió.

—Tenía un novio de Grossissimo..., no...

Frunce la frente buscando la palabra exacta, le dan ganas de reír. En cambio, el rostro de Gio se ensombrece.

—¿Grossissimo?

—No... no, de Grossetto, de la Toscana, quería decir. Oh, qué romántico era.

Gio vuelve a animarse.

—¿Era... en el sentido de que... murió?

Elena niega con la cabeza con decisión.

—¡Oh, no, no! Las cosas empiezan y se acaban..., es la vida. Después del máster yo tenía que volver a España y él se trasladó a Singapur. Pero ustedes los italianos son así..., poesía, no piensan solo en el trabajo...

—Puedes apostar lo que quieras a que él seguro que no piensa en el trabajo —bromeo refiriéndome a Gio.

Elena continúa:

—La historia de ayer me hizo mucha gracia, pero al final también me conmovió. Normalmente detrás de cada cosa que se hace siempre hay algo más, un interés, yo siempre lo creo... Sin embargo, en esta ocasión, tus ganas de vivir esa historia de amor parecen de verdad, sinceras... —Me mira, entusiasmada—. Y, además, me parece precioso que decidieras hacer el viaje antes de saber lo de tu amigo... Cato...

—Bato... —la corrijo.

—Pues sí, si no parecería la clásica revancha, una tentativa desesperada de querer aparentar felicidad a la fuerza, de tener a alguien en quien pensar mientras tu otra mitad te ha traicionado... En cambio, tú no has viajado aquí para hacerle una trastada a nadie, sino que realmente has venido por María.

Un velo de amargura, de añoranza, me cruza la mirada.

—Por desgracia, ella no lo sabe. Hay un montón de cosas que no le he dicho.

—A la fuerza —se mofa Gio—, ella no entendía el italiano, y tú con el español eres medio polvo...

Elena se ríe, a pesar de que la terminología poco ortodoxa que usa Gio no debe de serle muy familiar.

—Ten cuidado que con el lenguaje de gestos se pueden decir un montón de cosas —rebato a Gio y abro las manos, extendiendo el índice y el pulgar, como diciendo: «Te voy a dejar el culo así».

Gio busca aliados.

—¡Tendrías que hacérselo a Elena, porque ella también se está riendo!

La joven ejecutiva española finge no entenderlo.

—¿Cómo? ¿Qué tienes que hacernos?

—Un bonito pastel..., así de grande, si de verdad consigo hacer realidad mi sueño y volver a ver a María —sorteo yo.

—Solo con ingredientes ecológicos, por favor —dice ella guiñando el ojo, demostrando que es mucho más despierta de lo que quiere hacer creer.

Niego con la cabeza y saboreo el último sorbo de café, que por mucho que no sea tan terrible como el español, no es exactamente como el de Roma. Me pregunto qué debió de escribir Gio en aquel papel para convencerla de dar este paso. Anoche insistí hasta la extenuación, pero fue imposible, dijo que si me lo contaba nos daría mala suerte.

Ahora no sé si de verdad nos habría dado mala suerte, pero el caso es que ha funcionado. La nota ha hecho su efecto.

Elena toma el monedero rigurosamente negro de su bolso negro y paga los cafés, aunque Gio intenta detenerla.

—No, dos hombres no pueden dejar que pague una señora.

—Lo pondré en la nota de gastos, tranquilos —contesta pragmática Elena, que es una interesante mezcla de determinación y feminidad. Con cada una de sus frases parece que algo te quite y algo te dé, y de hecho...—. Anden, démonos prisa. Nos vamos dentro de una hora y media. Ya he comprado los boletos de tren.

—O sea, ¿hoy? ¿Enseguida? —le pregunto, atontado. A veces eso de contar hasta diez antes de hablar, como me enseñó mi padre, se me olvida por completo. Y entonces inevitablemente parezco idiota.

—La publicidad va muy deprisa, amigo mío. Se hace de todo y deprisa. —Chasquea los dedos, haciendo una señal para que la sigamos.

—De todo, ¿eh? —subraya Gio, exultante, con la mente ya puesta en una cama muy, muy grande y Elena en ropa interior de encaje a su lado. Después, tratando de disfrazar lo que por lo menos yo le leo claramente en la cara, intenta hacerse una idea de lo que nos está diciendo—. O sea, ¿tú vienes con nosotros? —pregunta extasiado, fantaseando ya con una especie de luna de miel cuyas únicas estrellas son ellos.

—Son ustedes quienes vienen conmigo... Mejor dicho, me siguen sin yo saberlo, ¡que no se les olvide! Aunque se trata de trabajo, he decidido tomarme una especie de vacaciones, anular el viaje y el hotel de siempre, y optar por una solución alternativa. Manteniendo todos los compromisos, claro. En resumen, quiero ser una especie de cupido... ¡Y ver cómo acaba esta increíble historia de *ammore*!

Gio ahora ya sueña con los ojos abiertos.

—¿Nuestra historia, dices? —Se da cuenta de la mirada ambigua de Elena—. Ejem..., la suya, claro. —Se salva por los pelos.

Y ahora soy yo quien se pone colorado, soy el protagonista de un espectáculo que ahora resulta que todo el mundo quiere ver. Empiezo a estar nervioso por que se produzca un final feliz, no me gustaría decepcionar a quienes participan conmigo en esta aventura, y sobre todo no me gustaría quedar decepcionado yo. Por primera vez, quizá, me doy cuenta de lo que he hecho: estoy en el extranjero y estoy a punto de encontrar a una chica que tal vez haya querido concederse una aventura al igual que nos ocurre mil veces a muchos de nosotros, que quizá ya me ha olvidado, que al verme podría darme la espalda y salir huyendo.

Me gustaría preguntarle a Elena: «¿Y si está comprometida? ¿Y si tiene novio? ¿Si su historia de *ammore*... no es la mía?». Pero me quedo callado, pues llegados a este punto sé que podrían matarme, tanto ella como Gio, si me mostrara indeciso.

Mientras tanto, hemos caminado hasta el hostal Mendoza. Elena, profesional, mira el reloj.

—¿Cuánto tardarán?

Gio exagera:

—Diez minutos. O tal vez cinco. Tomaremos solo un par de cosas.

—Danos media hora —rectifico, más realista.

—De acuerdo, dentro de media hora nos vemos aquí abajo. Veo que ya ha llegado mi ayudante, que me trae algunas cosas.

Señala con la barbilla un coche que se acerca a la acera mientras nosotros entramos en el hotel.

—¿Has visto?, si incluso tiene ayudante. —Le doy un codazo a Gio, que, sin embargo, se queda vuelto hacia ella hasta casi estrellarse contra las puertas de cristal de la entrada.

—Y tiene un montón de otras cosas —me dice sin quitarle los ojos de encima.

Elena se reúne con la chica que está bajando del coche, ella también rigurosamente vestida de negro, y que la saluda con un rápido beso en los labios, le entrega una mochila de piel y después se va.

Gio por poco se cae redondo al suelo, casi gimoteando.

—No será lesbiana... No, ¿eh?

Lo empujo con fuerza al elevador.

—Para ya con tus prejuicios, tenemos prisa.

—¡Qué prejuicios! He visto algo y he sacado conclusiones: es un juicio.

—Son dos amigas, punto.

—Nosotros también somos amigos, pero no nos besamos en la boca para saludarnos.

—Gio, yo no te besaría en la boca ni aunque fueras una mujer, no eres mi tipo —me burlo de él.

—Sí, pero también le ha traído el equipaje bien preparadito, tienen intimidad... Y, además, toda esa historia con el toscano... Perdona, no lo has visto, cortaron y ella se ha quedado como si tal cosa, es la vida, ha dicho. A lo mejor es porque le gustan las mujeres.

—Pues entonces tendrán más cosas en común —continúo mientras cruzamos el pasillo que nos lleva a las habitaciones.

—No me convence. Es tan perfecta que tiene que tener algún defecto.

Gio se pone serio: le cuesta creer lo que le está ocurriendo, intenta encontrar un pretexto para escapar del hechizo del amor.

—Y, sin embargo, estoy loco por ella. Me gusta todo, cómo ríe, cómo gesticula, cómo levanta la taza, cómo se bebe el café, cómo lo pone en la nota de gastos... Y me gusta cómo camina, me gusta cómo se viste, me gusta su perfume. Me gustaría aunque oliera mal.

Empiezo a pensar que la versión romántica de mi amigo todavía es más dispersa que la de don Juan.

—¡Gio! Dentro de veinte minutos nos espera abajo. ¡Ve a meter un par de calzoncillos en una bolsa si no quieres ser tú quien huela mal!

Lo dejo en la puerta y me precipito a mi habitación.

Necesito estar solo algunos minutos. Recuperar el aliento. Al fin y al cabo, todo ha ocurrido de repente. Había perdido la esperanza y no hace ni una hora se ha presentado la posibilidad de saber realmente lo que quiero y lo que siento. Voy a volver a ver a María. A lo mejor me he montado una película en mi cabeza, me he fabricado una pasión por ella, he pensado que era el remedio para olvidar a Alessia. O tal vez me he inventado otra enfermedad porque creía que no se podía encontrar ninguna cura. He amplificado la nostalgia que sentía por María porque un amor que parece irrealizable es el más grande y bonito que pueda existir nunca. Las historias que no se viven, que no se consuman, que quedan en suspenso, son las más importantes.

Pero entonces es cierto, ¿solo los amores imposibles no acaban nunca?

Un poco más tarde, estoy en el vestíbulo con una bolsa en el hombro y el mismo entusiasmo de los gemelos suecos de esta mañana. He decidido que la felicidad es posible y yo quiero darle una oportunidad. Quiero darme una oportunidad. Miraré a María a los ojos y escucharé lo que dice mi corazón, entonces sabré si la amo de verdad.

Gio también baja, se presenta con una mochila enorme y mil cosas colgando alrededor. Parece que se vaya a una isla desierta. Incluso se ha traído las zapatillas de toalla que da el hotel.

—Oye, que seguimos estando en el siglo xxi. No hacen falta piedras para encender fuego —lo reprendo.

—No iba a dejar la chamarra de Bruce Lee, si quiero tumbar a Elena. Y llevo un par de DVD que harían sonrojarse al mismísimo Rocco Siffredi... Además, ¿tú sabes cuánto tiempo estaremos fuera? —Entonces sonríe—. Es la magia del *ammore* —murmura con énfasis, antes de ser atraído, como un marinero por una sirena, por el brazo de Elena, que detrás de los cristales nos ve y nos hace señales para que nos reunamos con ella.

Está apoyada en el coche negro sosteniendo en la mano la mochila que le ha traído su ayudante.

Subimos al automóvil y Elena le da indicaciones al chofer de que nos lleve a la estación de Atocha.

—Ah, ¿saldremos desde allí? —pregunto, ahora ya devorado por la curiosidad.

Ella asiente con aire misterioso y no suelta ni una palabra más.

—Súper, tener chofer. Yo, en Roma, también quería meterme en algún partido solo por eso. Es la única manera de andar en un coche oficial.

Suspiro. El *ammore*, como Gio lo llama, todavía no lo ha cambiado en profundidad.

22

Cuando tenía nueve años me perdí en la estación de Termini. Habíamos ido a recoger a Fabiola, que volvía de una excursión del colegio a Florencia, y el director había escogido viajar en tren porque en aquella época muchos autobuses turísticos habían sufrido accidentes terribles. Mamá llevaba a Valeria agarrada fuertemente de la mano, ella se quejaba, ya entonces con ese carácter de armas tomar: «Me la vas a triturar; será mejor que me tire al tren, si se me cae la mano al menos no será por tu culpa». Papá le sonrió y le aseguró que existía un pegamento especial para pegar las manos de las niñas. Pero que tuviera cuidado, porque si mamá le cortaba la lengua, no había pegamento que la pegara.

Mientras, como siempre, ellos se espoleaban el uno al otro, yo había salido a la plaza exterior para ver el reloj que indicaba cuánto tiempo faltaba para el año 2000. Esa cuenta atrás me parecía muy misteriosa, no sabía si tenía que tomármelo como un final o como un principio. El hecho es que, cuando me encontraron, empecé a temer que no iba a llegar al 2000, después de la regañina de mamá y papá.

Ahora estoy en el atrio principal de la estación de Atocha y no puedo apartar los ojos de las palmeras que se alzan hasta casi tocar el techo de hierro. La atmósfera es mágica y de repente me parece que he sido transportado a un paraíso tropical.

—Diablos, parece un jardín botánico —balbucea Gio, asombrado.

—Efectivamente, lo es —dice Elena—. Hay más de siete mil doscientas plantas y doscientas sesenta especies distintas. Con el paso de los años mucha gente ha ido dejando aquí a sus animales exóticos y ahora se pueden encontrar muchas tortugas, peces y loros.

Recorremos esta selva metropolitana y quedamos fascinados, por todas partes se esparce el trino de los pájaros, y por un momento me parece que todo esto esté aquí para infundirme esperanza. Dentro de poco volveré a ver a María...

—Desde aquí salen los trenes de alta velocidad. Mientras que, del otro lado, los de recorridos más cortos —nos explica Elena.

Proseguimos a lo largo de los andenes, se ve que la estación ha sido remodelada hace poco, está muy cuidada y todo funciona a la perfección. El parpadeo de un cartel luminoso me recuerda por un instante el asteroide que impactaba en la estación en *Armageddon*. Fuego, llamas, destrucción... Pero por suerte es solo el letrero de un restaurante, nosotros estamos sanos y salvos y a punto de partir hacia un destino que no conozco. Para ir a construir un amor, en vez de para crear destrucción. Me basta solo con eso para notar la adrenalina a mil por hora.

—El nuestro es el que va a San Sebastián, tarda poco más de cinco horas en llegar.

Por fin descubrimos la meta secreta.

—¿San Sebastián? ¡Entonces, allí es donde está María! —exclamo, sorprendido y feliz al mismo tiempo.

Elena asiente con aire satisfecho y luego añade:

—Bueno, ella se encuentra en Hondarribia, nuestra ciudad del amor, a unos quince kilómetros de San Sebastián.

Gio y yo nos miramos incrédulos: ¿está bromeando? ¿Es una alusión a las historias que nacerán allí entre María y yo y Elena y Gio? ¿Ya sabe ella que tendrá un futuro con mi amigo?

Intento tomármelo en broma.

—Ya ves, si hasta hace poco Gio pensaba que Hondarribia era el lugar donde se fabricaban las motos...

—¿Yo? Oye, que tampoco soy tan ignorante. Además, sabía antes que tú adónde teníamos que ir, ¿verdad, Elena? Y ya me he documentado en la guía.

¡Carajo, sí que está enamorado! Nunca lo he visto tan atento y curioso. No, si al final se convertirá en el guía turístico perfecto. Es irrefrenable, ahora se ha puesto a leer en voz alta:

—«Hondarribia es un municipio español de 15,044 habitantes situado en la comunidad autónoma del País Vasco. Está situado justo en la frontera con Francia... Conserva restos de murallas (siglo xv) con algunos poderosos baluartes de la segunda mitad del siglo xvi...»

—Está bien, Gio, ya vemos que has estudiado —le digo guiñándole el ojo, y Elena añade:

—Y también es conocida por la belleza de las muchachas del lugar; estarán contentos, ¿no?

—La verdad, yo no miro mucho a las chicas últimamente, me he tomado un tiempo de reflexión.

Gio es realmente incorregible, cuando se lo propone es un excelente actor... ¿O lo estará haciendo en serio?

Subimos a nuestro compartimento y casi no tenemos tiempo de sentarnos cuando el tren arranca. Salimos de la estación de Atocha en pocos segundos y es espectacular ver la cantidad de vías que se cortan, se cruzan, se mezclan para llegar todas al mismo punto, y desde allí volver a salir luego hacia quién sabe qué ciudades. Me parece la maqueta que tenía de niño, multiplicada por cien, por un millón. Un entramado de hierro, técnica y majestuosidad. El tren enseguida toma velocidad, se aleja raudo de la estación.

Miro esta ciudad que nos ha acogido tan bien mientras se aleja. Me viene a la cabeza que Madrid ha sido el primer paso hacia María y siento una emoción fuerte, como cuando de pequeño te despertabas la mañana de Navidad con la alegría de descubrir los regalos bajo el árbol. Eso es, dentro de pocas horas abriré mi paquete, y espero de verdad encontrar ese instante de felicidad que tanto he soñado durante estas semanas. Por un segundo pienso que, si la vida se detuviera como en una imagen congelada, podría quedarme durante horas degustando la embriaguez de ese momento, el dulce sabor de un sueño con los ojos abiertos.

Gio, en cambio, ya está con la mente en otra parte, manipula el iPhone en busca de respuestas inmediatas.

—Pues bien, Google Maps dice que San Sebastián está a unos cuatrocientos cincuenta kilómetros: deberíamos llegar en cinco horas y media.

Elena lo mira con una expresión mitad maliciosa y mitad gruñona.

—Eres de los impacientes, ¿eh? Si he elegido viajar en tren y no en coche es porque quería tomármelo con calma..., pero también para conocer mejor a quien tengo delante.

—Si es por eso, pregunta lo que quieras, estoy dispuesto a satisfacer cualquier curiosidad que tengas —dice Gio, guardándose el celular en el bolsillo—. Me refiero a que... a mí también me gusta conocer a la gente que me rodea. Imagínate, anoche me puse a hablar con un vagabundo debajo del hotel.

Elena sonríe, ya ha averiguado qué clase de persona es, pero hay algo que todavía se le escapa: si Gio bromea o habla en serio. Debo admitir que a veces hasta yo me planteo la duda. Mientras tanto, le suena el celular.

—¡Hola, cariño! Sí, hemos subido al tren. Todo bien.

Gio casi ha palidecido, le ha bastado con oír «Hola, cariño» para que se le enciendan todas las alarmas. Los celos lo consumen.

Elena cuelga. Un suspiro afectuoso.

—Myriam, Myriam Fernández, mi ayudante. Sin ella estaría perdida.

La noticia no alivia a mi amigo; es más, reaviva su recelo. Veo que está a punto de decir algo cuando la música que empieza a sonar de fondo en el tren, de alguna manera, lo frena.

Es un flamenco fusión muy relajante. Elena sigue el ritmo moviendo los hombros y cerrando los ojos de vez en cuando.

—Es pre-cio-sa —dice Gio separando las sílabas como un pez en el acuario.

Su princesa abre los ojos y se aparta el cabello como solo las chicas españolas saben hacer.

—Cuando volvamos a Madrid quiero llevarlos a Pachá,

es una discoteca con una decoración muy particular, al más puro estilo art déco. Solo se puede entrar con pase, pero conozco a alguien del ambiente... Estoy segura de que los asombrará. Un sitio, como decimos nosotros, muy chulo. —Después me mira y me guiña el ojo—. ¡A lo mejor podemos ir con María!

—Sí, a lo mejor... —digo. Y en el mismo instante en que respondo trago saliva, intento hacer bajar ese extraño nudo en la garganta. Siento que la euforia se transforma en tensión. Como siempre, a medida que las cosas se acercan, empiezo a tener miedo de no poder conseguirlas.

Gio, en cambio, no tiene ninguna inseguridad: si por él fuera, Elena no se la quitaría ni un ejército entero. Lo veo por cómo la mira, por cómo sigue su cuerpo sinuoso, que se balancea al ritmo de la música. Elena advierte la caricia de esa mirada.

—¿Te gusta bailar? —casi lo provoca.

—Mucho...

Gio me mira haciendo como si nada, pero me implora que me calle con una ceja medio alzada: ambos sabemos que está mintiendo.

—En Roma no me pierdo una inauguración. Cuando abre algún local nuevo, allí estoy yo. Incluso fui a la inauguración del Gay Village en junio. —Gio se ha dejado llevar por la fantasía y ahora se muerde la lengua, le da miedo que lo malinterprete. Mira que es idiota—. O sea..., bueno..., porque... sí, es un sitio como cualquier otro.

—Y, sin embargo, al verte una diría... —Elena hace una pausa que casi parece estudiada. Gio empieza a sudar. ¿Qué diría?— que te gusta más mirar cómo bailan los demás que bailar tú.

Nuestra cupido ha dado en el blanco: Gio está desnudo a sus ojos. Lástima que no estén los dos solos en un atolón tropical, porque a él le falta poco para arrancarse la ropa que lleva, dispuesto a convertirse para siempre en su esclavo, como en la canción de Brian Ferry *Slave to love*... Con elegante desenvoltura, Elena se levanta. No hace nada para ser seductora, es más, parece esforzarse al máximo por parecer indiferente. Y, sin embargo, reconozco su fascinación adulta: ligeramente autoritaria, pero nunca desagradable. Ése debe de ser el secreto que ha capturado al inaprensible Gio.

—¿Me cuidan las cosas, que voy un momento al baño, por favor?

—Claro.

Sale del compartimento y enseguida Gio se me echa encima y empieza a atormentarme.

—¡Mierda, a ver si no se desanimó con ese cuento del Gay Village! Imagínate, si ni siquiera sé dónde está. Podría haberme callado.

Sonrío.

—No creo que Elena sea de las que se desanimen ante nada.

Entonces él se abalanza sobre su bolso y empieza a revolverlo.

—Pero ¿estás loco?

—Quiero ver cuántos años tiene.

Encuentra su cartera, la abre.

—Vamos, Gio, ¿qué haces? Si viene y te cacha así, pensará que le estás robando el dinero; después de todo lo que ha hecho por nosotros... Quedaremos fatal. ¡Oye!

—Aquí está su identificación. Dice 16 de mayo de 1987... Entonces ¿cuántos tiene?

—¡Déjala en su sitio!

Consigo que deje la cartera justo a tiempo.

—¡Veintisiete! ¡Tiene tres años más que yo! Es lo que necesito, una mujer madura. ¡Quiero ser su *toy-boy*, sí, su Gio Bello! Miau, miau, miau... —maúlla como un minino castrado.

Justo en ese momento vuelve Elena.

—¿Hay un gato aquí?

Gio intenta justificarse.

—Decía que en italiano hay palabras que se parecen, como «*ciao*» y «*miao*». Pero tú lo hablas bien, ya debes de saberlo. A lo mejor después de pasar un año entero aquí nosotros hablaremos español como tú hablas nuestra lengua.

—Ah, sí, claro, la práctica es lo mejor que hay, es muy importante. Yo pasé unos tres años en Milán.

—Por suerte, no te quedó el acento toscano de Grossissimo, o sea, ¿cómo se llamaba?...

—Lorenzo. Como Lorenzo el Magnífico —sonríe Elena al recordar a su ex, que no parece turbarla en absoluto—. Pero aprendí «*bauscia*» y «*bela madunina*» —cuenta, divertida.

—Entonces, ahora te falta alguna lección de romano. Cuando quieras te doy un curso intensivo...

—Hum... Hacemos intercambio de casa: yo voy a la tuya cuando tú vengas a la mía —lo engaña Elena, bromeando. No sabe que realmente se trata de una broma porque en Italia, con veintitrés años, todavía vivimos todos con los padres. Y, si la cosa va mal, todavía durante más tiempo. Me imagino a Elena, tan glamurosa, cocinando hígados con la madre de Gio...

Mi amigo me mira y me dice en voz baja:

—Eh, no, que así no la veré... Qué trampa.

Sigue hablando, sin rendirse.

—Hagamos mitad y mitad. Dos meses en Roma juntos y dos meses aquí en Madrid, así yo te llevaré a los buenos sitios allí y tú me llevarás a los buenos sitios aquí. Te haré de cicerone, como se dice en Italia.

Elena suelta una estruendosa carcajada.

—*Ceceroni*... Oh, esa palabra siempre me ha hecho mucha gracia. Como pasta y *ceceroni*.

Ahora nosotros también nos reímos, transportados por su simpática pronunciación y por esas palabras trastocadas con que llena su italiano.

—A propósito, ¿quieren comer algo?

Se vuelve para tomar el bolso y entonces lo ve medio revuelto.

—Debe de haberse caído... —intento justificarme.

Gio, en cambio, se excede en los detalles: primera prueba de culpabilidad para un sospechoso.

—Lo hemos salvado por los pelos... El tren ha tomado una curva... —Claro, como si estuviéramos en un circuito de *rally*.

Elena arregla su bolso-mundo sobre el asiento y saca unos pequeños paquetes preparados con esmero.

—Aquí tienen su almuerzo. He comprado agua mineral y unos bocadillos para ustedes. Jamón, jitomate, huevos, torta de huevos, con o sin cebolla. Me imagino que estas cosas les gustan.

Lo dice casi con desprecio. De hecho, inmediatamente después toma un recipiente todavía más bonito que nuestros paquetes, más vistoso: esmaltado en rojo con unos dibujos japoneses.

—Para mí solo ensalada, jugo de naranja y pan integral. Todo muy natural. Esta verdura viene de los campos que hay cerca de Madrid, agricultura ecológica.

Si no fuera porque Elena lo dice realmente de manera «muy natural», podría resultar odiosa. Pero se nota que esa actitud pragmática, diligente y organizada no es una pose, que esa manía por la salud es verdadera, la nueva religión de la juventud madrileña. Están en la vanguardia con estas cosas.

—Una organización perfecta —la felicita Gio tomando el bocadillo de huevo sin cebolla para parecer menos culpable ante sus ojos.

Elena se encoge de hombros y asiente.

—En mi empresa me ocupo sobre todo de planificar... aunque por lo general no llevo el desayuno en el bolso —se ríe—. En caso necesario hago enviar unas canastas... pero para mí esto es una combinación de vacaciones y trabajo.

No sé si es porque he tomado el bocadillo de huevo con cebolla, pero después de un bocado se me cierra el estómago. Tal vez sean los nervios por la idea de que dentro de poco me reuniré de nuevo con María. Me parece como esas cosas que hacía cuando era pequeño, cuando contaba al revés. Menos cien, los últimos días de colegio, menos veinte para mi cumpleaños, menos diez para Navidad, menos cinco para que mi novia regrese de sus vacaciones, menos uno y había que volver al colegio. Sí, como el gran reloj que marcaba la cuenta atrás para el año 2000 delante de la estación de Termini. ¿Es, pues, éste el inicio de un nuevo y maravilloso amor con María?

Como mucho faltará alguna hora para el punto cero, para la verdad. Mientras espero, bebo yo también el jugo de naranja, me conecto de nuevo con la realidad y las charlas de Gio, que no deja de intentarlo todo. Es un verdadero *ceceroni*.

—¿Quieres decir que nunca has estado en el Argentario?

—¿Quieres decir Argentina? ¿Donde está Buenos Aires?

—No, no, el Argentario... Bueno, pues entonces tu Magnífico no era tan magnífico. Perdona, pero siendo de Grossetto, ¿no te llevó nunca a la playa?

—Es que él vivía en Milán, antes de irse a Singapur, y se había peleado con sus padres: no iba nunca a su casa.

—Pues ya te llevaré yo, tienes que ver la costa de la Toscana. Se tarda una horita y media desde Roma..., es fantástica.

Y sigue haciendo planes a toda mecha de un hipotético viaje de Elena a Italia y de todas las playas maravillosas que tiene que ver. Ella, por su parte, cuenta que sí estuvo en la playa, en Italia, con unas amigas del máster. En las Olio, dice, acabaron en una pequeña isla donde las mujeres hacían el pan en casa y solo se circulaba en burro. Y ella no lo podía creer, se sentía como si estuviera en una de esas películas de los años cincuenta.

—¡Entonces a ustedes también les pasa lo mismo, los españoles a veces también se sienten como en una película! Menos mal, algo de justicia —suspiro, aliviado.

—Oh, sí, Fellini, la dulce *vita*... —dice ella suspirando con los ojos al cielo.

—La que yo podría darte —comenta Gio en voz baja, ayudado por el ruido de los frenos, que cubre sus palabras.

El tren reduce la velocidad y entra en la estación de San Sebastián. Hemos llegado.

Gio se ofrece a llevar la mochila de Elena, que, comparada con su equipaje de explorador, es completamente minimalista, con toda una serie de ceremonias y cumplidos que nunca le he visto hacer. Y al final se sale con la suya. La estación, aquí, está menos concurrida que la de Madrid, y yo me distraigo mirando a otros pasajeros, intentando intuir por sus ojos el motivo de su viaje: si es un regreso, una visita rápida, un nuevo descubrimiento. Me imagino una respuesta para cada uno de ellos, pero lo que en realidad oigo mientras bajamos es el intercambio de frases entre Gio y Elena.

—¿Fuiste tú quien escribió la nota que me dejaron en la agencia?

—¡De modo que me has descubierto! —confirma él, orgulloso.

—Sí, te he descubierto —y le sonríe—. Y me gustó lo que escribiste, pero...

Gio pende de sus labios, está convencido de que la ha conquistado, se espera que de un momento a otro ella le eche los brazos al cuello.

—¿Pero...?

—¡La próxima vez, pregúntame la edad, no hurgues en mi bolso! —exclama, y a continuación abre las manos extendiendo el pulgar y el índice y añade—: De lo contrario, te haré... un pastel así y luego te lo lanzaré a la cara.

Bueno, al parecer Elena ha aprendido bastantes cosas.

23

Si en Madrid fue como si el corazón me diera un vuelco, emoción en estado puro, con todo el caos, el ruido, las maravillosas exageraciones que la distinguen, San Sebastián es como un masaje en un centro de relajación: tiene todo lo que necesitas y hace que te sientas bien, mientras a tu alrededor reina la tranquilidad. La diferencia es parecida a la que existe entre un licor y una copa de vino. En cuanto salimos de la estación, nos ponemos en marcha por un puente de piedra, el cielo es terso y el río que discurre plácido brilla con miles de reflejos. Las casas elegantes me recuerdan a las que se ven en las películas de París: tienen pequeños balcones y tejados de varias formas, todo ello envuelto en matices tenues que me acarician los ojos. La sensación es exactamente la de vivir una ciudad completamente distinta de las que he visitado hasta ahora. Tal vez el hecho de que esta ciudad se mueva a un ritmo normal me ayude a contrarrestar el tamborileo que siento en el pecho cada vez que pienso en María y en lo que estoy haciendo por ella. En el fondo, si la hubiera encontrado en Madrid, el corazón podría haberme estallado: en un lugar que va a mil, no puedes tú también ir a mil. Aquí tengo tiempo de recobrar el aliento, de sintonizarme con sus sentimientos. ¿Cuántas posibilidades hay de que coincidan con los míos? No logro calcularlo.

—Hemos tenido suerte, chicos, aquí en el norte no son muy comunes los días soleados —nos dice Elena con aire soñador—. A lo mejor es una señal del destino.

Como siempre, está lista para indicarnos el camino, con seguridad, hasta que encontramos la parada de taxis.

—En unos veinte minutos como mucho llegaremos a Hondarribia. Ya verán qué paisaje más bonito.

Después de unos kilómetros nos encontramos rodeados de verde, viajamos con las ventanillas bajadas para saborear el aire fresco y revitalizador del norte.

El taxista, cuando ve que somos italianos, nos cuenta unas cuantas cosas sobre Hondarribia que Elena nos traduce enseguida:

—Tienen que saber que hasta 1980 esta población se llamaba Fuenterrabía. El nombre se cambió para volver a los orígenes de la palabra vasca que identificaba el lugar en el que surgió el pueblo: un vado arenoso, si miran el mapa podrán ver su forma.

Gio finge que sigue la explicación, pero en realidad es una excusa para no dejar de mirar a Elena ni un momento; se la come con los ojos, está completamente enamorado de ella.

—Y allí al fondo está la montaña con el santuario de Nuestra Señora de Guadalupe, una Virgen negra muy querida por esta zona —sigue traduciendo Elena.

—Y ¿por qué negra? Estamos en el norte de España —pregunta Gio sin dejar de hacer el papel del estudiante atento y detallista.

Pero nadie sabe darle una explicación, y a mí esa multiculturalidad de España me gusta muchísimo.

—He decidido tomar un hotel que espero no se aparte mucho de su presupuesto. Aunque les aseguro que se van a quedar con la boca abierta, y además todavía no estamos en temporada alta y no sale tan caro. Si ahorramos un poco en traslados y restaurantes, no creo que haya problema. Es el Parador de Hondarribia, no se arrepentirán —nos explica la reina de la eficiencia.

Yo la miro con admiración. Gio, ahora ya con amor.

—¡Diablos! Tendrían que llamarte de Italia para que fueras ministra de Economía. En un par de meses pondrías las cuentas en su sitio.

Elena se toma los cumplidos con cierta gracia.

—Pues hacer números no es mi actividad favorita, a pesar de que también tengo que hacerlos. Me gusta mucho más ocuparme de organizar, preparar encuentros... Para eso estoy aquí con ustedes: quiero ver cómo saldrá todo entre Nicco y María —dice entusiasmada.

—Espero verlo yo también, si no me desmayo antes —digo. Menos mal que corre este aire fresco, realmente lo necesito ahora que el momento se acerca.

Gio también finge mirar hacia afuera, mientras que en realidad solo tiene ojos para ella.

—¡Qué bonito es Hondarribia, ¿eh?! Después de todo, el error de Roberto...

—¿Y quién es Roberto, si puede saberse?

—Roberto es el portero del hotel romano que tenía que darnos la dirección de María, pero nos dio una falsa pensando que nunca vendríamos a España...

Elena sonríe, nuestro atrevimiento le gusta.

—Y resultó que la dirección era la de Venanzio y Tomás. Por un momento pensamos que estaba escondida allí dentro. Y, en cambio, ni siquiera sabían quién era... —re-sumo yo.

—Por fuerza, a ellos las modelos les importan un co-mino.

Ya sale Gio, que no reprime la bromita ácida. Le doy un codazo.

—Fueron realmente amables con nosotros. Cuando volvimos a encontrarnos, después de haber visto la cara de María en la pantalla publicitaria, incluso nos invitaron a cenar.

—Además hicieron que te conociéramos. —Gio le gui-ña el ojo.

Elena cambia hábilmente de tema.

—¿Y vieron que cocinan increíblemente esos dos?

—Eh, habría que enviarlos a «MasterChef» —ironiza Gio.

—¡Mira, si un hombre me invitara a su casa y cocinara así para mí, me enamoraría al instante!

—Ah... —Gio me mira con una expresión elocuente, como diciendo: «¿Lo ves? Tampoco es tan difícil...». Si no fuera porque él tiene problemas incluso con un huevo re-vuelto.

Elena suspira.

—Lástima que ningún hombre hetero sepa hacer esas cosas.

—Bueno..., sabemos hacer otras... —Gio le guiña el ojo.

—No son siempre las más divertidas —murmura ella con un tono intencionadamente equívoco.

Justo en ese momento el taxi se detiene, Elena paga rá-pidamente y baja.

—¿También va a la nota de gastos? —bromea Gio, pero

ella ya se ha puesto en marcha. No es de las que pierden el tiempo.

Lo miro y le digo en voz baja:

—Te veo mal... Ésta no es del perfil que sueles encontrar.

Me da una palmada en el hombro.

—No te preocupes, ya tengo la solución en el bolsillo: mientras hablaba me he descargado una aplicación de cocina.

Y así también nosotros bajamos del coche. Estamos frente a las murallas del casco antiguo, me siento realmente como don Quijote en busca de su Dulcinea; aquí el tiempo parece haberse detenido: los carteles de los bares y los restaurantes pintados a mano, los talleres de los artesanos, las casas de fachadas de colores con las vigas de madera, los balcones todos distintos, todos con su propio estilo. Mientras paseamos me siento contento, rodeado de cosas bellas y fascinantes, y es entonces cuando me doy cuenta de que una belleza tan especial como María no podría haber nacido en otro lugar. La belleza crea más belleza, es exactamente así.

Cuando llegamos frente a nuestro hotel no puedo creer lo que veo. Es un castillo de altos muros de piedra, y en su interior todo es elegantísimo, pero sencillo al mismo tiempo; la luz tiñe las paredes de piedra, las grandes lámparas, las escaleras de piedra, los arcos abovedados de estilo gótico. No lo puedo creer, este lugar es maravilloso.

—Gio, ¿quién nos lo iba a decir, eh?

—Oye, que yo soy un tipo con clase y estas cosas las aprecio —dice él, agarrándome de un brazo y arrastrándome hacia un precioso patio interior y luego a una terraza con vista al mar—. Diablos, mira qué barcas y qué mar tan azul, es todo un espectáculo.

Elena está detrás de nosotros, feliz por nuestro entusiasmo.

—Allí al fondo está Francia. Piensen que en barca se llega en cinco minutos, mientras que en coche hay que dar una vuelta mucho más larga. Muchos niños van a la escuela a Francia desde aquí.

—¡Increíble! —dice Gio—. Y qué suerte tienen, ya desde pequeños enseguida hablan dos idiomas.

—Muchos de ellos también hablan euskera, la lengua vasca —continúa Elena.

—¿Y tú la conoces? No, es que a mí me gustaría practicarla un poco contigo... —Gio aprovecha enseguida la ocasión.

Pero ella hace como si nada y se dirige a recepción. Entregamos nuestras identificaciones y tomamos las llaves, mientras Elena está de nuevo al teléfono con Myriam, su ayudante. Gio frunce la boca:

—Ni siquiera tú y yo nos llamamos tan a menudo cuando tenemos que ir al futbol.

Elena cuelga y se reúne con nosotros.

—¿Qué hacemos? —pregunto inseguro.

Ella me mira, después se mete en el papel de mujer ejecutiva.

—No lo sé, Nicco, tienes que decirme tú lo que quieres hacer. Uno: quedarte un rato a solas. Dos: reflexionar. Tres: ¿quieres que preparemos una estrategia los tres juntos? ¿Organizamos un plan?

Solo la idea me pone los pelos de punta: los tres sentados alrededor de una mesa con los diagramas de las posibilidades de un amor entre María y yo. La freno enseguida.

—Quizá sea mejor que primero vaya a refrescarme un poco... y luego decidimos.

—Sí, yo también necesito relajarme. Y todavía tengo que repasar los términos del contrato de nuestra modelo, María López.

Gio, presuroso, se agacha para ayudarla de nuevo a llevar su mochila de peso pluma.

—Nosotros ya hemos tomado las llaves, pero si quieres te esperamos para subir juntos.

Elena me arrebata una de las llaves de la mano con una sonrisa.

—El precio de todo incluido y wi-fi gratis era para la doble. Una de éstas es mía. Ustedes dormirán juntos. Pero tranquilos, estarán cómodos.

No podemos quitarle la razón: la habitación tiene dos camas matrimoniales enormes, que si Gio fuera el de hace dos días, el pre-Elena, ya estaría pensando en organizar una orgía. En cambio, abandona esa especie de casa portátil que lleva al hombro y se lanza con decisión sobre la cama que está junto a la ventana.

—¿Crees que lo ha hecho adrede? ¿Ha tomado solo dos habitaciones para que luego, con la excusa de que roncas, vaya a dormir yo con ella?

—Gio, ¡pero si eres tú quien ronca! Si hay alguien que tiene que buscar refugio en otra parte, ése soy yo.

Dejo mi bolsa sobre el sillón y yo también me tumbo en la cama.

—Pero ¿a ti te parece que le gusto?

—¿Tengo que decir la verdad?

—Como siempre he hecho yo contigo.

Lo fulmino con la mirada.

—De acuerdo, sí, pero con la historia de Bato no mentí..., solo omití. —Entonces lanza una almohada al aire, sorprendido de sí mismo—. ¡Carajo, qué bien hablo! Hay palabras que ni siquiera sabía que las conocía, ¡es el *ammore*, es el *ammore*!

La almohada le cae en la cara, al igual que mi respuesta:

—No, a mí me parece que no le gustas.

Se vuelve de golpe y se queda sentado.

—Pues entonces yo tengo razón: es lesbiana. No puede existir una mujer a la que yo no le guste. Ya lo has visto, siempre está pegada al teléfono con esa tal Myriam. Y luego todas las alusiones a los heteros... Aunque la verdad es que no lo parece, ¡es tan femenina!

—Eres el troglodita de siempre: para ti los gais van por ahí en tutú y las lesbianas son todas unas camioneras. Siempre con los mismos tópicos. ¿Y Jodie Foster, entonces? ¿Y aquella rubiecita, Portia de Rossi? ¿No son superfemeninas? ¿Y Lindsey Lohan, que, total, ya se sabe que a ella también le gustan las mujeres? ¿Y la pelirroja de «Sexo en Nueva York»?

—De todos modos, si no es ése, tengo que enterarme de cuál es su gran defecto.

Me quito los zapatos y estiro los pies sobre la colcha de cuadritos.

—¿Una mujer no puede ser perfecta?

—¡No, pero puede acercarse muchísimo!

Sí, está realmente mal.

—De todos modos, habría sido mejor que mintieras —replica, y vuelve a echarse en la cama. Después se incorpora de nuevo—. Perdona pero, entonces, ¿por qué ha venido hasta aquí con nosotros? Podría haber hecho el viaje en coche con el chofer.

—Le gustan las historias de amor.

—Bueno, puede ir a verlas al cine. No, no me convences... —y vuelve a echarse.

—Tienes razón, le gusto yo, quiere ver cómo va la cosa con María y luego, si me da calabazas, se presenta ella.

Me la paso bien burlándome de él, pero a Gio el juego no parece divertirle. Es más, creo que no se ha dado cuenta de que estoy bromeando.

Se levanta amenazador.

—Ni te atrevas a mirarla.

—¿Y por qué?

—Porque ni siquiera te gusta.

—Ahora que tengo a María como primera opción, no me gusta, pero si a ella no le interesa, a lo mejor como repuesto... —Me estoy divirtiendo de lo lindo.

—Eh, no, eh...

—¿Y dónde está escrito?

—¡Porque me gusta a mí! —Se molesta en serio—. Y porque somos amigos.

—Pero, perdona, también Bato y yo éramos amigos y, sin embargo, se metió con Alessia.

—Alessia y tú habían terminado. Y, de todos modos, yo no soy Bato..., tú no eres Bato, nosotros tenemos nuestras reglas.

No lo corrijo sobre la historia de Alessia y Bato, prefiero seguir espoleándolo.

—Las reglas están hechas para romperlas... Por eso me ligaré igualmente a Elena.

Le hundo el cuchillo hasta el fondo, disfrutando de la escena. Trato de contenerme, pero de repente me echo a reír. Él, por fin, se da cuenta y me lanza una almohada encima. Yo respondo con la misma moneda. Nos ponemos a hacer una guerra de almohadas durante un buen rato, como dos niños de campamento, divirtiéndonos como locos. Después Gio acierta sin querer a un jarrón decorativo de mi mesita de noche y lo hace caer. Lo salvo por un pelo.

—Cuidado, si no lo pondrán en la cuenta de Elena —ríe él maliciosamente.

—¿No era una tarifa de todo incluido? —rebato.

Recobramos la compostura. Gio se pone serio. Se incorpora, se sienta con las piernas cruzadas y se apoya en la cabecera con una almohada detrás de la espalda.

—Nunca había perdido la cabeza de este modo.

—Suponiendo que la tuvieras... —me burlo.

—Es que no puedo dejar de pensar en ella. Cuando estamos cerca, me cuesta no tocarla, la rozo continuamente, le toco el brazo, incluso sin motivo. Estoy como drogado, nunca me han importado nada las mujeres, siempre han sido un fastidio, y ahora a través de Elena las quiero a todas, me parecen la cosa más bonita del mundo. Cuando me he despedido de ella y le he dado un beso en la mejilla..., la he tomado por la cintura y sentirla tan cerca me ha hecho volverme loco, y me gustaría volver a despedirme mil veces más...

—Pero ¿cuándo se despidieron, perdona? No nos hemos separado en ningún momento.

—¿Lo ves?, tienes razón, imagínate cómo estoy..., lo he soñado. —Y se echa a reír como un idiota—. Estoy fatal, Nicco... Pero ella quizá salga con alguien, tal vez le gusta otro.

—¿En su identificación qué decía? ¿Soltera? ¡Ah, sí, tú no entiendes el español! —lo espoleo.

—No está bien que te burles del amor... —contesta atormentado.

—A propósito de amor, te recuerdo que hemos venido aquí para dar una posibilidad a mi historia, para encontrar a María, y, en cambio, ¿qué estamos haciendo? Hablamos todo el tiempo de Elena... Me voy a dar un buen baño, a lo mejor se me ocurre algún plan, algo...

Y, así, me quito los pantalones y la camisa y me dirijo al baño.

—Tú, que eres un pozo de ideas, intenta buscar algo bueno para mí.

Me meto en el baño y abro la llave de la regadera para regular el agua; siempre ocurre que está demasiado fría o demasiado caliente. Algo parecido a mi corazón: debo encontrar la temperatura adecuada. Mientras corre, me miro al espejo. Tengo veintitrés años, estoy en Hondarribia y busco el amor. Éste es, en dos palabras, mi perfil, pienso analizando la situación. En el fondo, ¿qué tiene de malo? ¿Por qué no tendría que conseguirlo? Y me meto debajo del potente chorro que espero me ayude a aclararme las ideas. Me relajo debajo del agua, empiezo a pensar en lo que hacer. ¿Dónde es mejor que nos encontremos? ¿Tendría que prepararle una sorpresa? No, mejor que no, demasiado énfasis, demasiado excesivo, y si después sale mal, qué chasco me voy a llevar... Tengo que impresionarla con algo más profundo, más íntimo. A veces, en los pequeños gestos se descubren los sentimientos más grandes. Y también debo encontrar las palabras, las palabras para decirle lo que siento, lo importante que es para mí. No me salen muy bien esas cosas, es un defecto que tengo, lo sé. Formulo un par de frases en mi mente, pero me dan ganas de reír, yo mismo me censuro. En el amor he sido un desastre en italiano, no puedo ni pensar en lo que puede pasar en español. Necesitaría a alguien que escribiera por mí, un alma noble que me infundiera su sensibilidad, un poeta que me prestara sus palabras...

—¡Oye, Nicco, estaba pensando que una amiga de mi tía es la asesora fiscal de Eros Ramazzoti. Lo llamamos, se lo pasas al teléfono y le hacemos cantar *Più bella cosa non c'è* en español! —me grita de repente Gio desde fuera. Ahí está el poeta.

Me enjabono la espalda y suspiro, desconsolado. Saco la cabeza por la mampara de la ducha para hacerme oír.

—Tenía razón el profesor Gioia en el colegio: «Si necesitas una mano en un momento de necesidad, la encontrarás al final de tu brazo».

Un instante de silencio. Después oigo la respuesta de Gio:

—Nicco, no te estarás haciendo una chaqueta, ¿verdad?

24

Una mujer está tumbada en la camilla de un consultorio médico. Va abrigada hasta el cuello, con un suéter muy ancho con unos puños que le cubren la mitad de los dedos. Niega con la cabeza, el médico intenta animarla. Ella, reacia, titubea, hasta que el médico se infunde valor y le sube las mangas del suéter. Tiene los antebrazos cubiertos de manchas rojas. La mujer explica algo, abatida, y repite varias veces la palabra «vergüenza». Solo entiendo que se siente avergonzada por su extraña urticaria. Gio, a mi lado en el sofá del vestíbulo, agarra el control remoto y cambia rápidamente de canal con un escalofrío.

—¡Qué impresión! ¿Por qué miras esas cosas? —dice rascándose por todas partes.

Es uno de esos programas que pasan también en Italia en los que alguien está aquejado de alguna enfermedad rara que lo pone en un compromiso. Si mi amor por María también fuera una enfermedad, un sentimiento no correspondido, ¿habría un médico dispuesto a curarme del ridículo por haberme precipitado hasta aquí?

Elena, con el celular todavía pegado a la oreja y una carpeta debajo del brazo, pasa por delante de nosotros y nos hace señas para que la sigamos. Cruzamos el patio interior del hotel y salimos a la terraza, donde nos esperan unos comodísimos sofás.

—Está bien, nos vemos pronto.

Cuelga la llamada, se sienta en el sillón que hay frente a nosotros y deja la carpeta sobre la mesa.

—¡Perfecto! Ésta será nuestra base de operaciones. Ya se lo he dicho a Gio mientras te esperábamos: esta terraza será como nuestra sala de reuniones. Aquí se está muy tranquilo.

Lanza una mirada alrededor, y efectivamente no hay nadie. Solo se oye el chapoteo de las barcas en la distancia y los chillidos de las gaviotas.

Elena nos mira a los ojos, primero a Gio y después a mí; tenemos que concentrarnos. Nada debe obstaculizar su plan, para ella realmente es un trabajo. Se frota las manos satisfecha.

—No lo puedo creer, estamos a punto de decidir algo que tal vez cambie tu vida, Nicco..., y la de María. Ella no sabe que está a punto de suceder todo esto..., no sabe que tú has venido hasta aquí, que estás a poquísimos metros de ella, de su vida, que vas a reescribir la historia...

«¿Reescribir la historia no es excesivo?», pienso yo. Pero Elena lo dice como si estuviera decidiendo el futuro de la Corona española, o decretando la abolición de las corridas de toros en España. De manera científica, como si de verdad todo pudiera ser planificado en sus detalles, estudiado sobre el papel. Tal vez sea su manera tan racional de afrontarlo lo que la hace tan fascinante: no deja espacio a los imprevistos. Todo es posible. Y si Gio se ha enamorado de ella, es que realmente todo es posible...

—Eso es, en el fondo es lo que ocurre en algunas películas —continúa, segura—, de esas que les gustan a las chicas. Que las hacen soñar con los ojos abiertos. Porque luego las cosas casi nunca salen de esa manera, te regresas a tu casa, tal vez tu vida es triste, te peleas con tu novio, o quizá ni siquiera tienes novio...

Análisis de mercado. Más o menos es el tono que utiliza. Gio la estudia atentamente, intenta descubrir algo más sobre ella a través de sus razonamientos.

—En resumen, cualquier chica espera a alguien que se decida a seguirla, que de repente se meta en un avión y vaya a buscarla, sin estar siquiera seguro de si la encontrará, sin saber si ya está comprometida... Todas las chicas sueñan con un hombre así...

Gio no puede evitarlo.

—¿Tú también?

Astuta como un zorro y escurridiza como una pantera, Elena lo pasa por alto.

—Estamos hablando de Nicco. En este momento es él... el hombre de los sueños. —Lo dice con una naturalidad que roza la malicia. Gio empieza a pensar de verdad que se trata de mí y me mira con odio.

—Esperemos que no de los sueños de otro —añado con mi acostumbrado pesimismo y la mente puesta en María.

Y sin ninguna intención de aludir a Elena, lo juro. Pero Gio me da una patada por debajo de la mesa, mientras ella, quién sabe si consciente o no del efecto de sus afirmaciones, no se azora lo más mínimo.

—Pronto lo descubriremos —aclara, en cambio, con esa pizca de ambigüedad.

Después sigue examinando imparable la estrategia ganadora. Tal vez sea el hecho de aplicar a una historia de amor los métodos que utiliza en el trabajo lo que la entusiasma tanto.

—Vamos a ver en qué has pensado para impresionarla. Uno: algo asombroso, increíble, como una avioneta pasando con un cartel que diga MARÍA, TE QUIERO, o unos globos con forma de corazón que vuelen bajo su ventana... —Hace una mueca—. Bueno, eso es un poco cursi. —Tacha con una gran X una de las hojas que ha sacado de la carpeta. Valora la segunda posibilidad—. O bien, dos, algo más minimalista, más tranquilo, más en la línea de tu carácter. Es decir, elegante.

—Bah, elegante —refunfuña Gio mirando mi gorra de beisbol.

—No he pensado nada. —Los miro, sonrío y abro los brazos—. Nada de nada. Es más, si de verdad tengo que ser sincero, me gustaría tomar el primer avión y regresar a Roma.

—¡Imposible! —Elena está contrariada, se mueve en su sillón—. ¿Cómo que no has pensado nada? Has venido hasta aquí, has cruzado el Mediterráneo a nado, la has visto a ella en una pantalla publicitaria, has encontrado su agencia, quedándote en la calle no sé cuánto tiempo...

Sonrío.

—¡La cosa no fue así!

—Sí, bueno..., pero podemos venderlo así... ¡Solo con eso ya tienes mil puntos!

Ahí está, su alma comercial, su tendencia a colocar el producto. Me parece que si aprendo la lección que me está dando conseguiré incluso vender mi colección pirateada de Pokémon de cuando era pequeño.

En ese momento un mesero con una bandeja se para junto a la mesa. No tiene el valor de interrumpir nuestra reunión. Elena levanta la mirada.

—Ah, sí. He pedido un té e infusiones, para relajarnos y estudiar bien la estrategia.

El mesero deja la bandeja en el centro de la mesa y se aleja.

Elena levanta la tapa de la tetera y la deja a un lado. Después toma una cajita con varias infusiones. Las examina.

—¿Tienen alguna preferencia?

—¿Hay té verde?

Miro a Gio, asombrado.

—Pero...

Gio asiente.

—He leído que es el mejor contra los radicales libres.

Elena lo corta.

—Sí, aquí está. ¿A ti también te pongo uno? —pregunta dirigiéndose a mí.

—Sí, sí...

Ahora sí que estamos frente a un milagro. Sin duda está la mano de Dios. Gio ha bebido siempre y únicamente cerveza, en plan ligero, o ginebra, vodka y cualquier tipo de bebida para agarrar una buena borrachera. ¡Y ¿ahora toma té?! ¡Y además verde! Si lo hubiera hecho yo, ya sé lo que me habría dicho: «¿Qué pasa?, ¿es que te has vuelto marica?». Y ahora, ahí está, el despiadado cazador de antioxidantes.

Elena sumerge los sobrecitos en la tetera, los mueve arriba y abajo coloreando el agua hirviendo, que poco a poco se tiñe de un amarillo pálido.

—Estoy segura de que esto nos ayudará a encontrar la

mejor solución. También hay pastas, si quieren... —Y nos ofrece una bandejita en la que hay alineados varios tipos de dulces.

—Dulce vasco, pay de queso y manzana, galletas de mantequilla y almendras, *pantxineta* —ilustra sabiamente.

Gio toma uno de chocolate.

—Este hotel es genial. Por un precio módico hasta te dan todas estas exquisiteces.

—La verdad es que las he encargado en una pastelería que está aquí al lado. Normalmente a los clientes les gustan durante las reuniones.

Dice «clientes» con una displicencia envidiable. ¿Eso somos para ella? Claro, a estas alturas Gio estaría dispuesto incluso a pagar por tenerla a su lado hasta el último de sus días.

Elena me sirve el té ya oscuro en la taza, yo tomo un pedazo de pastel.

Después se dirige a Gio:

—¿Tú quieres?

—¡Claro, lo estoy deseando! —Cuanto más se empeña, menos creíble parece a veces.

—¡Oye, si prefieres una cerveza u otra cosa, no hay problema, ¿eh?! Aquí tienen de todo...

—No, no, ¿por qué iba a querer eso? Me gusta el té..., lo juro.

Elena lo escruta durante unos segundos, luego compone una sonrisita divertida.

—Nunca habría pensado que fueras de los que les gusta el té... —le suelta, otra provocadora indirecta antes de dejar la tetera.

—No sabes cuántas sorpresas guardo todavía... Esta España me está sacando todo un mundo que tenía dentro, sí, que no ve el momento de salir.

Elena abre los ojos como platos.

—De rodar por los prados..., calentarse al sol... —endulza Gio el posible malentendido.

Elena no contesta, pero le veo una chispa de satisfacción en los ojos. Toma un trozo de dulce.

—Cada uno de nosotros ha probado un dulce distinto —comento.

—Eso es, Nicco, puede parecer estúpido, pero el hecho de que te fijes en esos sencillos matices puede ser una gran virtud para una mujer...

—Sí, los cincuenta matices de Nicco —se burla Gio.

Elena lo fulmina con la mirada.

—¿Te estás burlando de mí?

—No, en absoluto. Quiero decir que te das cuenta de los detalles. A las mujeres nos gustan los chicos atentos. Quién sabe de cuántas cosas te darás cuenta todos los días que pases con María. Notarás si se ha cortado el pelo, si se ha cambiado el color, si lleva una playera nueva, si hay algo que la entristece, algo que la hace feliz... Y eso te hará irresistible para ella.

—Me parece que te has cambiado los zapatos —dice Gio, después de haberse inclinado a recoger un terrón de azúcar que hábilmente ha dejado caer al suelo.

—Los otros tenían el tacón demasiado alto y demasiado sensual para hacer este trabajo —contesta Elena, que no especifica qué trabajo está haciendo realmente. ¿Cocer a Gio hasta que esté en su punto y luego comérselo de un bocado? ¿O defender su corazón de cualquier turbación, jugando a hacerse la indiferente?

Al final no sé quién saldrá ganando, pero me parece que esta batalla es de las grandes.

—De todos modos, tú tienes la victoria en la mano... —declara Elena pasando una hoja en la que ha apuntado extraños garabatos.

—¿Lo dice en tus gráficos? —bromeo.

—Me lo dijiste tú ayer. ¡Esa chica estaba enamorada de ti!

—Bueno, tampoco exageremos...

Gio se esmera en defender la causa.

—¡Que sí, si se le iluminaba la cara cada vez que te veía!

Intento redimensionar tanto entusiasmo.

—Sí, pero eso no significa nada. Estaba de vacaciones con una amiga en otro país, encontró a alguien que le gustaba, que la llevaba de paseo por la ciudad y... pasó unos días felices. Todo parece más bello y romántico lejos de casa..., pero lo cierto es que las cosas se magnifican.

Elena no se deja desanimar; analiza, compara, saca conclusiones.

—No es tan normal. No todas las españolas se enredan con un italiano solo porque están de vacaciones. Por ejemplo, ella y su amiga Paula tuvieron un comportamiento completamente distinto.

—¿Cómo dices? —¿De dónde ha salido ahora Paula? ¿A ver si va a resultar que Elena también es vidente?

—Bueno, por lo que me ha dicho Gio, si lo he entendido bien...

Mi amigo enseguida interviene, sin darle tiempo a terminar. Él es mi oficina de prensa, no es que Elena tenga poderes mágicos.

—Mientras esperábamos a que te pusieras guapo, le he

contado mejor tu asunto. Sí, en resumen, el hecho de que tú tuviste una historia con María, mientras que con Paula las cosas fueron como tú ya sabes...

Asume una expresión triste, que ni Nemo cuando se acuerda de su madre muerta. Y ¿cómo fueron las cosas, según él? ¿Qué disparate se habrá inventado esta vez?

El celular de Elena empieza a sonar.

—Myriam, un momento... —Elena se levanta y se aleja mostrándonos el índice, pidiéndonos solo un minuto—. Vuelvo enseguida.

Miro a Gio con verdadera curiosidad.

—¿Qué fue lo que no sucedió entre tú y Paula? ¿Qué tonterías le has contado? Me gustaría mucho oírlo.

—Pues nada, he bajado antes para estar un rato con ella, para ver cómo actuar. Me ha preguntado sobre las dos chicas, qué hubo entre nosotros... Me ha salido espontáneo decirle que entre aquella pobrecita y yo no hubo nada.

—¡Qué angelito! Aquella «pobrecita»... Pero ¿es que eres tonto? ¡Como lo comente con María vas a quedar fatal!

—He pensado que le inspiraría ternura, en vista de que de otro modo no funcionaría. Le he contado que hace mucho que no estoy con una chica porque con la que salía...

—¿Con la que salías?

—Tuvo un accidente... ¡y murió!

—¡Murió! ¡Carajo, eres viudo y ni siquiera me lo habías dicho!

—No me ha dado tiempo.

—Ahora vas a decirme qué diantre escribiste en esa dichosa nota, Gio. Tú eres capaz de todo. A lo mejor hasta le has dicho que ver a María es mi último deseo porque tengo leucemia.

—Total, se puede curar en la mayoría de los casos, ¿qué problema hay?

—¿Sabes cuál es tu problema? Que, por mucho que digas, la verdad es que no tienes ninguna clase de ética.

—¿Quién es el que tiene un problema de ética?

Nos volvemos, Elena está a nuestra espalda con el iPad en la mano.

—¿Eh? No, no, patética. Nicco estaba preocupado porque, para quien no lo conozca, su historia puede resultar patética...

—«Melodramática» sería más acertado —gruño yo.

—«Cursi», decimos aquí —puntualiza Elena con una mueca altiva que no hace pensar que esté muy conmovida por los cuentos lacrimógenos de mi amigo loco. A continuación nos enseña la pantalla del iPad—: Myriam me ha mandado el link con la localización de la dirección exacta de la señorita López. Qué mona, ¿verdad?

—Todo un amor —se mofa Gio.

Un puntito rojo parpadea sobre el mapa que ha descargado en la pantalla.

—Aquí vive María, en la parte baja de Hondarribia, hacia el puerto.

Al pensar que estamos tan cerca se me encoge de nuevo el estómago; tomo un poco más de té, pero ya está frío. Me gustaría levantarme e ir yo mismo a la cocina para calentarlo con tal de alejarme, escapar, y dejarlo todo. «Señoras y señores, era una broma: ahora yo me vuelvo a Roma...»

—Bueno, tengo una idea... —dice Elena, y me deja clavado como un cuadro de veinte millones de euros en el museo más vigilado del mundo.

A veces pienso que hay situaciones en las que realmente sería necesaria la teletransportación. Ya me veo con las orejas del señor Spock desapareciendo de repente. Pero eso es ciencia ficción, porque Elena ha empezado a exponer todas las teorías, cálculos e hipótesis sobre las reacciones de María ante mi aparición, según una ecuación que no sabría ni siquiera repetir pero que debería hacerla una mujer feliz.

—De acuerdo, pero ¿y si tiene novio?

—Si estuvo contigo es que algún problema con ese chico debe de tener... ¡En todo caso, ya nos preocuparemos de eso luego!

Gio está de acuerdo.

—Además, en España es distinto, no existen esos celos, ese afán de posesión que tenemos los italianos. Una chica puede estar hoy con un chico, mañana con otro...

—¿Quién te ha dicho eso? —Elena lo mira, intrigada.

—Lo... lo he leído en la guía. Y aparte, perdona, todas las libertades que adquirieron después de la dictadura, ¿crees que las iban a tirar a la basura?

Esta vez ella se ríe, divertida.

—¿Qué eres?, ¿un *collione*? Se dice así, ¿no?

Más tranquilo, Gio se siente en su salsa: sigue con su filípica, que en realidad tiene un único objetivo.

—Tú, por ejemplo, te has ido así de un día para otro sin ningún impedimento...

—Es mi trabajo. Vengo aquí tres días para cerrar un contrato importante: si tengo a la señorita López, también tengo cliente.

—Sí, pero tu novio tampoco te ha puesto trabas...

Ahí está, ahí era adonde Gio quería llegar. La mira impaciente, después de soltar esa bomba, esperando a que estalle. Pero Elena, astuta, no cae en la trampa.

—*Quizá, quizá, quizá...* —contesta, maliciosa. Después se levanta, recoge la carpeta, el iPad y varios papeles—. Anden, marchémonos, vamos a mostrar nuestras cartas.

Se acerca a recepción para dejar las llaves de la habitación. Gio me jala de un brazo para hacer que me quede un poco atrás.

—Pero ¿qué quiere decir «quizá»?

—Tal vez.

—¡Ya lo sé, gracias, eres un amigo! Es una de las pocas palabras que recuerdo del instituto... Idiota. Quería decir: según tú, ¿a qué se refería con «quizá»? —se enfurece.

—Que tal vez no le ha puesto problemas, tal vez se los ha puesto o tal vez no tiene novio. ¡Quiere decir... tal vez! —rebato, deliberadamente vago.

—La próxima vez terminaré antes si leo el horóscopo de Paolo Fox —me reprocha, decepcionado.

Elena nos hace señales para que la sigamos, tenemos que ponernos en marcha.

—¿Y bien?, ¿por lo menos has decidido lo que le dirás? —me pregunta mi cupido, desorientada por semejante falta de estrategia.

Vacilo, algo avergonzado. Saco una hoja bastante estropeada.

—He escrito un pequeño discurso al salir de la ducha. —Elena y Gio lo miran con curiosidad—. Sí..., está un poco mojado. Lo he traducido lo mejor que he podido, pero el español no es mi fuerte...

Elena me sonríe.

—Si quieres, te ayudo yo —dice, y espera mi respuesta, que en efecto tarda en llegar.

Me siento un poco *collione*, como un colegial en clase de amor. Pero ahora ya hemos llegado hasta aquí, Elena nos ha acompañado, incluso ha convocado una especie de reunión para resolver el problema, así que da igual que me corrija el discurso.

—De acuerdo —cedo.

Me lo toma de las manos y empieza a leer, concentrada. De vez en cuando sonríe, después se pone seria, veo que los ojos se le iluminan ligeramente; ¿será que se ha emocionado? Sin embargo, se echa a reír. La miro sorprendido, no entiendo qué es lo que le hace tanta gracia.

—¡Hay un error, según lo que has escrito parece que no quieras volver a verla!

Lo corregimos juntos mientras Gio se burla de nosotros con adulaciones falsas. Al final Elena me dice que es una carta preciosa, se nota que está escrita con el corazón. Hay pocas mujeres que sean tan afortunadas como para recibir palabras como ésas.

—¿Ni siquiera tu «quizá» te ha escrito nunca algo parecido? —la provoca Gio.

Elena le sonríe.

—Quizá... —dice simplemente encogiéndose de hombros, y se dirige a la salida.

Gio la sigue como un fiel servidor a su reina. Yo me doy cuenta de que dejé la gorra de beisbol en la terraza. Mientras salgo me fijo en dos viejecitos que están viendo la televisión. En la pantalla, un hombre con la barba larga y los ojos hundidos no puede moverse en una casa atiborrada de objetos, residuos, animales. Cada vez que intenta agarrar algo, se cae todo. Los dos viejecitos lo observan con mirada absorta. Me pregunto cuándo harán un programa de televisión en el que los concursantes se desafíen con sus declaraciones de amor. A lo mejor yo podría ser el ganador...

25

Después de una buena caminata, durante la cual nos perdemos encantados por las callejuelas de Hondarribia, llegamos a la dirección en la que supuestamente debería estar
la casa de María. El barrio es precioso, las casas bajas tienen
unos balcones de madera pintados de verde, azul, rojo, y
todos están repletos de plantas. Siento el olor del mar y una
brisa fresca que parece empujarme hacia mi destino.

Gio y Elena no se separan ni un momento. Los observo
a ambos y me parece que ya oigo lo que Gio tiene intención
de decirle: palabras que tengan el efecto de pegarlos el uno
a la otra. Pienso en lo que yo siempre he dicho no solo para
impresionar a alguna chica, sino porque quería que esa
chica no me considerara uno de los tantos chicos en su
vida, sino el chico de su vida. Quién sabe si la historia de
Gio y Elena podría llegar a ser como la mía... Una vez mi
padre me dijo que las historias de amor, a fin de cuentas,
son todas iguales, pero cada una es especial. Y tenía razón.
Veo a Gio, que sigue hablando con aire embelesado, gesticula, sonríe, dice cosas... Los hombres, cuando quieren
conquistar a una mujer, incluso se vuelven ridículos. Mi
amigo está distinto, además le tiembla un poco la voz,
muestra una cautela con ella que no le conocía. Está aco-

modando su respiración a la de Elena. Es increíble cómo nos transformamos cuando nos sentimos enamorados, cómo intentamos captar lo que podría gustar de nosotros a la otra persona. Y la imagen de María me llega de repente fuerte, poderosa.

Miro la casa, pocos metros me separan de su puerta. Tiene los balcones y las ventanas de un verde encendido, unos geranios rojos se agolpan sobre las barandillas y parecen guiñarme los ojos. Debajo de la casa hay un banco pintado también de verde en el que se apoya una bicicleta, quizá la de María. Cómo me gustaría tener ahora un control remoto de la vida en mis manos. Pulsaría la tecla que permite saltar las escenas de las películas en DVD y seleccionaría enseguida la secuencia en que María y yo pedaleamos alegres, felices: yo finjo estar cansado, ella me adelanta, pero no sabe lo competitivo que soy, y entonces yo la alcanzo con dos pedaladas y, a pesar de la carrera, intento besarla inclinándome desde mi bici hacia la suya, evitando por un pelo arrasarlo todo a nuestro paso, incluso a esa viejecita que, en vez de empezar a gritarnos, niega con la cabeza sonriendo, pensando en cuando era ella la que hacía esas cosas. Y María se ríe y me dice que estoy loco como todos los italianos y luego me susurra «Te quiero» y «Démonos prisa, que tenemos que hacer la compra», porque esta noche quiere que cocine yo, porque se acuerda de lo que comíamos juntos en Roma y de que le volvían loca los *tagliatelle* con jitomate.

Me doy cuenta de que estoy sonriendo, lo veo ahora que he vuelto a la realidad, porque ese control remoto resulta que no lo tengo, ¡lástima! Y entonces me viene a la cabeza algo muy sencillo, en lo que no había pensado, y es que yo con ella simplemente fui yo mismo. No tuve que inventar nada, no hubo nada que dijera adrede para ella, para causarle buena impresión. No hice nada que no hubiera decidido yo, Nicco: nunca fui alguien al que Nicco habría querido parecerse para seducir a una chica española. Fui tal como soy, y me abrí como nunca lo había hecho en toda mi vida, ni con Gio ni con ningún otro amigo, y mucho menos con Alessia. ¿No es paradójico que haya decidido y haya logrado ser realmente yo mismo precisamente con María, que no entendía nunca exactamente lo que decía medio en italiano medio en español? Tal vez fue una cobardía ser cristalino de ese modo. Sí, lo sé, Gio me contestaría enseguida: «¡Pues claro, así todo el mundo es bueno...!», y no estaría equivocado, pero con María ocurrió algo especial. Recuerdo cómo me miraba, cómo escuchaba mis palabras quizá sin entenderlas del todo, cómo me sonreía en los momentos adecuados, cómo me parecía que me comprendía más que cualquier otra persona con una simple mirada. Es por eso por lo que ahora estoy aquí.

—No lo puedo creer..., ¿y entonces esas chicas se comportaron así? —está diciendo Elena.

—Sí —oigo que contesta Gio.

—¿Y cómo te quedaste?

—Bueno, no muy bien...

—¡Eh! —digo yo, distraído con mis pensamientos.

Los dos se vuelven hacia mí.

—¿Sí?

Y ellos también deben de haberse dado cuenta de cómo se habían alejado de todo y de todos, seguramente embelesados por su recíproca atracción, capaz de hacer flotar en el aire un momento como ése. Gio, por lo menos, sí se ha fijado, y se ha molestado bastante; de hecho, me mira con rencor, como si hubiera interrumpido algo en la parte más bonita.

—Perdónanos, Niccolò. ¿Has dicho algo y no te hemos oído? —dice Elena como si estuviéramos en una reunión de trabajo.

—No, no, es que he tenido una idea, vamos a hablar ahí dentro —contesto indicando un bar junto a un surtidor de gasolina, en la esquina de la calle.

—Si Nicco tuviera que darme un euro por cada vez que dice «tengo una idea», sería millonario, y no como Steve Jobs: iDea. ¡Quiero registrarlo enseguida! ¿Hay alguna oficina de patentes por esta zona?

Elena sonríe.

—No, pero hay una excelente casa de reposo para enfermos mentales... —contesto yo mientras cruzamos la calle.

Después nos sentamos y Elena pide tres cafés. Me gustaría preguntarle al chico que sirve las mesas si tienen *espresso*, pero renuncio enseguida.

—¿De qué se trata? —pregunta nuestra amiga una vez que el mesero se aleja.

—Estaba afrontando todo esto de una manera demasiado superficial... Si hemos llegado hasta aquí, tiene que haber una razón.

Gio y Elena asienten mirándome muy serios.

—Sí, bueno, pero si me miran así, me bloqueo...

Entonces Elena se echa a reír.

—¡Y yo qué sé, eres tú quien ha empezado con ese tono...! ¡Parecía que estabas a punto de decirnos quién sabe qué!

—Sí, de hecho, yo tampoco te había visto nunca así, estaba convencido de que estabas a punto de anunciar que habías descubierto la fórmula de la Coca-Cola...

—Está bien... Solo quería decir que estoy contento de haber llegado hasta aquí. Así que gracias, Gio, por haber superado tu miedo a volar y haberme acompañado.

—Gracias a ti.

—Y luego, sobre todo, gracias a ti, Elena —continúo. Ella se sonroja—. Si estamos aquí delante de su casa es por ti.

—Pero si habrías llegado igualmente, era solo cuestión de tiempo. El hombre que realmente desea algo lo toma y punto...

—Estoy de acuerdo contigo, solo falta ver si lo consigo.

Evito mirar a Gio y sigo hablando.

—Pero sin tu organización perfecta, los boletos del tren, el almuerzo, el hotel reservado, no habríamos llegado tan lejos, estoy seguro...

Baja la mirada, incómoda.

—Pero si no he hecho nada. —Luego la levanta hacia mí—. De verdad, era lo mínimo...

—Pero, en cambio, para mí es lo máximo. Eres una persona especial, Elena. Gracias, de verdad... También por haber corregido mi carta y haberte reído de esa manera tan bonita. O sea, en realidad nunca había visto a nadie desternillarse de risa como tú al leer una sufrida carta de amor...

—Oh, perdóname, pero si me acuerdo de lo que habías escrito, me pongo a reír otra vez. Prácticamente le estabas diciendo a María que ya no la querías —explica ella agitando una mano, y falta poco para que vuelva a empezar.

—Lo sé, lo sé, y de hecho te lo agradezco porque al corregirla me has hecho sentir seguro, como si de verdad tuviera una posibilidad.

Elena me mira, tiene los ojos brillantes, pero no es por la risa. Se está conmoviendo en serio.

—Y así es, la tienes, has de tenerla, porque lo que sientes es bonito, es verdadero, y además tus palabras son preciosas.

—Gracias. Entonces les voy a contar lo que he pensado...

Y se los cuento todo, y al final tanto ella como Gio están de acuerdo. Pero Elena, que siempre va un paso por delante respecto a nosotros, sugiere una cosa en la que no había pensado en absoluto y que hace que el plan sea perfecto. La clásica cereza del pastel.

Gio asiente todo el tiempo y no hace más que mirar extasiado a Elena, que mientras tanto ha sacado del bolso una enorme agenda y está anotando algunas cosas.

—De acuerdo... —dice luego, convencida, y la cierra con un gesto decidido.

Justo en ese momento nos traen los cafés; ella toma uno, le echa un poco de azúcar, lo remueve rápidamente y se lo bebe de un trago.

—Voy, echo un vistazo y vuelvo... ¡No se muevan de aquí, ¿de acuerdo?!

—¿Quién quiere irse?... —contesta Gio mirándola con una sonrisa alelada.

Luego levanta su café y empieza a darle sorbos sin quitarle los ojos de encima a Elena hasta que ella sale del bar.

—Eh, no le has echado azúcar.

—Da igual...

—¿Seguro? Normalmente te lo tomas empalagoso...

—Elena es mi azúcar, mi sacarina, mi miel...

—Vamos a ver, ¿quién es tu psiquiatra? Lo digo porque tendríamos que hablar con él...

—Y yo digo, ¿has visto cómo ha sacado la agenda y hasta ha tomado apuntes de toda esta historia?

—¡Ya lo he visto, pero es de lo que nos estamos ocupando! ¿De qué iba a tomarlos, si no?

—Sí, pero lo bueno es la manera que tiene de hacer las cosas, me vuelve loco... Sí, y luego el modo en que trata cualquier cosa, dándole importancia, con la máxima profesionalidad.

—Es verdad...

—Y al mismo tiempo no es de esas cínicas despiadadas y calculadoras, porque se emociona, se le ponen los ojos brillantes...

—Es verdad.

—Y luego me gusta que estemos aquí los tres y todo ocurra con una simplicidad increíble. Nunca me había sentido tan a gusto con una mujer, y además con un amigo mío.

—¡También eso es verdad! ¡Oye, si dices algo más me lo voy a replantear, te cedo a María y me voy con ella!

Gio me mira y por un instante temo que quiera tirarme por encima lo que le queda de café. Sin embargo, tiene algo muy distinto en la cabeza.

—Intenta pensar que no somos nosotros los que escogemos y decidimos —dice—, sino ellas las que probablemente nos eligen a nosotros.

—Oh, Dios mío, ya ha empezado la hora de filosofía...

—Lo digo en serio... Yo me siento otro cuando estoy con ella —me explica, serio, pero enseguida le sale su natu-

239

raleza—: ¡Y como te atrevas a intentarlo con Elena te arranco un brazo y te azoto con él!

—Eso se llama «enamoramiento», ni más ni menos... —explico.

—Sí, tal vez, pero te aseguro que hay un montón de cosas que ahora me importan un pimiento: hacerme famoso, querer que la gente hable de mí algún día... Solo tengo ganas de ella, de estar a su lado, simplemente...

—Si le hubieras dicho o escrito esas palabras, le habrían gustado más de lo que le han gustado las mías.

—Pero nunca me saldrán. Aunque para mí ha sido una iluminación, o sea..., ahora soy otro.

Se da cuenta de cómo lo estoy mirando.

—Te lo juro, no bromeo. Por ejemplo, ¿te acuerdas de Claudia Koll, esa que había hecho las películas eróticas de Tinto Brass?... Que, aparte, a mí me gustaban un montón...

—Pues claro... ¿Y qué?

—Bueno..., pues esa historia de que encontró la fe y que ahora va por ahí hablando siempre de lo bonito que es ser devoto, que ha estado en África..., yo nunca me lo había creído, pensaba que era una estrategia de imagen inventada en los despachos. En cambio, ahora entiendo que le ocurrió algo similar a lo que me ocurre a mí.

—Tal vez la comparación no sea la más acertada. Ella vio la luz, mientras que tú te has enamorado de una chica...

—¡¿Y te parece poco?! Hemos encontrado el amor.

—Está bien, está bien... ¡Pero ahora no te pongas a escribir libros ni vayas al programa «Porta a Porta», ¿eh?!

—¿Lo ves?, y luego soy yo el que no habla nunca en serio...

—Tienes razón, perdona. Pero te daré un consejo realmente importante: intenta no mencionarle a Elena esa comparación con Claudia Koll..., ¿de acuerdo?

Y justo en ese momento, mirando por los cristales del bar, vemos que Elena ha llegado a la puerta de casa de María.

26

Elena acaba de llamar al timbre, se vuelve hacia nosotros y nos mira. Después nos sonríe desde lejos como para tranquilizarnos, pero se nota que está tan impaciente como yo.

—Mírala, mírala... —dice Gio en voz baja, como si temiera que ella, desde esa distancia, pudiera darse cuenta de lo que estamos hablando.

—Sí, ya la veo... —lo aliento yo.

Y justo en ese momento se abre la puerta de la casa. Al instante me inclino en la silla para ver mejor: ¿quién aparecerá delante de Elena?... En unos pocos segundos, en el tiempo que tarda una mano en empuñar la manija y la puerta en abrirse, me imagino lo que podría suceder, es decir, el rostro de María preguntándose qué está haciendo Elena allí de pie en la puerta; pienso en cómo puede ir vestida, si en casa también combina los colores perfectamente como cuando estaba en Roma e iba a recogerla al hotel, o si, incluso, podría habérsele pasado por la cabeza en algún momento —al menos por una milésima de segundo— la idea de que detrás de la puerta, llamando al timbre, pudiera estar aquel chico italiano con el que hizo el amor en un ático con vista al Coliseo, es decir, yo. En cambio, como un viejo vinilo que se va rayando con la aguja del tocadiscos, mis pensamientos se ven arruinados sin piedad por la aparición en el umbral de una señora. Intuyo que Elena se está presentando; la mujer le sonríe, y empiezan a charlar, después la señora niega con la cabeza. Siento que el suelo se hunde bajo mis pies.

—No está, no está en casa... —digo sacando de los pulmones un profundo suspiro.

Gio me mira sorprendido.

—Pero ¿tú quién eres? ¿También sabes lo que ha comido para desayunar? ¿Qué pasa?, ¿tienes las orejas biónicas?

—Idiota.

Sigo mirando a Elena, que se despide de la señora y vuelve con nosotros. Cuando se sienta de nuevo a la mesa, la acribillo con preguntas.

—¿Y bien? ¿Qué te ha dicho? María no está, ¿verdad? Lo he sabido por cómo la mujer movía la cabeza. Pero está en España, ¿no?

Elena se echa a reír.

—¡No, acaba de irse, ha vuelto a Italia a buscarte!

Yo abro unos ojos como platos. El mundo entero se detiene en torno a ella. Y entonces se ríe todavía más fuerte:

—¡Es broma, pero imagínate qué historia más bonita habría sido!

—Bueno, tampoco tanto... Entonces yo vuelvo corriendo a Italia a buscarla, ella regresa a España pensando que me encontrará aquí...

Gio se anima:

—¡Sí, y luego los dos, decepcionados pensando que el otro no quiere saber nada, se van a una isla para olvidarse el uno del otro... y se encuentran allí... pero con Alessia y Bato!

243

—Como guionista, Gio, no vales un pimiento, y tú tampoco, Elena.

—Has sido tú quien ha empezado... Quieres saber dónde está María, ¿no? —replica nuestra agente especial, resentida.

—Sí, claro.

Y me explica que le han dicho que María simplemente ha ido a hacer la compra a un mercado no muy lejos de allí y que su madre, la señora que le ha abierto la puerta, está contenta de que su hija haya vuelto durante unos días, ya que nunca está en casa.

—Y ¿te ha dicho si ha ido sola o acompañada?

—¡No podía preguntarle eso! ¿Qué sentido tendría? ¡Oh, Dios mío! Yo he venido aquí con un objetivo profesional: le he contado que quería verla para proponerle una nueva publicidad de la que quieren que sea la imagen. ¡Y tú, en cambio, podrías encontrártela por casualidad en ese mercado si no seguimos perdiendo el tiempo!

—¡Claro...! Seguro que si nos encontramos se cree que estoy aquí por casualidad... Por otra parte, ¡¿quién no vendría aquí a hacer la compra desde Roma?! Yo siempre vengo porque tienen un jamón realmente espectacular. Salgo de casa por la mañana temprano, voy al aeropuerto y recorro mil kilómetros en avión... ¡Pero qué contenta se pone mi madre cuando vuelvo con el jamón ibérico!... Me sale a doscientos euros los cien gramos, pero ¿y lo rico que está?...

—La alternativa —dice Elena muy tranquila— es quedarse aquí pensando en lo que podría haber sido, luego tomas tu avión de regreso y adiós que les vaya bien, con lo que María quedará tan solo en un recuerdo... Si es así, dímelo enseguida porque a mí no me gusta perder el tiempo y volvería a mi trabajo encantada.

Yo la miro a ella y después miro a Gio. Él mira a Elena, que mira su reloj, bastante disgustada. Pero bueno, qué dura es esta chica. Pienso en Gio y en sus costumbres, veo la situación bastante difícil.

—¿Dónde está ese mercado? —digo.

—No está muy lejos; para ese taxi que está pasando —responde ella con un suspiro.

Gio lo consigue.

—¿Puedes decirle que busque una florería? —le digo a Elena, que está dando la dirección al taxista.

—¡Excelente idea! Los italianos siempre son los más románticos —comenta ella.

—¡No, es que yo cuando voy a comprar detergente siempre llevo una rosa!

El taxista escucha las indicaciones de Elena y asiente, dice que le parece que hay una de camino, y de hecho al poco rato se para delante de un edificio bajo, con algunas tiendas entre las que precisamente hay una gran florería. Me bajo del coche y por un instante me parece estar en esa película en la que Ashton Kutcher vendía flores y al final se hacía pareja de su amiga.

—Gio, ¿cómo se llamaba esa película con Ashton...?

No me da tiempo a terminar.

—*Día de San Valentín*, dirigida por Garry Marshall.

—Sí, exacto, me parece como si estuviera en esa misma película.

Dentro hay muchísimas clases de flores; al final me decido y escojo una bonita rosa de tallo larguísimo. Pago, el señor que lleva el negocio me la arregla con una hoja de papel plastificado y me la tiende sonriendo. Salgo y subo de nuevo al coche.

—Eh, qué rosa tan bonita... ¿Vamos? —dice Elena.

—Sí...

Gio le sonríe, también lo hace Elena, y después se quedan callados. Bueno, ahora ya no hay más posibilidades. Todo está a punto de suceder. El taxi arranca. A Gio tal vez le gustaría decir algo mientras ella juega con las asas del bolso que tiene sobre las piernas; él, que siempre encuentra la frase adecuada que hay que decir en el momento adecuado, el chiste para hacer reír a todo el mundo. Pero esta vez Gio está en silencio, mirándola, no encuentra las palabras. Lo veo aspirar únicamente su ligero perfume, vivir su mirada, su sonrisa, sus cabellos en el suave contraluz... Y entonces me doy cuenta de que de repente lo ha entendido. Este silencio vale más que mil palabras, ésta es la poesía que nunca habría sabido escribir, la música que no es capaz de componer. La radio transmite un viejo éxito que también arrasó en Italia, pero del que no recuerdo el título ni el intérprete. Ahora Gio tiene una mirada distinta, tal vez está pensando que dentro de pocos días podría no volver a ver a Elena. Elena probablemente ha entendido que mi amigo está enamorado de ella y se está preguntando qué podría pasar si decidiera darle una oportunidad.

Yo estoy callado sin más. No quiero pensar en nada, miro esta rosa que tengo entre las manos. ¿Qué será de mí y de ti, pobre rosa? Si María no está, acabarás en un bote de basura o, si tienes suerte, entre los dedos de una persona desconocida, en un jarrón cualquiera... ¿Y María?... María nunca sabrá lo que podría haber sido. ¿Y yo? ¿Qué haré yo entonces? ¿Y qué estoy haciendo en este taxi?

Elena se mete en mis pensamientos.

—¿Quieres repasar la carta por última vez? —me pregunta poniéndome delicadamente una mano en el hombro.

Y repito lo que he escrito. Ahora ya me lo sé de memoria. Elena me escucha y asiente.

—Muy bien... —comenta.

El taxista ha asistido a la escena y lo ha oído todo. Le sonríe a nuestra amiga y le pregunta algo, y lo hace tan rápido que, aunque hubiéramos estudiado español todo un año en la escuela, no habríamos entendido nada.

Elena ríe y le contesta, y el hombre asiente vigorosamente con la cabeza.

—¿Qué quería? —le pregunta Gio.

—Me ha dicho: «Qué buena es esa letra, ¿de quién es? ¿De un poeta o de un cantante?». Y ¿sabes qué le he contestado yo? «La ha escrito un hombre enamorado.» Eso es todo...

Finalmente el coche se detiene delante del gran ventanal del mercado.

—¡Mucha suerte! —me dice el taxista guiñándome el ojo mientras bajamos.

Cuando nos quedamos solos, Elena intenta animarme.

—Vamos, estoy segura de que irá muy bien...

—¿Tú crees? Esperemos que María esté de acuerdo con el taxista.

27

Aquí estoy, cada vez más cerca de mi meta. El mercado es bastante grande, y hay puestos de fruta y verdura de todo tipo, otros llenos de especialidades locales. Ahora en Roma ya estamos acostumbrados a los grandes centros comerciales, por lo que casi nunca voy al mercado, pero me gusta pasear por los puestos en busca de mi María. En un momento dado me doy cuenta de que alguien me sonríe con curiosidad por la rosa que llevo en la mano como si fuera un cirio: es una señora con tres grandes bolsas. Si no tuviera nada que hacer, seguramente me seguiría para ver a quién le entrego mi flor. En efecto, actualmente la gente vive con una curiosidad morbosa, todo el mundo quiere saber si éste sale con aquélla, si tienen una nueva relación; la gente se preocupa más de las cosas de los demás que de las suyas propias. Pienso en la cara que pondrían mi madre, mis hermanas, mi jefe, y toda la gente que conozco, si me vieran en este momento. Luego pienso en mi padre, me lo imagino burlándose de aquella manera divertida que adoraba, y entonces me siento casi protegido, y sigo adelante.

Ahora que lo pienso, la última vez que fui a un mercado fue precisamente con María, al de Campo dei Fiori. Ella quería comprar un regalo italiano para su madre; esta vez, en cambio, estoy aquí «por» María, y eso me pone nervioso, y con esta rosa temo no pasar precisamente desapercibido, aunque con toda esta gente no creo que haya peligro. Debo estar atento para tratar de encontrarla y, al mismo tiempo, intento distraerme para descargar la tensión.

El corazón me late con fuerza, cada vez más, mientras intento distinguirla entre los puestos de verdura y los de objetos artesanales de madera, entre los de pan y de artículos para la casa. Después, de repente, la veo. Allí, está eligiendo algo que podría ser miel o mermelada. Toma un tarro, lee la etiqueta, lo hace girar entre las manos, parece sopesarlo, después asiente y busca el dinero para pagar. Qué guapa es, más guapa que mi último recuerdo y, sin embargo, considero por un segundo girar enseguida a la derecha, esconderme de su vista, desaparecer sin más, marcharme porque tengo miedo. Miedo. Pero, en cambio, me quedo. María saluda al vendedor y se va hacia otro puesto. Está caminando precisamente en mi dirección. Tomo aire profundamente, muy profundamente, como si tuviera que cruzar toda la piscina por debajo del agua. Saco rápidamente la carta del bolsillo y la vuelvo a leer, solo las primeras dos o tres palabras, las repito entre dientes; después vuelvo a doblarla y la hago desaparecer de nuevo en los pantalones... Total, ya sé que no diré nada de lo que le ha gustado al taxista: ya se me ha olvidado todo. Ella todavía no ha reparado en mí, pero yo estoy quieto frente a un puesto en el que venden huevos frescos, tan blancos que parecen pintados. Me quedo allí en la esquina, sonriente con la rosa en la mano, la observo con mirada soñadora: lleva una playera blanca, una falda azul, unos mocasines oscuros, deportivos pero elegantes, está buscando algo en las repisas de la derecha y la izquierda, pero nunca mira al frente... y dentro de poco nos encontraremos.

Y entonces oigo: «¿María?». Alguien la llama desde el fondo, una voz masculina, y de repente se materializa a su lado un chico alto, con el cabello oscuro y largo, la mirada profunda y viril, los hombros anchos, una bonita sonrisa. En resumen, un galán...

—¿Es esto lo que estabas buscando? —le pregunta mostrándole un paquete de algo que tiene en la mano como si fuera un animal peligroso y él un domador sin miedo.

Es un tipo seguro de sí mismo, se ve a leguas.

—Sí, gracias, no conseguía encontrarlo.

Y se sonríen como dos personas que son pareja. Él se pone a su lado y caminan abrazados. ¡Más claro ni el agua!...

María se vuelve en mi dirección, y apenas me da tiempo de dejar la rosa en el puesto de huevos cuando me ve. Está a menos de un metro y medio de mí y se queda sorprendida, estupefacta, se sonroja por un instante pero luego se recupera.

—¡Nicco, pero qué sorpresa!

Y sigue hablándome en español, creo que me está preguntando qué estoy haciendo aquí, pero yo no entiendo absolutamente nada, y mientras la escucho asiento sonriente, me asomo un poco a la derecha y veo que la rosa se ha caído al suelo y por suerte una señora la ha recogido y, tan feliz, la ha guardado en su bolsa. No ha dudado ni un instante en recogerla ni se ha preguntado de quién sería. María parece sentirse cómoda, si se ha sorprendido no lo aparenta. Me presenta a su guapo petimetre, que obviamente es amable, cordial, educado.

—Hola, ¿qué tal?, soy Marcos.

Me da la mano, es grande, fuerte, y al estrechar la mía casi me fractura tres falanges. Como mínimo es boxeador profesional y habrá machacado a todos los que se han atrevido a mirar a María o le han dirigido la palabra. No quiero ni imaginar cómo podría dejar a alguien que ha hecho el amor con ella, o sea, a mí. ¡Y ni siquiera tengo la rosa para estampársela en la cabeza!... Quién sabe cuándo lo ha conocido... Con la suerte que tengo últimamente habrá ocurrido lo mismo que con Bato y Alessia: María y su armario se detestaban y luego solo tuvieron que ponerse a jugar a Candy Crush para que cayeran el uno en brazos de la otra; o chocaron con sus respectivas maletas en el mostrador de facturación del aeropuerto cuando ella volvió..., se produjo una retahíla de «yo estaba primero, no yo, me toca a mí», y luego, a la hora del despegue, ya discutían sobre el color de la cama matrimonial o sobre el nombre que iban a ponerle a su hijo en caso de ser varón, a pesar de que a él le habría gustado más tener una niña... Pero no, no, a lo mejor no están juntos, pienso. Y entonces él la abraza y la estrecha contra sí y me sonríe como si me hubiera leído el pensamiento, quizá para quitarme cualquier posible duda. «Sí, está bien, ya lo entiendo: están juntos.»

María le está contando que fui su guía en Roma, que hicimos una ruta, la oigo nombrar: «Venecia, Florencia, Nápoles...». Y él asiente, como aprobando su narración. Naturalmente, María omite algunos detalles «insignificantes», no le cuenta nada del ático de Roma y de todos los momentos fantásticos que pasamos juntos. Marcos, que ahora que me fijo tiene una mirada vagamente bovina, la escucha y de vez en cuando la mira sin dejar de asentir. No está celoso en lo más mínimo, mantiene una serenidad total, es un asceta, está por encima de cualquier turbación humana. y si no fuera porque María me dijo que era hija única, pensaría que se trata de su hermano. Pero tal vez aquí también digan «Hay una cosa que te quiero decir», quizá sea de verdad ese hermano que hasta ahora María no sabía que tenía.

Luego él le muestra el reloj, le hace señas de que es tarde y ella casi parece agradecida por la información. Comprendo su incomodidad, pero me hiere en lo más profundo que ni siquiera se le ocurra la idea de preguntarme qué estoy haciendo aquí. Me trata como a un excompañero de escuela que vive en los alrededores y al que no veía desde el día del examen de admisión a la universidad.

Y a mí, en vez de seguir sonriendo, me gustaría chillar, decírselo todo, gritar mi amor, volcar todos los puestos, correr hasta esa señora que se ha llevado la rosa, arrancársela de la bolsa, dársela a María y luego besarla delante de su novio, ¡y peor para él si ese pendejo no es su hermano! Eso es lo que me gustaría hacer, pero no ocurre nada, esas cosas solo suceden en algunas películas y, por desgracia, yo no soy Dustin Hoffman en las escenas finales de *El graduado*... Y ésta es la secuencia final de la peor película que haya visto nunca: la mía.

Sin embargo, María saca una tarjeta de su monedero, escribe algo y me la da.

—Llámame, ¿sí?

Y yo simplemente digo:

—Sí.

Ella se vuelve y acelera el paso hacia Marcos, me fijo en que se pone a su lado pero no lo toma del brazo.

Yo me quedo allí, quieto, rodeado y protegido por los toldos de los puestos, el vocear de los vendedores, los chillidos de los niños y ese aroma a pan recién salido del horno que en vez de recordarme algo familiar me provoca náuseas. Me quedo mirándolos mientras se alejan con sus bolsas. Y se van así, de espaldas. Cuando vas a despedir a alguien al aeropuerto o a la estación, el otro empieza a caminar y se aleja mientras tú te quedas quieto y esperas que por lo menos una vez, al final, antes de subir al tren o de desaparecer de la vista, la otra persona se vuelva. Y lo mismo hago yo: a pesar del galán, me quedo allí esperando, esperando a que pase algo. Estoy a punto de rendirme cuando, justo antes de llegar a la salida, María se vuelve, me mira durante un segundo brevísimo y sonríe. Y en esa sonrisa he visto su sorpresa, su felicidad, todos nuestros recuerdos y la belleza de esos momentos. Y ese instante nos ha convertido de nuevo en cómplices, en algo más, por encima de todo y de todos..., siempre y cuando yo no lo haya soñado.

28

El tiovivo al que me llevaba mi padre en la piazza Navona el día de la Befana era la cereza del pastel de toda una serie de acontecimientos felices: adornar el árbol, abrir los regalos, acostarse tarde, las películas de dibujos animados y la bolsita de almendras garapiñadas las tardes de cine. Y, después, aquel paseo final por los puestos, con ese festival de golosinas, duendes y casitas del pesebre que al cabo de unas horas los vendedores ambulantes volverían a guardar en las cajas hasta el año siguiente. La última alegría antes de empezar otra vez el colegio. Nunca quería subir a los caballitos para prolongar así el tiempo de la fiesta, para no concluir el paquete vacacional con el acostumbrado rito y hacerme ilusiones de que el sueño no terminaría nunca.

Después, a medianoche, la Befana se asomaba desde la torre de la iglesia de Sant'Agnese y saludaba a los niños. No sé si todavía lo hace. Sé que siempre tenía la esperanza de que no ocurriera, así podría haber jalado a papá de la manga del grueso abrigo y podría haberle dicho que no podíamos irnos, que todavía no se había terminado.

Ahora, en la pista de la zona de juegos del mercado, las lucecitas de colores, el sonido de falsas sirenas colocadas en lo alto de los trenecitos fosforescentes y los ruidos del carrusel, en cierto modo me transportan de nuevo al 6 de enero de mi infancia.

Me gustaría que mi viaje en busca de María no hubiera terminado, que el sueño de haber vuelto a ver aquella luz especial en sus ojos cuando me ha mirado hace un rato no solo fuera un sueño.

Igual que el que ahora se perfila ante mí en este pequeño parque de diversiones: ¿son Elena y Gio esos dos grandulones que han invadido «El bosque encantado», según reza el cartel que hay encima de la taquilla? Embutido dentro de una oruga, Gio, con las rodillas dobladas que le llegan hasta las orejas, sigue a un cochecito con forma de hongo en el que está metida Elena, con sus finos tobillos casi en el volante. La alcanza, la embiste, toca el claxon de trompeta. Ella, entusiasmada con la carrera, se ríe a más no poder.

—¡Entonces ¿tú, en Italia, qué eres?, ¿piloto?! —grita radiante, intentando esquivarlo.

Por una vez me parece que se ha olvidado de salas de reuniones, planificaciones, estrategias, de sus secretos, que tal vez existan y tal vez no, y se deja llevar por la pura diversión.

—Solo en mi tiempo libre —bromea él girando para intentar acercarse—. Por desgracia, durante la semana... estudio...

Seguramente Gio se atreve a decir una mentira tan grande porque está en el País de los Juguetes. Elena lo mira con escepticismo. Y él, como nunca antes le ha sucedido, querría decir la verdad, querría ser un cristal transparente para ella, un jarrón precioso que hay que llenar con mil flores blancas, pero se da cuenta, como Pinocho, que su vida es falsa y virtual, que lo que hace no es honrado, que descargar cualquier tipo de material de video, juegos y similares, y venderlo clandestinamente no es seductor. Si por lo menos se hubieran montado en la nave pirata, podría haberle dicho que era el comandante, el rey de los piratas, pero se encuentra en una oruga y como una oruga se siente en este momento.

—¿Qué estudias? —le pregunta Elena.

—Economía y Comercio, aunque tal vez me pase a Derecho... ¿Sabes?, el mundo siempre necesita abogados —miente Gio, que, si sigue así, sin hacer ni un examen, engañando a sus padres y vendiendo DVD pirateados, él será el primero en necesitar a uno.

Pero el hongo es perspicaz y conoce a sus orugas:

—A mí me parece que en tu tiempo libre estudias... y durante la semana haces todo lo demás —se burla Elena.

Los frentes de los dos coches están ahora uno contra otro, como si se estuvieran besando. ¿Puede un hongo besar a una oruga? Gio intenta hacerse el importante.

—Bueno, en realidad, mi ídolo es Steve Jobs.

—¿Porque nunca acabó la universidad? —se mofa Elena, que, retomada la carrera, sujeta el volante y toca sin querer el claxon de trompeta.

Un niño de pelo rizado le pasa zumbando por delante.

—¡Mierda! —despotrica el niño, que conduce en un mundo donde la inocencia se ha perdido.

—No, no, eso no tiene nada que ver... —intenta arreglarlo Gio.

Ahora Elena acelera y lo deja atrás. Asoma la cabeza por la minúscula cabina para que la oiga.

—También era mi ídolo. Porque tenía un sueño, un *sogno*..., ¡y lo hizo realidad!

¿Me despreciará Elena porque el mío todavía no lo he hecho realidad, porque no he conseguido recuperar a María? ¿Porque no soy yo quien le lleva la bolsa llena de tarros y jugos de frutas y ella, tan hermosa, va a mi lado?

Gio vuelve la cabeza para asegurarse de no tener a nadie detrás, adelanta al competitivo niño de pelo rizado y agarra velocidad, cuando se da cuenta de que estoy sentado en el respaldo del banco que hay frente a los caballitos. Como un padre que espera a que los niños acaben la vuelta.

—¡Eh, Nicco! —Me saluda con la mano.

Elena también se vuelve para mirarme.

—¡Ya está de regreso!

El hongo y la oruga se estacionan rápidamente y, después de salir con alguna que otra dificultad de los cochecitos, vienen a mi encuentro.

—Mientras te estábamos esperando, hemos pensado en hacer una pequeña carrera con los niños —jadea mi amigo.

—¿Y bien?, ¿cómo te fue? —me pregunta impaciente Elena.

—Me parece que lo hicieron bastante bien. Aunque creo que el de pelo rizado los odia.

—¿Y María?, ¿la has encontrado? —me apremia Gio.

Asiento, con las manos cruzadas sobre las rodillas.

Elena no me da tiempo a añadir nada más:

—¿Le has dado la rosa? ¿Has podido decirle aquellas preciosas palabras? No, espera, espera... Has tomado la carta y se la has dado, ¿verdad? ¿Ha llorado? Sí, lágrimas —dice pasándose los dedos por debajo de los ojos—. ¡Según mis cálculos, es un esquema muy romántico!

257

Bajo la cabeza y me quedo mirando las agujetas de los zapatos con los pies sobre el banco. Gio enseguida comprende. Se sientan los dos sobre el respaldo, a mi lado.

—Ha ido mal, ¿eh?

—Sí —consigo decir, encogiéndome de hombros.

—No me digas que ha engordado y tiene la cara llena de granos... en solo dos semanas —intenta restarle importancia Gio para animarme.

Sonrío.

—Si es posible, es todavía más hermosa. Una aparición... La he visto mientras estaba escogiendo algo en un puesto del mercado. La he seguido sin que se diera cuenta, la he observado mientras caminaba, mientras tomaba un bote, leía la etiqueta, mientras arrugaba la frente comprobando la fecha de caducidad, estaba a punto de acercarme y darle la rosa... cuando ha venido alguien y la ha abrazado...

La expresión de Elena se ensombrece.

—¿No estaba sola?

—Y no era Paula, ¿verdad? —suelta Gio, preocupado, casi como un conjuro.

—Ojalá.

Gio inclina la cabeza hacia un lado, como diciendo «Depende».

—Perdona, ¿quién estaba con ella? —me urge Elena, a medio camino entre una espectadora que espera el clímax de su película favorita y un médico en la sala de operaciones que quiere saber cuánto le queda de vida al paciente.

—No lo sé, al final no me ha quedado muy claro... Una especie de fisicoculturista moreno que seguramente ya iba al gimnasio cuando tendría que estar en la guardería. En ese momento he abandonado la rosa antes de que María me viera.

—Pero ¿María no te ha visto? ¿Has huido antes de que ella reparara en ti? —intenta reconstruir la situación Elena.

—Me he quedado allí, completamente alelado, inmóvil; no era capaz de hacer nada...

—¡Y ella te ha confundido con un bacalao colgado al sol! —ironiza Gio.

—Me ha visto y me ha saludado como si nada, como si acabáramos de vernos en el puesto de verduras un rato antes. Como si encontrarme en un mercado de Hondarribia fuera tan normal como que te pongan una multa por estacionarte en zona prohibida en Roma. Se ha acercado e incluso me lo ha presentado..., fresca como una rosa.

Gio abre unos ojos como platos.

—¿Sin demostrar ni un poco de asombro? Carajo, o le das asco...

Lo miro con rencor.

—O es una gran actriz... Sí, bueno, las modelos también interpretan, o sea, su trabajo es poner caras, ¿no?

—Volvamos a nuestro asunto —lo riñe Elena, siempre concentrada en los objetivos que hay que conseguir, aunque a estas alturas ya está al servicio del amor—. Cuéntame, ¿tenía cara de felicidad, al menos? ¿Cómo ha reaccionado? ¿Has podido decirle algo?

Y en ese momento me doy cuenta.

—No, no le he dicho nada, ni una palabra de las que había preparado... Nada, me he quedado allí, mirándola, mientras ella hablaba.

—Y no entendías nada —subraya el poeta Gio.

—Dos cosas sí las he entendido: Marcos y novio..., *mio*

amico, en realidad no lo sé... —Niego con la cabeza, desconsolado—. Después él se la ha llevado.

Elena se queda helada.

—Ni la carta, ni la rosa, mierda, estaba todo tan bien organizado...

—¡Pero su madre también...! Podría haber dicho: «Mi hija ha ido a hacer la compra con su novio, con el que se casará y me dará muchos nietos guapos...». —Elena lo fulmina y Gio se da cuenta de mi cara de funeral—. Quiero decir que sí, bueno, esas cosas que suelen decir las madres... Tonterías. Muchas tonterías —intenta arreglarlo él.

Mi cupido con tacones suspira y baja del banco.

—Necesitamos beber algo. Ya voy yo, ¿qué quieren?

—Una Coca-Cola —responde angelical Gio, que quiere quedar bien, demostrar que está por encima de cualquier vicio. ¡Y ya es mucho que no haya dicho té verde!

—Yo necesito reponerme. Alcohol. Como mínimo una cerveza.

—Sí, tienes razón, yo también —sonríe Elena, dejando a Gio como un tonto. Él, que por lo general se tomaría una cerveza ya en el desayuno... ¡Ay, lo que no se hace por amor!

Mientras ella se aleja nos quedamos solos sobre ese banco de una ciudad del norte de España. Yo con una esperanza menos, Gio con muchos sueños más. Mi amigo me mira, decide romper el silencio para distraerme y no dejar que me hunda en mis cavilaciones.

—¿Y María no te ha preguntado por mí?

—No... O tal vez sí... No sé, si me lo ha preguntado, no lo he entendido.

—Y... por casualidad, ¿te ha hablado de Paula?

—Lo mismo...

—Ya... —Ahora es Gio quien está pensativo—. Quizá sería mejor que se lo contara todo..., que le hablara de Paula. Quiero ser sincero con Elena.

Ahora sí que ha conseguido distraerme.

—¡No puedo creer lo que estoy oyendo! Has estado saliendo con dos chicas durante un año y medio, las has visto por turnos entre discotecas, pizzerías, pubs y restaurantes, con el peligro continuo de que te cacharan... Sin renunciar a la presumida de turno, que podía aparecer por casualidad entre Beatrice y Deborah, como aquella del T-Bone Station...

—¿Te acuerdas de ésa? ¡Qué tetas tenía! —comenta Gio, extasiado por el recuerdo.

—¿Lo ves?, tu pasado te está despertando... Y, por si no fuera suficiente, después te enredaste con la amiga de María, ¿y ahora quieres ser sincero?

—Bueno, es el final de un trayecto. Varias etapas que me han traído hasta aquí..., a España: en resumen, el principio de mi transformación. Me he enamorado de Elena. De ahora en adelante quiero ser monótono: tener una sola mujer.

—Monógamo, se dice monógamo, Gio. A pesar de que para ti el significado sea el mismo.

—Un monógamo en España... —Mueve la mano como si leyera las letras en alto delante de él—. ¿No sería un título precioso para una historia?

Justo en ese momento llega Elena.

—Aquí están las cervezas... —Deja la bandeja con los tres vasos sobre el asiento del banco.

Gio la mira sorprendido.

—Pero mi Coca-Cola no está...

—Sí, tienes razón, perdona. ¿Quieres que vaya a cambiarla? —pregunta Elena haciendo ver que se ha equivocado. Está complaciendo un deseo de Gio, pero no quiere demostrarlo.

—No, no, al contrario —contesta él, agradecido.

Elena sonríe maliciosa.

—Así podremos brindar...

—Sí... —La miro con curiosidad—. ¿Y por qué?

—Por el destino que nos ha traído aquí. Quiero decir, nos hemos conocido por una serie de coincidencias, estamos buscando a una chica por España que está saliendo con un chico moreno..., y parece que todo está perdido. Pero me parece que el destino puede cambiarse, cada día es distinto, tienes que luchar para ganar. Tú construyes tu felicidad. Porque cada día es tuyo... —La miro sorprendido. Por un instante, el corazón me baila con fuerza, con una emoción muy profunda.

—¿Qué has dicho?

—Oh, ¿lo he dicho mal en italiano? Cada día es tuyo.

—Eso era lo que me decía siempre mi padre.

Elena me sonríe.

—Yo también lo creo.

Hacemos chocar con fuerza los vasos de plástico, un poco más y la cerveza se derrama al suelo. Y, de repente, en vez de conmoverme, me entran ganas de sonreír.

—Es verdad, cada día es mío. Vale la pena intentarlo, ¿no? En el peor de los casos, ¿qué puede decirme?

Elena y Gio se miran y luego me contestan a la vez:

—¡Que no!

Gio se bebe la cerveza de un trago y después tira el vaso al bote de basura que hay allí al lado.

—Pues bien, si es verdad que tienes que luchar para ganar..., ¿qué me dices? ¿Le damos una lección al de rizos?

Señala los caballitos, toma a Elena de la mano, que a su vez toma la mía, y corremos todos juntos hacia la pista.

—¡Yo esta vez pido el elfo! —grita Gio.

—¡Calabaza!

—Sale, pido la oruga —digo riendo, feliz como un niño.

Después miro a mi alrededor. La Befana todavía no se ha asomado: sí, la fiesta continúa.

29

No esperen poder lavarse si hay alguien enamorado cerca de ustedes. O, mejor dicho, si se ha enamorado por primera vez. Gio ha acabado con todas nuestras reservas de gel de baño, jabón, champú, crema. Hasta hubo un momento en que temí que se embadurnara con el gel antical para baño. Resignado, me he duchado solo con agua y he intentado ir lo más deprisa posible para no llegar tarde a la cita.

A las cuatro estamos los tres en el vestíbulo, tal como habíamos quedado. Gio va más perfumado que un incensario, solo una mujer a la que hayan amputado la nariz podría soportarlo. Hemos tomado asiento alrededor de una mesa de la terraza. Ahora ya nuestra base de operaciones, el centro de mando.

—Dentro de poco, la gente que nos vea aquí todos los días con papeles y la computadora pensará que estamos organizando algún complot. A mí me parece que de un momento a otro irrumpirá el grupo especial de operaciones de la policía y nos arrestará —reflexiono bajo la mirada recelosa de nuestros vecinos.

Gio se ríe; si alguien lo huele, seguro que lo arresta.

—¡Sí, como los que se llevaron a Kim Dotcom! Explícales que nosotros no traficamos con descargas ilegales, que solo somos enamorados... O sea, nosotros..., ¡tú!

Una mentira: ¡él trafica con descargas ilegales! Y una verdad: él y yo estamos enamorados. Aunque al final se ha corregido. Gio, el que siempre las tiene todas consigo, parece haber perdido el control. Las emociones parecen estar hirviendo en su estómago hasta brotar hacia afuera disfrazadas de palabras tontas a las que querría dar un sentido mucho más simple, elemental, directo: «Yo-te-amo». Y sobre la mesa cala un instante de silencio en el que solo domina la mezcla de perfumes que emana Gio; un olor que mataría a cualquiera, pero tal vez sea precisamente eso lo que mantiene con vida a la anciana teleadicta de la mesa de al lado. Para salir del paso, Gio toma un par de papas fritas de un cuenco medio vacío, abandonado en nuestra mesa.

—Pero ¿no estabas a dieta? —me burlo para ayudarlo a que vuelva a sentirse cómodo.

—¡Ayer! Cada día es distinto, ¿no? Y, además, tengo un hambre, después de la cerveza prácticamente con el estómago vacío. ¡Elena no nos deja tocar la comida si no es *biotermodinámica*!

Ahora ella sonríe.

—Cada uno decide su destino. Tú puedes comer papas fritas si quieres. Aunque sean las que les han sobrado a otros clientes. Quizá llevaban las manos sucias o han escupido encima.

Sabe cómo obtener resultados. Y sabe cómo tenerlo en un puño. Gio deja caer las papas en el cuenco al instante, asqueado. Después Elena saca unas cuantas hojas de su carpeta de piel negra.

—Ahora ésta es nuestra última arma.

—No, ¿eh?, la solicitud para participar en uno de esos programas que veía mi madre cuando era pequeño, como «Lo que necesitas es amor», en el que lloro de rodillas por ella, no...

—Es el contrato del spot en el que quieren que salga María... Tenemos que usarlo de manera creativa —explica Elena, pensativa.

Gio se inclina para mirarlo, a pesar de que no conoce más de dos palabras en español.

—¿Puedo verlo?

Elena se lo pasa con aire benévolo, una vez lo ha convencido de la importancia de abstenerse de grasas hidrogenadas.

—¡Vestido de novia: eso lo entiendo! Se trata de un anuncio de trajes de novia... —exclama él. Después me mira y abre los brazos como para justificarse retroactivamente—. ¿Lo has visto? No he dicho nada... Ni siquiera he mencionado a M...

—¡M... ejor que te calles, así, muy bien! —lo corto yo.

—Tenemos el producto, tenemos a la modelo, pero el cliente nos pide que busquemos también la localización. Tiene que ser evocadora, inolvidable y aventurera, un poco salvaje —nos informa Elena consultando sus apuntes.

Empezamos a lanzar ideas, a confrontarnos, a analizar pros y contras de cada situación, a disparar al azar y a acertar de vez en cuando, de manera que poco a poco parece que el plan va tomando forma, como en un rompecabezas en el que cada uno añade una pieza que encaja con las demás, hasta componer el dibujo final.

—Sí, ése es el modo de atraer a María. Pero ¿y la localización?

Y, por sorpresa, Gio, que siempre ha sido alérgico a las bodas, tiene una especie de iluminación.

—¡Necesitamos algo romántico, evocador, algo turístico pero que a la vez sea especial!

—Tienes razón —asiente satisfecha Elena—. Estaba pensando en un pueblecito del sur. En sus datos biográficos dice que su madre es de Hondarribia y que su padre, en cambio, nació en Vejer de la Frontera. Podríamos inventarnos que tenemos que ir precisamente allí... De pequeña fui de vacaciones con mis padres, ¡es espectacular!

—Estaría bien, así podría conocerla mejor, y la localización sería muy española, ¿no? —sueño yo.

—Solo falta que Marcos no te mate... —se le escapa a Gio.

—¿No habías dicho que no ibas a mencionar a M...? —replico, amenazador.

Elena zanja la cuestión, el planteamiento parece bueno. El hecho de que haya un plan que seguir la entusiasma. Recoge los papeles y el contrato y lo mete todo en la carpeta.

—Es un lugar al que muchas parejas de nuestro país van de luna de miel. Pero tranquilo, Nicco, todos regresan con vida. —A continuación consulta Google Maps en su iPad—. A ver, desde aquí hay unos mil kilómetros, tardaremos más de diez horas. Es un viaje muy largo.

—Mucho mejor, ¿no? Así Nicco y María tendrán tiempo para hablar un poco. ¡Es exactamente lo que necesitamos! —dice Gio, entusiasmado.

Elena niega con la cabeza, divertida. Empieza a enternecerse con su ingenuidad.

—¡Pero ahora no!... ¡Cuando rodemos!

—Lástima..., por un instante esperaba que ya tuviéramos un final feliz.

—De todos modos, los felicito —añade Elena guardando el iPad en la mochila—, ha sido una excelente lluvia de ideas; parecía que estuviéramos de verdad en la agencia trabajando en una nueva campaña.

Sonrío.

—Entonces, si nos va mal, siempre podemos venir a trabajar contigo.

—Solo queda llamar a María para saber si a ella le va bien.

Elena toma el teléfono celular y busca en los contactos con gesto profesional. Seguidamente, al cabo de unos segundos, se da un golpecito con la mano en la cabeza.

—¡Qué tonta! He olvidado guardar su número. Y hoy es sábado, no encontraré a nadie en la oficina... Solo Myriam puede salvarme, esperemos... —Se dispone a llamar a su ayudante bajo la mirada intolerante de Gio. La querría toda para sí. Ni siquiera se conocen y, para él, que nunca ha sido celoso, Elena debería estar ya en una urna de cristal. Una santa que solo puede mostrarse excepcionalmente a los fieles durante la peregrinación.

Entonces saco un papel del bolsillo.

—Yo tengo su número...

Gio me mira con curiosidad.

—¿Cómo lo has conseguido?

—Me lo dio ella.

—¿Y nos lo dices ahora? —despotrican al unísono.

Ni qué decir que están hechos el uno para el otro... Me encojo de hombros.

—Total, puede que incluso conteste el chico moreno.

—Oye, si te ha dado su número en el mercado, seguro que no será para que le lleves el agua a casa, ¿no? —me reconforta Gio, optimista.

Elena toma enseguida la nota de mi mano, determinada a marcar el número. Después se acerca el celular a la oreja. Niega con la cabeza.

—Está llamando.

Ya me imagino a María hablando con la madre de Marcos, las hermanas de Marcos, los tíos de Marcos, organizando unas vacaciones todos juntos, como una gran familia. Se quieren, todo es estupendo, estarán preparando juntos una buena comida con muchas exquisiteces caseras.

Elena da vueltas entre las manos al trocito de papel, esperando que se produzca un giro, algo que nos lleve a alcanzar nuestro objetivo, un teléfono que queda libre. De repente enarca una ceja.

—Lo ha apuntado en un boleto del metro de Roma. Lo guardaba como un recuerdo —señala entusiasmada.

Lo miro con más atención; me había limitado a metérmelo en el bolsillo, estaba demasiado trastornado para fijarme. Leo la fecha del timbre de validación.

—¡Pero si es del día que fuimos juntos a piazza di Spagna!

Elena abre mucho sus grandes ojos, maravillada.

—¿Y todavía te acuerdas?

Casi me avergüenzo. Me siento un poco como una de esas heroínas de las novelas del siglo xix..., que después mueren de tuberculosis. Pero es lo que siento, no tiene sentido esconderlo, por lo menos a estos dos que me han traído hasta aquí.

—Tengo en la cabeza todos los momentos que pasé con ella, minuto a minuto.

—Ay, qué chico más tierno —exclama Elena, casi conmovida.

—Con el hambre que tengo, te comería —me susurra Gio sin que ella lo oiga, y finge que me muerde la cabeza.

Le doy un codazo mientras Elena vuelve a marcar el número y por fin se pone de acuerdo con María: «Claro, me encantaría... ir contigo a visitar los sitios donde se rodará la publicidad...». Cuelga.

—Los comentarios, los detalles y las observaciones, luego —dice—. Ahora, vamos, no podemos perder tiempo.

Nos levantamos dispuestos a seguirla, órdenes son órdenes. Gio, a escondidas de Elena, se mete unos restos de papas fritas en la boca antes de alcanzarnos.

Si nos viera ahora la abuelita, mientras circulamos a toda velocidad a bordo de un comodísimo convertible, nos elegiría a nosotros en vez de uno de esos *realities* protagonizados por gente cargada de obsesiones. Somos una película en vivo y en directo: Starsky y Hutch con una morena al volante. En cuanto hemos llegado a la agencia de alquiler de coches, Elena quería escoger un coche más robusto, una camioneta, pero he podido convencerla para que eligiera este mito de cuatro ruedas, si bien está algo viejo. Y eso es precisamente lo más fascinante. Puede que en España estén más acostumbrados a verlos, pero para Gio y para mí ha sido como la aparición de la Virgen. Es tan bonito que me gustaría llevármelo a Italia conmigo. Ya me imagino en el mostrador de facturación, la azafata preguntándome cuál es mi equipaje de mano. «Un cupé rojo —digo yo—, rigurosamente de época.» ¡Qué belleza! Al principio pensaba que no pararíamos hasta llegar a Vejer, pero después Elena nos ha explicado que saldríamos mañana.

—¿Y, entonces, toda esa prisa? Has dicho que no teníamos tiempo que perder —ha preguntado Gio.

—De hecho, lo estamos ganando. ¿Se querían marchar sin haber visto Hondarribia?

Ahora Gio va sentado delante, le he dejado el honor para que estuviera al lado de Elena; parece un niño el día de su cumpleaños, oprime todos los botones del tablero, enciende la luz, abre la guantera y revisa el interior. A continuación gira la ruedecita de la radio y la sintoniza en la primera emisora con buen sonido, después de unos cuantos graznidos. Se oye a Rihanna cantando *Stay*. «*All along it was a fever... A cold with high-headed believer*», entona Elena, inspirada, siguiendo el pasaje. Ella también debe de estar resfriada para no notar el coctel infernal de cosméticos que Gio se ha aplicado después de la ducha. Elena golpea el volante con las manos cantando el estribillo, «*Makes me feel like I can't live without you... It takes me all the way!*». Acelera ligeramente. Ahora Gio también canta con ella: «*I want you to stay, stay... I want you to stay, oh*», y parece que esas palabras las haya escrito él, porque le gustaría de verdad que Elena se quedara aquí a su lado. Y así nos encaramamos por una cuesta en medio de la vegetación, hasta que llegamos al faro de Higuer. No puedo más que darle la razón a Elena: ¿cómo íbamos a marcharnos sin verlo?

Bajamos del coche y ella nos indica un sendero que desciende hasta el mar. Al cabo de unos minutos llegamos a una gran roca y nos sentamos. Frente a nosotros hay una pequeña isla, es un lugar en el que me gustaría perderme con María, los dos solos, lejos de todo. La vista es inolvidable: frente a nosotros, la extensión azul del mar, y alrededor, una naturaleza salvaje, de un verde tan intenso que se te queda en los ojos.

—Bueno, quería que vieran la panorámica desde arriba... Muy romántica, ¿verdad? —Levanta la guía de las rodillas y se la pasa a Gio—. Sujétamela. He marcado las cosas más importantes que hay que saber y que ver. La guía dice que Hondarribia tiene tres almas: la del mar, la de la montaña y la del campo, que pertenece a los campesinos. Es una ciudad muy completa, tiene todo lo que se pueda desear. Y sus habitantes están muy orgullosos de ello. —Elena se entusiasma mientras sigue leyendo la guía y nos cuenta las anécdotas más interesantes.

Agarramos de nuevo el coche y esta vez lo dejamos cerca del puerto; es agradable recorrer el paseo marítimo, las barcas ancladas me hacen soñar metas lejanas y aventureras. Quién sabe si alguna vez podré compartir esta vista con María, me gustaría que estuviera aquí con nosotros para que nos contara cosas de su ciudad y nos descubriera sus secretos, igual que hice yo en Roma con ella.

Nos adentramos en las callejuelas de Hondarribia y ni siquiera me parece estar en España: es muy distinto de lo que los italianos solemos imaginarnos, casi parece que estemos en Noruega, con estas casitas con los tejados en punta y las fachadas pintadas de colores brillantes.

Elena me mira, es una gran observadora, y creo que ha intuido mis pensamientos.

—¿Qué les parece si nos vamos a comer unos *pintxos*?

Son unos pequeños bocadillos.

Gio le contesta al vuelo:

—Bueno, si son pequeñas, tendré que comerme un montón. ¡Tengo un hambre!...

Parece que se haya olvidado otra vez de su dieta fantasma. Y entonces volvemos al barrio en el que estuvimos ayer, peligrosamente cerca de casa de María. No sé qué me gustaría más, si encontrármela delante con toda su belleza o no verla, suponiendo que seguramente irá acompañada de Marcos, el chico moreno y galán.

—Éste es el bar que sale en la guía: el Gran Sol —dice Elena, electrizada, mientras Gio le toma la guía de la mano e intenta leer lo que dice.

—Me parece entender que el chef, Bixente Muñoz, ha sido premiado varias veces por sus platillos. Hace una gastronomía en miniatura. Por las fotos parece todo exquisito.

En cuanto entramos en el local, nos encontramos delante de un mostrador abarrotado de *pintxos*. Creo que nunca he visto tantos colores y tantas formas distintas en el mismo espacio: es un verdadero placer para los ojos, y enseguida se me hace agua la boca. El aroma es tentador, y cada uno de nosotros elige diversas variedades. Yo tomo uno a base de anchoas, pimiento y hueva de trucha, otro con bacalao ahumado, *foie gras*, pimientos y una salsita agridulce deliciosa, y otro más con jamón, queso de cabra y muchos ingredientes combinados con gusto y originalidad. Gio no sabe qué escoger, está acostumbrado a la carbonara y a la plancha; como mucho ha probado el restaurante chino que hay debajo de su casa.

—¿Qué haces, Gio?, ¿no hay nada que te guste? —le dice Elena.

—Qué va, es que me parece todo tan rico... Estaba mirando qué iba mejor con mi estado de ánimo actual... —le contesta él en su nuevo papel de hombre de mundo *molto chic*.

Pero Elena, que ha viajado mucho más que él, ya hace tiempo que le ha tomado la medida y niega con la cabeza, divertida.

El tiempo transcurre con alegría, gracias también a algunos vasos de *txakoli*, un vino local ligeramente burbujeante en su punto justo y muy agradable.

Cuando vamos a pagar, Gio se abalanza sobre el mesero.

—Esto no lo pongas en la nota de gastos, Elena, no puedes pagarlo tú todo. Tampoco quiero estar de gorrón.

—¿Qué significa «gorrón»?

—Luego te lo explico —contesta Gio, mientras yo ya estoy fuera del bar.

Un poco de aire fresco me sentará bien, el vino me ha aturdido un poco. Camino deprisa, así ellos dos pueden quedarse atrás y disfrutar solos de esta brisa. Pero parece que no es el momento... Elena nos propone una bonita excursión los tres a la montaña de la Virgen de Guadalupe.

—¡No nos la podemos perder, desde allí arriba la vista es todavía más bonita! —Gio me mira, como diciendo qué no se hace por amor...

Después de un buen trecho, Elena detiene el coche y nos invita a bajar.

—¡Desde aquí continuaremos a pie!

Hacía un montón de tiempo que no caminaba tanto por la naturaleza, y ahora empiezo a tomarle el gusto porque este aire puro y esta tranquilidad me permiten pensar con más serenidad. Era justo lo que necesitaba. ¿Quién iba a decirlo? Me estoy encontrando conmigo mismo en España.

Ahora son Gio y Elena los que se separan de mí y prosiguen inmersos en conversaciones que hasta ayer eran inimaginables. Parece que el aire de Hondarribia les sienta realmente bien. Caminamos durante un buen rato, se ríen, bromean, no notan el cansancio. No entiendo de dónde saca Gio tanta energía. Para alguien como él, que normalmente cruza la calle en motocicleta, esto se acerca al milagro.

—¿Qué les parece si hacemos una pausa? —propongo, exhausto.

—Ah, ¿estás cansado? —contestan al unísono, como si fuera un extraterrestre.

Al final decidimos tumbarnos un rato en un prado que se encuentra justo a los pies de la iglesia. Yo cruzo las manos por debajo de la cabeza y cierro los ojos durante unos minutos. Me pregunto si este viaje no será solo el paso de una etapa a otra, sin llegar a alcanzar nunca la meta. Un camino hacia la felicidad que cada vez se mueve un metro más adelante. Y tienes que perseguirla, como los amantes que se despiden en la estación, el tren arranca y el pañuelo de quien se queda en tierra se convierte en un puntito cada vez más lejano...

Los que, en cambio, sí se están acercando son Elena y Gio.

—Oh, esta hierbecita se puede comer incluso en la ensalada. ¿Sabes por qué? Mira qué sana está, incluso hay una oruga, fíjate..., aunque ésta me gusta más que tú ayer —ríe Elena con un manojo verde en la mano.

—Es fantástico —susurra Gio.

Abro los ojos para asegurarme de que no es una broma: la única hierba que normalmente aprecia mi amigo es la que se fuma. Veo que Gio se mete una margarita entre los labios. Ahora sí que parecemos estar en una película de los años setenta: un bonito coche de alquiler, tumbados en el prado, chupando florecitas de colores. Nos faltan los pantalones acampanados y ya estaría.

—Eh, tal vez sea hora de volver... ¿Vamos a comer algo que no se compre en la florería? —propongo, hambriento.

—De acuerdo, al menos esta noche nada de orgánico-biológico, ¿eh, Elenita?

«Eh, Elenita», eso mismo acaba de decir Gio, y la chica superelegante, la reina de los gráficos, la diosa de la determinación, no le ha rebanado la lengua con un golpe de karate, no lo ha parado en seco con sus proverbiales ironías. Se ha levantado, se ha sacudido la falda, ha recogido sus cosas y simplemente ha dicho: «Vamos», como si dejarse llamar «Elenita» por alguien del que ayer opinaba que todavía tenía que aprender a hablar fuera lo más natural del mundo.

Cuando volvemos a la ciudad, Gio quiere cenar a toda costa el mejor pescado de Hondarribia. En cuanto llegamos a la puerta del restaurante, me doy cuenta de que aquí se lo toman en serio. La hermandad de pescadores está decorada con un perfecto estilo marinero, el ambiente es familiar y enseguida nos sentimos a gusto. De entrada comemos una excelente ventresca de atún con cebollas y pimientos, después una sopa de pescado de las de categoría y el famosísimo besugo con papas. Todo ello, claro está, acompañado de abundante *txakoli*, a estas alturas nuestro fiel compañero de aventuras... Miro por la pequeña ventana del restaurante a la gente que pasa, las barcas a lo lejos posadas en la primera playa, blancas con pequeños toques de color, rojo, azul, celeste. Es un lugar fantástico, última frontera con Francia; hay un punto en que solo un río las separa, y he sabido que los franceses suelen tomar una barca que va arriba y abajo, los lleva a un buen restaurante del puerto y por la noche los cruza de nuevo hasta su país. Desde la calle, en la parte más alta, se ve toda la larga playa blanca hasta el faro de Biarritz. Parece otra España, rebelde, batida a veces por el viento, y suave al mismo tiempo por los retazos de colores de su vegetación. Solo una tierra así podía regalarnos a María. Abandono mis pensamientos y me doy cuenta de que también Elena disfruta de la cena, y la sintonía con Gio ya está en su punto álgido.

De vez en cuando mi amigo le pasa los bocados más exquisitos y ella los acepta de buen grado. Ahora soy yo el que empieza a estar escandalizado por tanta condescendencia: ¿dónde se encuentra la mujer severa y puntillosa que conocí hace unos días? ¿Dónde se encuentra la atenta calculadora de costes y beneficios? ¿Estará cambiando todo a mi alrededor?

—Hay cosas que solo pueden hacerse una vez en la vida —declara Elena chupándose los dedos. Y no se sabe a qué se está refiriendo realmente.

Gio ríe ante la gotita de aceite que le resbala por la barbilla y le pasa su servilleta. Se vuelve hacia mí para ver si me he dado cuenta. Hago como si nada. Me sirvo un poco más de besugo y lo saboreo. Tiene una carne suave y blanca, la verdad es que nunca había comido un pescado tan rico. Una espina se me atraviesa y empiezo a toser. Después toso más fuerte y pienso en mi amor lleno de obstáculos. ¿Quieres ver cómo, al igual que las heroínas del siglo XIX, al final me muero de tuberculosis?

30

Y así, después de haber concretado todos los detalles de nuestro plan, nos hemos relajado visitando un poco Hondarribia y hemos parado a tomar unas cañas, pero solo ellos. Yo no tenía ganas, de modo que me he ido al hotel.

Y aquí estoy, tumbado en mi cama.

Cuando llevé a María a visitar la capilla Sixtina, lo que más me impresionó fue que no se sintió arrollada por la fuerza, la belleza, la dulzura y la violencia de aquellas pinturas que te dejan sin aliento. No tuvo aquel sentimiento de desorientación que te asalta cuando estás delante del *Juicio final* de Miguel Ángel, ante los índices que casi se tocan en la *Creación de Adán*, y que te hacen sentir muy pequeño. No, ella miró hacia arriba, un querube tras otro, un angelito tras otro, un fresco tras otro, y me dijo: «Si tuviera un techo como éste, no volvería a tener pesadillas». Y en ese momento no pensé en preguntarle qué pesadillas podía tener una chica como ella, cuáles eran sus miedos. Me pareció que una española de veinte años, de vacaciones en Roma, en realidad no podía temer nada. Que era invencible.

Ahora me encuentro mirando al techo, en la oscuridad de una habitación doble de un hotel de Hondarribia. No hay ningún santo que me mire desde arriba, solo una lámpara de imitación de cristal de Murano con su sombra oscura, envuelta en la débil luz que se filtra por los agujeros de las persianas. Con un poquito de fantasía podría parecer un jardín florido rodeado de pequeñas antorchas. O la cabeza de una reina coronada con una tiara de diamantes. Se parece un poco al juego que le hacían jugar a Valeria de pequeña: le mostraban unas manchas en una hoja y ella tenía que decir lo que veía dibujado. En realidad no era un juego, era el método que, en la escuela, un psicólogo había utilizado para descubrir el motivo de su agresividad. Y Valeria, que había visto el truco, incluso ante una línea recta, describía armas, escenas de guerra, explosiones: se divertía asustando a su examinador, a la maestra, a toda la escuela. Papá fue el único que nunca se asustó con Valeria, ni siquiera cuando tenía pesadillas y gritaba en mitad de la noche como si la estuvieran degollando.

Si ahora yo empezara a gritar, a pedir ayuda, a intentar salvarme de un monstruo con siete cabezas empeñado en matarme, nadie me oiría. Porque Gio, en la cama de al lado, ronca tan fuerte que falta poco para que tiemblen los cristales. Y además son de esos gruesos, dobles, creo, que no dejan pasar ningún ruido procedente de la calle.

Y, sin embargo, no es por culpa de ese redoble de tambor que de vez en cuando da vueltas en la cama XL, tranquilo como un niño, por lo que no puedo dormirme. He subido antes a la habitación y he dejado a Elena y a mi amigo charlando porque quería poner un poco de orden en mis pensamientos. Y cuando ha subido y le he preguntado cómo había ido, ni siquiera me ha contestado. Se ha echado en la cama, se ha dado la vuelta hacia el otro lado y se ha quedado dormido de golpe. Hay quien por amor no puede dormir. Pero Gio, lo conozco, es así, es inútil pensar que puede cambiar del todo.

Luego me pregunto si no será solo una ilusión eso de poder cambiar a las personas, las cosas. Tal vez realmente exista un destino que va siguiendo su camino. Aunque yo nunca lo he creído. «Destino» es una palabra tan hostil, desde pequeño lo pienso. Porque yo también me creía invencible, como imaginaba que era María en sus vacaciones en Roma, sin miedo y sin tacha. Omnipotente.

Eso fue lo que me fastidió cuando papá se puso enfermo. Estaba convencido de que todo podía arreglarse. Mientras estuvo en el hospital, me levantaba temprano, agarraba la moto y pasaba a verlo; después iba a la escuela, volvía a casa, estudiaba, jugaba al futbol, luego iba de nuevo a verlo, me quedaba un rato con él, cuando terminaba la hora de visita me iba a cenar a casa de Alessia, o de Gio, o de algún otro amigo. Y a la mañana siguiente volvía con él. Cada vez estaba más pálido, más delgado, pero yo no quería darme cuenta. Tenía la sensación de que todo estaba en mis manos, que bastaba con portarme bien para que los médicos lo resolvieran todo, para que papá volviera a casa y luego se fuera sintiendo cada vez mejor, y nos habríamos reído de esos días en los que tenía que tragarse las historias de su aburridísimo vecino de cama sobre la corrupción en los organismos estatales, precisamente él, que también era un poco ladrón y siempre le robaba la crema de afeitar y los rastrillos. Y luego le habría regalado una caja entera de crema de afeitar y una máquina eléctrica y nos habríamos olvidado de los institutos de la seguridad social y de las agencias de administración pública, donde a su vez todo el mundo roba. Todo habría vuelto a empezar, habríamos ido al futbol, al cine, a comer una pizza, a casa de la tía en Navidad, a comer pescado a Fregene en verano. Sin embargo, no. *Clac.* De repente, el coche se bloqueó. La vida se detuvo así, de golpe. Sin avisarme, se lo llevó.

Me he preguntado qué hice mal, dónde me equivoqué, en qué fallé, porque creía que mi amor podría haberlo salvado. Que bastaba con eso. Que el amor podía cambiar el mundo.

Si fuera así, el amor por Elena sería suficiente para convertir a Gio en un dandi español. Para hacer desaparecer a Marcos y sus músculos abultados solo con chasquear los dedos. Para que Bato fuera honesto y sincero con los demás, un amigo de verdad. A veces incluso bastaría solo una palabra para calentar el corazón. Aunque todo eso tal vez sean ilusiones.

Pero yo quiero creer en esta relación. Y entonces agarro el celular y escribo un mensaje.

«Hola, aquí todo bien, quería decirte que me estoy divirtiendo mucho y volveré pronto. Te quiero. Buenas noches, mamá.»

¿Qué cuesta decir esas dos palabras? «Te quiero.» No serán suficientes para cambiar su vida, lo que ha pasado ha pasado, ha perdido a su amor, pero la ayudará a sentirse menos sola. Me la imagino dando un respingo como siempre; hace años que tiene celular, pero todavía no está acostumbrada al hecho de que pueda sonar. Seguramente estará viendo una reposición de esa serie que tanto le gusta, llena de amores desesperados. Y lo digo yo, además, que todavía no he muerto de tisis, pero poco me falta... «Mamá —me gustaría decirle—, sálvate, no quiero que te vuelvas como la abuelita del vestíbulo, que en vez de visitar la ciudad se queda todo el día pegada a la tele.» Ahora ella leerá el mensaje y estará contenta porque no le he puesto ninguna abreviatura en el texto, ni siquiera una «k» en vez de una «qu», ya que odia esas cosas. Y me contestará diciendo que, si yo soy feliz, ella también lo es. Sé que no es cierto, sé que le habría gustado envejecer como esos dos turistas de abajo y chochear delante del televisor junto a papá. Pero así los dos estaremos más tranquilos.

En el corazón de la noche, pienso que hay cosas por las que no se puede hacer nada y cosas por las que se puede intentar. No sé qué dice en ese diantre de libro del destino, pero mi historia con María quiero intentar escribirla yo. Quiero intentar mirarla a los ojos y decirle que la amo. Quiero conquistar ese instante de felicidad, dure lo que dure.

Miro al techo. Ahora la sombra de la lámpara me parece un carrusel de angelitos que se toman de la mano, alegres. «Si tuviera un techo como éste, no volvería a tener pesadillas», decía María.

Al final, me quedo dormido, a pesar del tractor que ronca a mi lado. Sueño que estoy sentado en el columpio. Alguien me empuja desde atrás con fuerza hasta el cielo. Por fin lo veo. Es mi padre. Grita: «¡No tengas miedo, Nicco, adelante!».

31

Bajo al vestíbulo y los encuentro ya desayunando en la terraza.

—Eh, si apenas está amaneciendo, ¿dónde han encontrado esas revistas?

Elena sonríe mientras da un bocado a un trozo de pastel.

—¿A ti quién te parece que se ha encargado? He salido a correr, lo hago todos los días, a menos que llueva mucho.

Gio unta la mantequilla en una tostada.

—Yo no..., pero he soñado que lo hacía. En el sueño he corrido una hora y media..., ¡me ha entrado un hambre!

Me siento con ellos. Elena ha tomado de todo; opto por un poco de jamón ibérico, queso, meto dos rebanadas de pan en la tostadora y, todavía adormilado, las veo avanzar sobre la rejilla que se desliza como una cinta bajo la resistencia incandescente hasta que se las traga completamente y aparecen por el otro lado. Como a mí las tostadas me gustan casi carbonizadas, las meto otra vez y vuelvo a disfrutar con todo el proceso.

Agarro un envase de mantequilla del bufet del desayuno mientras me dirijo hacia la mesa de los jugos de fruta y, de una jarra helada, me sirvo un gran vaso de jugo de naranja.

—¿Y qué?, ¿has dormido bien? —le pregunto a Elena cuando me siento frente a ella.

Elena me mira con curiosidad.

—Poco, pero muy bien, tal vez porque estoy tranquila con esta historia o porque en cualquier caso la responsabilidad es tuya...

—¡Ah, claro! Gracias... —digo yo con una sonrisa forzada.

Elena da un sorbo a su café, después se limpia la boca.

—Normalmente, cuando tengo que hacer algo importante, la noche anterior no puedo dormir; es algo que me ocurre desde siempre. Cada vez que tenía que hacer un examen en la universidad me pasaba la noche en blanco dando vueltas en la cama. ¿A ustedes no les ha pasado nunca?

—¡Pues claro! Recuerdo que una vez Fabiola me recomendó un somnífero muy suave el día antes de hacer el examen escrito de..., oh, Dios mío, ahora ni siquiera recuerdo de qué... En fin, no me hizo ningún efecto, estuve con unos ojos como platos hasta la mañana siguiente, y luego un poco más y me duermo durante el examen... ¡Qué papelón!

Bebo un poco de café que una mesera acaba de servirme.

—Buen provecho... —me dice en español antes de alejarse de nuestra mesa.

—A ti... —le contesto también en español, aunque no sé bien lo que ha querido decir.

La mesera se marcha, yo miro a Elena, que se ríe; evidentemente he dicho algo mal, hablando de papelones...

Gio engulle un bocado de su pasta y se bebe el jugo de un trago.

—¿Has repasado la carta?

—La he roto —digo mirando a Elena—. Quiero improvisar... Tengo el concepto bastante claro, después de haberla leído un millón de veces. Sé lo que quiero, veamos qué ocurre.

Elena hace un gesto con la cabeza como diciendo «Está bien», pero no sé si en realidad está muy de acuerdo.

Cuando ve que todos hemos terminado de desayunar, se levanta de la mesa.

—¡Bueno, pues vamos!

La seguimos, es evidente que es ella quien manda. Subimos a las habitaciones, yo me lavo los dientes, hago la maleta, compruebo que no haya olvidado nada en los armarios, en los cajones, en el baño, y bajo. Gio ya está allí con su equipaje.

Elena también está lista.

—De acuerdo, pues... nos despedimos —digo.

—Sí...

Éste es el plan: ahora Elena irá sola a buscar a María.

Y nos quedamos un instante en silencio.

—No me mires así, Elena, ni que nos fuéramos a una misión espacial —protesto bromeando.

Ella se ríe.

—Tienes razón... Imagínate cuando tengamos que despedirnos en serio...

—¡¿Despedirnos?! —salta Gio—. ¿Cuándo? ¡¿No habías dicho que ibas a contratarnos para que trabajáramos contigo?!

Elena se inclina hacia él y le da un beso en la mejilla. Luego le sonríe.

—Cuidado..., no juegues con fuego, que te quemarás.

—Mejor, soy friolento. Necesito un fueguecito que me caliente..., ¿podrías ser tú?

Elena levanta las cejas, tal vez sorprendida por tanta audacia, y a continuación se encamina hacia la salida para ir por el coche que hemos alquilado. Nos mira por última vez y luego se va, dejándonos allí mientras vemos alejarse el coche, que se va haciendo cada vez más pequeño y al final desaparece detrás de un cruce. Yo me vuelvo para ir a pagar la cuenta, pero Gio me detiene enseguida.

—Ya me he encargado yo. Ahora será mejor que pidamos un taxi al portero.

Mientras esperamos a que llegue, el bonito sol que se está levantando en el cielo azul nos invita a salir a la calle. En ese momento pasa por delante de nosotros un chico en bicicleta, seguido de dos hombres mayores que charlan sonrientes. Esta plaza es preciosa, grande, y las casas de colores que se asoman a ella, con todas esas mesitas que brillan al sol, parece que inviten a reunirse, a una vida tranquila y llena de esperanzas.

—¿Y bien? ¿Cómo te va? —pregunto.

Gio parece no entenderme.

—¿Qué?

—La cumbre bilateral, tu conferencia Italia-España... ¡Eh, despierta! ¡Hablo de Elena!

—Bastante bien... —dice él, encogiéndose de hombros.

—¿O sea? ¿Qué quiere decir «bastante bien»?

—No lo sé, no lo entiendo...

—¿Qué es lo que no entiendes?

—No me entiendo a mí mismo, es la primera vez que no me entiendo. Ayer estuvimos toda la noche charlando; me contó que cuando era pequeña fue a Italia a casa de unos familiares, su abuelo se disfrazó de Rey Mago, sus padres llevaron regalos de España para todos, sus primos se volvían locos con todo lo que procedía de aquí..., comida, cierto tipo de ropa, cachivaches...

—Bueno, me parece una cosa muy tierna, un momento íntimo, ¿no? Y tú..., ¿le hablaste de ti?

—¡Ni que estuviera loco! No podía soltarle que descargo y vendo un montón de cosas en plan ilegal. O que me han llevado a comisaría tres veces por vandalismo... Le conté una historia que pareciera aceptable.

—¿Y qué? ¿Lo conseguiste? No veo el problema.

—¡El problema soy yo! ¡Lo más increíble es que anoche no quise intentarlo con Elena! Y eso que descubrí que está soltera, que no sale con nadie. Increíble, ¿no? La abracé para darle un beso de buenas noches y...

—¿Y...?

—Y le di un beso de buenas noches. Punto.

—Qué tierno, lo mismo que hacían mamá y papá —comento yo.

—¿Qué pasa?, ¿te estás burlando de mí? ¡Debería haberla tomado en brazos, haberla llevado a la habitación y habérmela cogido durante toda la noche! Y en vez de eso, nada, nada de nada. Faltó poco para que empezáramos a cantar juntos canciones de Navidad...

Me echo a reír imaginándomelos a los dos entonando un villancico en español.

—Lo mío es impotencia mental... —dice Gio, desconsolado.

Lo miro perplejo.

—¿No habrá sido la cena con Venanzio y Tomás?

—¿Qué cosa?

—Que te influyó un poco...

—Pero ¿qué dices? ¿Estás loco? —dice él resoplando—. Es solo que, con el hecho de que no lo intenté desde el principio, me parece que estoy en una situación de punto muerto absurda...

—Te comprendo: entrar en la categoría «amigo de las mujeres» es muy peligroso. Te confunde, te comportas exactamente como un amigo del alma y no llegas nunca a nada. Vuelves a casa deprimido y te consideras un idiota. A mí también me ha pasado, ¿te acuerdas de Carlotta? Me gustaba un montón. Salíamos todas las noches, y hablábamos... ¡Vaya que hablábamos!

—Claro que me acuerdo de ella, pero ¿por qué ya no volvieron a salir?

—Sucedió así, sin explicaciones. Estuvimos un día sin decirnos nada, después dos, y después para siempre, ni un sms... Nunca más volví a verla ni a hablar con ella.

Gio aplaude, incrédulo.

—Pero esa historia es muy triste...

—Sí, es como *Cuando Harry encontró a Sally*, aunque acaba mal...

—¡Pero al menos ellos habían cogido!

—En cambio, Carlotta y yo ni eso... Pero era solo para que vieras cómo pueden funcionar a veces nuestras mentes, se encallan, se vuelven incapaces de ir adelante y atrás, dan vueltas en vano... ¡Sí, la magia del amor también puede hacer eso!

—¡Nicco, deberías dejar de comer bombones Baci Perugina, o por lo menos no leas los papelitos que llevan, así no soltarás pendejadas como ésa! —contesta Gio mientras llega el taxi y se para delante de nosotros.

—Buenos días... —Saca la nota de Elena y luego se la muestra.

El taxi sale disparado, a esta hora no hay nadie por la calle, el mar está tranquilo y tal vez todo esté a punto de cambiar.

—Anoche, Elena también me contó un montón de cosas sobre nuestra meta final, Vejer.

—¿Y qué te dijo?

—Me contó la historia de una mujer de Vejer a la que su futuro marido, un príncipe de Marruecos, se la llevó consigo un día a su país. Pero ella, al cabo de un tiempo, tenía tanta nostalgia de Vejer que él hizo construir en Marruecos la misma ciudad, idéntica, con la misma plaza central, la misma iglesia... y la mujer volvió a ser feliz de nuevo. ¿Crees que es un mensaje subliminal?

—Pero ¿qué mensaje subliminal, Gio? ¿Qué estás diciendo?

—Tal vez quería decirme que no vendrá nunca a Roma conmigo...

—O quería empujarte a que hicieras un gesto muy romántico.

—Sí, pero lo más que yo puedo hacer es que vea Vejer de vez en cuando en foto...

—Seguro que no piensa que seas un príncipe...

—¿Por qué dices eso? No lo entiendo.

Es inútil. Nada. Cuando uno quiere entender solo lo que le interesa, es así y punto.

Cualquier cosa que Elena le hubiera dicho, Gio la habría interpretado a su manera de todos modos. Aunque normalmente son las mujeres las que le dan la vuelta al sentido de las respuestas que reciben de los hombres. ¡No hay nada peor que el deseo de amar y sentirse amado por encima de cualquier sentido de la razón, prescindiendo de si al otro le importas algo o no!

El hecho es que siempre te das cuenta demasiado tarde, el amor tiene problemas de vista y solo nos deja ver lo que queremos ver.

—Bueno, hemos llegado.

Gio paga al taxista; es evidente que hoy está en racha de invitar. Bajamos, agarramos las maletas y nos ponemos en el borde de la carretera, justo delante de la iglesia que nos ha indicado Elena.

—Oye, ¿estamos seguros de que nos ha traído a la iglesia adecuada? —pregunto observando los muros del edificio.

—Solo nos faltaría que se hubiera equivocado de santo... Imagínate qué divertido si estamos en otra iglesia y esperamos aquí para nada.

—¡Uy, sí, qué divertido!...

«A veces Gio tiene un sentido del humor bastante extraño», pienso mientras él saca de la bolsa el trozo de cartón doblado por la mitad y me lo pasa. Lo abro, lo agarro con las dos manos y reviso el texto.

—Se lee bien, ¿no? —pregunto.

—¡Seguro! Vejer de la Frontera. Clarísimo.

—Ahora solo tienes que hacer la señal de autoestop y enseñar la pierna, como en las películas.

—¡Sí, pero conmigo seguro que nos paran Tomás y Venanzio! —protesta él empezando a carcajearse.

Y justo en ese momento, mientras estamos allí discutiendo, un coche se nos acerca de verdad. Es un Ford negro con una pareja dentro. El señor baja la ventanilla y se asoma sonriendo, habla en un español que más deprisa imposible. Creo que dice algo como «nosotros también vamos a Vejer en nuestro treinta aniversario», imagino que de boda, y tal vez, teniendo en cuenta que señala el cartel, quiere llevarnos. Se dan cuenta de que no hemos entendido nada.

—Suban, los llevamos.

—No, no, gracias... —contestamos a coro mi amigo y yo, controlando con el rabillo del ojo el final de la calle. Pero no pasa nadie, está desierta a esa hora.

Doblo enseguida el cartel e intento justificarme de alguna manera.

—Estamos *scherzando*... —le digo al hombre.

Él se encoge de hombros, sube la ventanilla y arranca mientras habla con su mujer. Seguramente le estará diciendo que somos dos idiotas por hacer estas bromas.

Luego, de repente, las vemos doblar la esquina. Ahí está el coche, Elena conduce y María está a su lado... Parecen charlar divertidas y, cuando nos ven, Elena finge que no nos conoce.

—Oye, ésos también van a Vejer de la Frontera...

Saltamos como estúpidos mostrando el cartel varias veces.

—¿Qué te parece, María? ¿Los recogemos? Parecen buenos chicos.

María sonríe:

—Los conozco muy bien, son muy lindos.

32

El coche se acerca y nosotros, perfectamente metidos en el papel de autoestopistas, somos los increíbles actores de lo que parece ser mi última oportunidad.

—¡Hola, María! ¡Qué sorpresa!

Elena todavía interpreta mejor. Penélope Cruz no le llega ni a la suela de los zapatos.

—¿Son italianos? ¿Y conocen a mi amiga? Fantástico, qué coincidencia. ¡Qué increíble!

—Sí, estamos unos días de vacaciones. Queríamos ir a visitar Vejer de la Frontera, ¿sabes?, nos han dicho que es un lugar espectacular. Pero, antes, me llamo Nicco y él es Gio...

Él y Elena se dan la mano, como dos perfectos desconocidos. Después cargamos nuestras maletas en la cajuela. María decide venir a sentarse detrás conmigo y deja su sitio a Gio. Nos metemos en la carretera y nosotros tres seguimos con nuestros papeles.

—¿Y bien?, ¿cuánto tiempo llevan en España?

—Oh... unos días, visitamos Madrid antes de venir aquí —contesta Gio, perfectamente a sus anchas.

—¿Se la han pasado bien? Yo trabajo en Madrid. Si vuelven a ir, díganme, les daré algunas indicaciones de los lugares que ver...

Y siguen charlando así, de esto y de lo otro, y se divierten mucho haciendo ver que no se conocen. Gio, además, en estas situaciones siempre coge la ocasión al vuelo, enseguida sabe cómo darles la vuelta a las cosas en su provecho.

—Has dicho que te llamas Elena, ¿verdad? —pregunta después, fingiendo no acordarse.

—Sí, exacto. Tú eres Gio, ¿no?

—Sí...

—¿Y de dónde viene?, ¿de Giorgio, de Giovanni?

—De Giorgio.

—¡Ah!

—¿Sabes una cosa rara? —dice.

—¿Qué?

—Eres de otro país, seguramente llevas una vida muy distinta de la mía... y, sin embargo, parece que te conozca desde hace tiempo...

—¿Sí? —A Elena le late fuerte el corazón, pero se esfuerza por mirar hacia adelante, echando de vez en cuando una mirada a María, aterrorizada de que se dé cuenta de la farsa.

—Sí. Déjame adivinar... Creo que eres una gran organizadora, una creativa, sí, trabajas en una agencia de moda... No, no... Espera, ¡en una agencia de publicidad!

—Exacto... ¿Cómo lo has hecho? ¿Eres adivino?

Y se miran y se echan a reír.

—¡Gio sigue siendo el mismo! —le digo a María mirándola. Y en ese momento me lleno los ojos de ella, de su cara, de su ligera sonrisa, es como si me guardara algo, por si acaso, según cómo vayan las cosas.

—Sí, claro...

—¡Eh, espera un momento! —exclamo en voz un poco

alta, de manera que María da un respingo y puede que Elena tema que estoy a punto de confesárselo todo.

Acciono el traductor simultáneo del iPhone para entender mejor lo que me dice.

María me mira y me sonríe.

—Estoy tan feliz de verte... Qué divertida casualidad que viajemos juntos a Vejer. Debe ser el destino... —dice.

—Sí...

Nos quedamos unos segundos sin hablar. María baja un poco la ventanilla, el viento que entra le agita el pelo, le descubre el rostro, su perfil tan hermoso, sin una gota de maquillaje, su piel ligeramente bronceada. Sonrío. El plan que ha preparado Elena es perfecto: ahora tengo diez horas antes de llegar a nuestro destino, y una noche entera para conseguir que las cosas cambien. Intento hacerme entender:

—¿Por qué te fuiste sin decirme nada, tan deprisa?

María me escucha. Baja la mirada. Se queda un rato en silencio y luego levanta el rostro y me mira a los ojos. Me habla y el iPhone traduce todo lo que dice.

—Comprendí que todavía pensabas en Alessia, que para ti yo era solo una aventura.

Estoy tan nervioso que me gustaría que este traductor comprendiera lo que quiero decirle antes aun de formular la frase.

—Pero yo aquella mañana pasé por el hotel precisamente para decirte lo contrario, que no eras una aventura, que yo quería...

Ella me interrumpe sonriéndome.

—Hay tantas extranjeras...

—Ninguna como tú.

Ella parece retener una sonrisa, luego me pregunta:

—¿Qué tengo yo que sea tan especial?

—Ese instante de felicidad...

Me mira sorprendida y se me hiela la sangre. No querría que el iPhone hubiera traducido mal lo que pretendía decirle. Lo compruebo. No, no, está bien.

—Hacía mucho tiempo que no me sentía así... Ese instante de felicidad... eres tú.

Y se echa a reír.

—Sí..., pero tú mismo lo has dicho... Es un instante, solo un instante. Has venido a España y ni siquiera me has buscado, si no nos hubiéramos encontrado por casualidad en el mercado y luego esta mañana no hubieran decidido ir a Vejer de la Frontera...

Por un segundo me gustaría confesárselo todo, contarle la verdad, decirle cuánto la quiero. Y, sin embargo, me detengo, me quedo en silencio mirándola, quizá para no poner en apuros a Elena y su trabajo, o tal vez porque espero que María encuentre la fuerza de comprenderlo todo por sí misma, en plena libertad, para que pueda elegir con serenidad, una elección de amor.

—Cómo iba a buscarte sin tu número, no tenía tu dirección...

—Podrías haber preguntado en el hotel.

—No quisieron dárnosla... Ya sabes, la confidencialidad... Ni siquiera intentando sobornar al portero con cien euros. Era un tipo muy honesto.

¡Evidentemente no le cuento que el cabrón de Roberto nos ayudó dándonos una dirección falsa!... Y luego pienso que, de no ser así, no habríamos conocido a Venanzio y él no nos habría puesto en contacto con Elena. Ella lo escucha todo, luego se queda quieta, parece reflexionar.

—Pero ¿cómo es que han venido a España? No me dijiste nada...

—Oh... Gio quiere ampliar su mercado.

María se ríe divertida al oír esas palabras.

—Bueno, no sé si habrá mucho mercado aquí en España, con esta crisis.

Después mira por la ventanilla. Yo tomo todo el aire posible en los pulmones y entonces se lo pregunto:

—Y lo de Marcos..., ¿es algo serio?

No se vuelve hacia mí.

—Creo que sí —dice en voz baja.

Siento que me muero, es de esas cosas que a veces te gustaría no haber preguntado nunca. Y ella no añade nada más, sigue mirando afuera.

—¿Y desde cuándo crees que es algo serio? —insisto.

—Desde hace bastante... mucho tiempo...

Entonces, por fin, se vuelve hacia mí y me sonríe.

—Rompimos hace algún tiempo y yo no había salido con nadie hasta que te conocí a ti... —Toma mi mano en la suya, la acaricia—. Y, cuando te conocí, tú hiciste que ya no pareciera algo serio...

—Ese instante de no seriedad... —contesto reteniéndole la mano.

Ella se ríe, pero un velo de melancolía se entromete entre nosotros.

—Fueron unos días preciosos.

Después aparta la mano de la mía y vuelve a mirar por la ventanilla. Y en ese momento, con un nudo en la garganta, decido no insistir, dejarla con sus pensamientos, sola, para que pueda sopesar las cosas. Me quedo en silencio, miro mi mano, que ha quedado vacía. Ésta es su vida.

—¿Quieren que ponga un poco de música? —pregunta Elena y, sin esperar nuestra respuesta, enciende la radio.

Las notas de *Sparks*, de Coldplay, se esparcen por el coche. Una canción espléndida, una de las que tocaron en el concierto de Roma. El concierto al que fui con María. ¡¿De todas las canciones del mundo, justo tenían que poner ésta?! ¡Es una tortura!... Recuerdo bien esa noche, esos momentos. María y yo la bailamos juntos abrazados y, entre un beso y otro, cantamos las estrofas, eligiéndola como «nuestra canción».

María se ha vuelto hacia la radio como para asegurarse de que el sonido procede de allí y no se lo está imaginando. Y nos quedamos mirándonos mientras Chris Martin parece que esté cantando solo para nosotros. Y los ojos de María se vuelven brillantes, yo le sonrío y simplemente le digo:

—Nos hemos encontrado por casualidad en el mercado cercano a tu casa, estamos yendo juntos a Vejer de la Frontera por casualidad y ahora Coldplay está cantando precisamente esta canción para nosotros... Ya no puede ser la casualidad... Es el destino.

Sí, bueno, le he soltado esta frase con efecto. Estoy jugando sucio, pero es por una buena causa: con tal de conseguir a María, en este momento podría hacer cualquier cosa. La observo: es preciosa, de ensueño, romántica. Todas las mujeres quieren ver una señal, cualquier cosa que sencillamente pueda hacerlas soñar. Entonces acerco mi cara a la suya todo lo que puedo:

—¿Se puede ir contra el destino, María?

Ella sonríe y luego me pregunta:

—¿Cómo puedes saber que el mercado está cerca de mi casa?

Yo palidezco por un instante, Elena casi da un enfrenón con el coche.

—Perdonen... —se justifica a continuación.

Y por suerte se me ocurre una explicación.

—Estabas haciendo la compra, simplemente me lo imaginé... —le contesto, recuperando el color.

En ese momento la canción de Coldplay acaba y empieza un tema de Kiss.

—¡Ésta es mi preferida! —grita Elena para distraerla.

María, en cambio, me observa seria. Después, poco a poco, asoma una sonrisa que al final le ilumina toda la cara.

—Sí, tiene que ser el destino...

33

Nuestro viaje continúa entre largos silencios y momentos de charlas intensas. Por la autopista pasamos Bilbao, Valladolid, Salamanca, mientras los temas musicales se suceden: Rosario, Alejandro Sanz, La Oreja de Van Gogh, Chambao, Estopa, Bunbury, Quique González. Y mientras suena la música yo miro por la ventanilla. Estoy sentado al lado de María López y estoy atravesando España. Sí, lo sé, no significa mucho, ella no me ha prometido nada, no la he besado y no hemos hecho el amor. Pero podría no haberla encontrado. Podría haberle dicho a Elena que a ella Vejer de la Frontera no le importaba nada, o podría haber decidido hacer el viaje acompañada por el grandulón de Marcos, y nuestro plan habría fracasado miserablemente. En cambio, estoy aquí, con ella, sola, y por ahora eso es lo que más cuenta para mí.

Elena de repente anuncia:

—¡Tengo que llamar al hotel! *Devo chiamare l'albergo!* —y enseguida marca el número en el celular. Habla en español, pero yo ya sé lo que está diciendo—: ¿Hola? Buenos días, soy Elena Rodríguez, sí, Rodríguez... Tengo una reservación en su hotel y quería preguntar si tienen otra habitación.

Gio levanta la mano y hace una señal para que pida dos: quién sabe cómo lo ha podido entender todo. Elena sonríe.

—Dos, quería decir dos más... —se corrige—. ¿Puede ser? Sí, espero, gracias... —Después baja el teléfono—. ¿Y sí solo tienen una? —le pregunta a Gio en italiano.

Él insiste:

—Dos.

Elena niega con la cabeza.

—Sí, ah... Gracias... Sí, a mi nombre..., ¡perfecto!

Cuelga el teléfono.

—Sí, tenían dos. Qué suerte, porque en esta época en Andalucía empieza a estar bastante lleno... No podíamos llegar corriendo el riesgo de que tú y Nicco no encontraran ni un hueco para pasar la noche —añade en italiano, pero controlando la reacción de María por el retrovisor.

Ella y Gio se miran solo un instante, sonríen. Es una sonrisa de entendimiento y complicidad: en realidad, anoche Elena ya reservó cuatro habitaciones a su nombre. La noche anterior ya había quedado claro... Y lo de esta llamada era solo una farsa para que María no sospechara.

Gio enseguida intentó replicar:

—Bueno, a lo mejor María quiere que Nicco esté en su habitación..., y yo...

—No, en todo caso María y yo dormiremos juntas —rebatió Elena—. Aunque entonces le niegas cualquier posibilidad de éxito a Nicco...

Elena y sus teorías, Elena y sus cálculos, Elena y su organización. La idea del aventón, de todos modos, no ha estado mal. Y ahora suena una canción preciosa de Chambao, *Pokito a poko*.

Miro de nuevo por la ventanilla: el paisaje cambia mientras nosotros avanzamos por la autopista; es variado, igual que en Italia. Lo que más me sorprende son las siluetas con forma de toro que se ven a lo largo del trayecto; Elena nos cuenta que al principio eran vallas publicitarias de la marca de coñac Osborne y que luego se convirtieron en un verdadero icono en el país.

Gio sigue el ritmo de la música con su mano sobre la pierna, de vez en cuando mira a Elena, completamente concentrada, en cambio, en la carretera. Luego, poco a poco, Gio extiende la mano hacia su rodilla, pero ella, sin siquiera mirarlo, le agarra el brazo y se lo vuelve a poner sobre el muslo. Sin embargo, eso no basta para hacer que desista, lo conozco bien y, de hecho, ahí está, vuelve a mirar hacia adelante y como si nada, al cabo de unos segundos, sus dedos se posan mágicamente de nuevo sobre el muslo de Elena, justo cuando empieza a sonar una balada romántica: *Me voy*, de Julieta Venegas. Ella niega con la cabeza y vuelve a quitarle la mano. Gio la levanta enseguida y la mueve imitando el planear de un papalote sin aire que al final del vuelo describe una curva y aterriza dulcemente, pero sobre su propia pierna, demostrando haber entendido cómo están las cosas. Elena sonríe y sigue conduciendo.

Y a continuación es ella quien lo sorprende a él; sin mirarlo, pone la mano sobre la suya y la deja allí. Y lo más bonito es que Gio no se vuelve para mirarla, no, simplemente cierra los ojos y sonríe. Bueno, estoy seguro de que, pase lo que pase, ahora o dentro de un año, o en toda su vida, Gio recordará este momento para siempre, porque es como si el corazón estallara, te faltara la respiración: te parece que te separas del suelo, que puedes volar, ligero y feliz, y llegas más allá de tus límites de siempre, allí adonde nunca habías llegado. Y tus ojos se vuelven brillantes y te sientes tan estúpido... y, sin embargo, es simplemente un instante de felicidad.

Me vuelvo hacia María. Está mirando por la ventanilla. Quién sabe en lo que estará pensando. Tal vez: «¿Cómo podría ser una relación con un italiano?». «¿Cómo sería mi vida con Nicco?» «¡Maravillosa! —me gustaría contestarle—. Aprendería español y no te avergonzarías de mí delante de tus amigos y ya no usaríamos el traductor del celular para decirnos "te amo". Te cocinaría todo lo que te gusta, aunque me gastara todos mis ahorros en un curso de cocina en el Gambero Rosso. Conmigo no te aburrirías nunca, te haría reír, te sorprendería todos los días, y cada vez te haría conocer una nueva versión de mí mismo, también dispuesta a ser tuya para siempre. Vuelve conmigo, María. Seré romántico, seré sincero, seré fiel, seré la razón de todas tus sonrisas, seré tu felicidad pase lo que pase.»

Y veo su mano allí, abandonada entre las piernas, y me gustaría tomarla entre las mías, apretarla con fuerza, quitarle cualquier posible duda. Su pecho se alza ligero, tiene la respiración tranquila, y me pongo a mirar los simples pliegues de su camisa y cierro los ojos y vuelo con el pensamiento a cuando le desabrochaba la blusa despacio y ella me preguntaba, haciendo ver que se escandalizaba: «Eh, pero ¿qué quieres hacer?», y yo le contestaba: «El amor...».

Y la veo desnuda entre mis brazos, su sonrisa, su cabeza abandonada hacia atrás, y le muerdo la barbilla..., le beso el cuello y me deslizo hacia abajo sobre su pecho, su cabello entre mis manos, la belleza de nuestros besos, su boca, su lengua, ella, en ese instante tan mía. Y cuando vuelvo a abrir los ojos veo que me está mirando; entonces sonríe y me pregunta:

—¿Qué estás pensando?

Bueno, lo sé, es uno de esos momentos importantes en los que escoger bien la respuesta lo es todo.

Y me gustaría decirle: que te amo y que me he enamorado de ti, pero no ahora, para siempre... Sin embargo, el miedo a asustarla me frena las palabras en la lengua.

—Nicco, ¿en qué piensas? —me pregunta otra vez.

Entonces le tomo la mano, me la llevo a los labios y la beso.

—Lo sabes. Lo has visto.

Y su sonrisa me hace entender que ha sido la respuesta perfecta. Esta vez miro yo por la ventanilla. Una extensión de molinos de viento se dibuja ante nosotros, las aspas se mueven veloces. Gio se da cuenta y me dice:

—¡Eh, Nicco! ¡Los molinos de viento! ¿Será una señal del destino?

»Creo que no lo estamos haciendo mal en el papel de don Quijote y Sancho Panza. ¿A ti qué te parece?

—Sí, me parece..., quizá.

Gio me lanza una mirada de reproche y niega con la cabeza.

34

Elena detiene el coche en la plaza principal de Vejer. En el centro hay una bonita fuente de piedra, con unas tortugas de cerámica pintada, me entran ganas de darme un remojón porque aquí hace un calor impresionante. ¡Evidentemente, pasar de la brisa del norte al bochorno del sur en un mismo día es un buen récord!

Gio baja del coche y empieza a desentumecerse.

—¡Por fin, ya estamos aquí de verdad! ¡No veía la hora de llegar! —comenta mi amigo, recorriendo el lugar con la mirada.

La plaza está rodeada por unas palmeras altísimas y a su alrededor se asoman multitud de casas, todas blancas. El pueblo se extiende hacia arriba a través de callejuelas estrechísimas que desde aquí solo podemos intuir.

—Ésta es la plaza de los Pescaditos —dice Elena con entusiasmo—. Vengan, vengan.

—A mí me parece que el hotel está hacia el otro lado —dice Gio mientras no deja de darle vueltas al celular para ver en qué punto estamos en el mapa del navegador.

Elena, nuestra chofer-organizadora, nos hace señales para que la sigamos.

En una verja, debajo de un arco en penumbra, aparece

un hombre que nos mira con el ceño fruncido: es un señor muy mayor que parece no haber salido nunca de este lugar. No muy alto, corpulento y con los cabellos todavía oscuros, los pómulos sobresalen en el rostro marcado por el tiempo. Me parece que en su época era un gran torero. A su espalda hay un loro que emite un extraño sonido.

—¿Es usted el señor Manolo? —pregunta Elena. El hombre asiente.

María, Gio y yo intercambiamos una mirada, desorientados: ¿cómo es posible que lo conozca?

Elena le estrecha la mano y nos explica que, en vista de todas las historias que hemos hecho con la asignación de las habitaciones, ha pensado en alquilar una casita con patio, muy típica de la zona, y anular la reservación que teníamos. El patio está lleno de plantas de todas clases, y en las paredes hay unos preciosos azulejos de estilo árabe y unas placas que parecen mostrar los premios que ha recibido el señor Manolo. La zona es tranquila y tiene todo el espacio que necesitamos. Y una atmósfera característica que enseguida respiramos sin falta, mientras el propietario, esquivo, nos dice que metamos el equipaje.

Cumplimos órdenes como soldados, primero bajo el mando de la generala Elena y ahora también del dueño de la casa.

El señor Manolo nos hace pasar a una gran sala, donde destaca en el centro de la pared principal una gran cabeza de toro. Gio no lo puede creer, se acerca para tocarla.

—Pero ¿es de verdad?

Manolo le dirige una mirada siniestra pero no responde; no se sabe si es porque la cabeza es auténtica y no hacía falta ponerlo en duda o porque nunca habría puesto en su casa una cabeza de toro. No ahondamos en el tema. Toma nuestros datos: desde que hemos llegado a España nos hemos convertido en «Nicolo» y mi amigo «Guío». Manolo pronuncia mal nuestros nombres como todos los demás, pero no me atrevo a corregirlo. Después nos muestra la villa: tiene cuatro dormitorios, dos baños completamente recubiertos de cerámica, una cocina de un estilo claramente tradicional pero con todas las comodidades y un precioso patio donde además encontramos lo necesario para hacer una parrillada. Nos pide que tengamos cuidado si encendemos fuego y que no molestemos a los vecinos. Asiento, aunque ya sé que no tendremos tiempo de ponernos a asar salchichas, si bien sería la cereza del pastel en estas inolvidables vacaciones, parecidas a unas muñecas rusas: de Madrid a Hondarribia, ahora de Hondarribia a Vejer de la Frontera, frente a Marruecos.

Nunca me habría imaginado que iba a ser una aventura dentro de otra.

Sin embargo, nada en comparación con las que debe de haber vivido este señor orgulloso y severo, con el rostro cubierto de arrugas que se cruzan dibujando quién sabe cuántas historias. Seguro que podría contar muchas, puedo apostarlo, si no fuera porque parece de pocas palabras. Nos entrega dos juegos de llaves, nos informa de que en el refrigerador hay huevos y jamón y que si necesitamos algo él vive a pocos metros de distancia. En cualquier caso, volverá antes de que nos vayamos.

Cuando se dispone a salir de la casa, el loro empieza a hacer un extraño sonido: «¡Muuu, muuu!». El hombre explica que antes tenían un toro en la parte de atrás del jardín, *Portentoso*, y el loro aprendió a repetir su mugido: «Muuu, muuu». Luego *Portentoso* murió. Manolo se encoge de hombros y, sin añadir nada más, se marcha.

Nos quedamos observándolo fascinados mientras dobla la esquina y desaparece por las estrechas callejuelas. Gio espera a que desaparezca, después señala la entrada a nuestra espalda, indeciso.

—El que está colgado en el comedor no será *Portentoso*, ¿verdad?

Elena lo empuja hacia adentro, riendo.

—Déjalo, si se lo dices a Manolo hará que termines como él.

—¡Elena, esta sorpresa de la casa es realmente genial! —la felicito sin apartar los ojos de las paredes llenas de marcos desde los que nos observan hombres y mujeres en blanco y negro, de las butacas antiguas, de las lámparas recargadas y de las baldosas inconexas de dibujos geométricos.

—¡Sí, una idea maravillosa! —concuerda María, entusiasmada.

Y, a continuación, «Muuu, muuu», repite desde fuera nuestro loro de guardia. Todos nos echamos a reír y nos miramos.

—¿Cómo nos repartimos las habitaciones? —pregunta Elena.

—Quien llegue primero —propone Gio, que sale disparado por el pasillo mientras nosotros corremos detrás como rayos, gritando «¡Mía!» como si fuéramos niños.

Me toca una habitación bastante espaciosa, con una bonita colcha roja adamascada, una regadera privada, un sombrero de cowboy encima del armario y un poster *vin-*

tage de una corrida de toros. ¿Será un toque folclórico o el recuerdo vivo de las batallas en la arena? Lucho contra mi voluntad por no tirarme de cabeza en la cama, con el riesgo de dormir hasta mañana por la mañana: el viaje ha sido largo. Estamos cansados, hemos viajado mucho y nos hemos levantado temprano, pero las ganas de verla es como tomar mil cafés. Sobre el escritorio están esparcidos una docena de folletos turísticos que promocionan las atracciones turísticas de Vejer. Me estoy desnudando para meterme bajo la regadera cuando llaman a mi puerta. Me pongo torpemente la bata mientras voy a abrir. Por un instante espero que pueda ser ella: se ha decidido, me ha elegido, quiere decírmelo enseguida.

Abro, pero por desgracia frente a mí está Gio, mejor dicho, Guío.

Está nervioso como si tuviera un toro pisándole los talones.

—¿Qué ocurre? ¡¿Qué has hecho esta vez?!

—Nada, me he perdido...

Lo miro como si estuviera chiflado.

—Pero si hay cuatro habitaciones en total. No hace falta estudiar una carrera...

—¡No me has entendido! ¡He perdido mi seguridad!

—Pero ¿qué dices? ¿Te has vuelto loco?

Gio se pasa la mano por la cara como para quitarse una telaraña. Suspira, se sienta en el borde de la cama.

—Te lo juro, no sé lo que me está pasando, ya no sé quién soy... Para mí que esa historia que me contaste sobre ti y Carlotta, que no pasó nada durante semanas..., ¡pues me ha condicionado!

—¡Ya verás como ahora resulta que es culpa mía! ¡Por

favor...! Te he visto antes, en el coche, intentándolo con Elena, la mano en el muslo..., ¡parecías bobo!

—No lo parecía..., ¡lo era! ¡¿Lo ves cómo tú también te has dado cuenta?!

—Mira, es evidente que tu estrategia con ella marcha muy bien, solo tienes que intentar no precipitarte, escoger el momento adecuado... Yo sí que tengo problemas. María sale con ese grandulón, vuelven a ser novios después de que habían terminado, cuando regresó a Hondarribia, tal vez como reacción... Me parece que esta vez sí que se ha terminado.

—Ya veo, lo siento, de verdad... —dice él, evasivo, pero al cabo de dos segundos empieza de nuevo—: Pero, dime la verdad..., ¿tú cómo actuarías en mi lugar? ¿Qué harías?

—¿Es que no escuchas? ¡A mí qué me importa! —Lo agarro y lo empujo hacia la puerta—. Puedes darte un baño, un buen baño frío, así te aclararás las ideas; por otra parte, estamos muy cerca del mar, así que agua seguro que no te faltará... —Y lo echo de la habitación.

Al cabo de un rato intento hacer balance de la situación mientras me enjabono con el gel de baño que he comprado a propósito para venir aquí, en vista de que en el hotel de Hondarribia Gio había acabado con todo lo que llegaba a sus manos. Por unos instantes pienso en la posibilidad de no presentarme a la cita que tenemos dentro de un rato, y que tal vez les haría un favor a todos si no volviera a aparecer... Sin embargo, a la hora exacta soy el primero en llegar a la sala, delante de la cabeza de toro. Al cabo de un momento aparecen María y Elena, y por último Gio.

Elena nos muestra un trozo de papel:

—Eh, lo he organizado todo. Echen un vistazo... ¿Confían en mí? —Casi parece una provocación: hasta ahora lo ha decidido y lo ha hecho todo a la perfección, no hay nada que objetar.

Gio la mira divertido.

—¡Pues entonces, vámonos!

La primera parada la hacemos poco después, a unos diez minutos de Vejer: el paraje de Santa Lucía.

—Esto es increíble... Vengan, vengan —dice Elena con su habitual entusiasmo, indicándonos la entrada del parque.

Nos adentramos en la espesa vegetación mientras por encima de nosotros se recorta un alto acueducto que parece muy antiguo, tal vez romano.

—Bueno, este lugar lo podríamos utilizar como escenario para la apertura, quedará muy bonito. El vestido blanco de la novia, el verde de la vegetación, y... —Contiene la respiración como si quisiera esconder un secreto mientras sigue caminando rápidamente— la cascada al fondo... —Elena aplaude con entusiasmo.

Es realmente un lugar espléndido, tan auténtico, sencillo y mágico al mismo tiempo. Luego Elena lee en su guía:

—«Santa Lucía fue declarado Monumento Natural por toda la riqueza de su paisaje. El acueducto es de origen romano, pero también tiene aportaciones árabes. En el siglo xv se construyeron siete molinos de agua, si bien en la actualidad solo se conservan cinco.»

—¿Dónde están los molinos, Elena? No los veo —dice Gio.

—No son como los de viento, mira lo que dice en la guía: «El agua procedente de la fuente de La Muela era

311

transportada a través de una sofisticada obra de ingeniería que aprovechaba los desniveles naturales del terreno».

Y así seguimos caminando por un sendero empinado y poco a poco el ruido del agua se hace todavía más fuerte. Por el camino encontramos varios molinos, construcciones antiguas pero bien conservadas y todavía perfectamente en funcionamiento, y durante todo el recorrido nos acompaña el ruido del agua de los riachuelos que pasan por al lado.

Cuando llegamos a la cima, al último molino, la panorámica es espléndida, desde aquí se domina todo el campo y se disfruta de una vista magnífica de Vejer, tan blanca a lo lejos.

—Allí está la sierra Granada, mira, Gio —dice Elena, antes de darse cuenta de que él se ha desplomado un poco más allá.

—¡Caminar, está bien, pero así acabarás conmigo, ¿eh?!

Elena se echa a reír y lo agarra por debajo del brazo, y sigue hablando y hablando. Mientras María y yo miramos absortos el paisaje, una mariposa se posa entre sus cabellos. Teniendo cuidado de no hacer ruido, como en cámara lenta, agarro el celular y le saco una foto. Y me quedo mirándola. Pero de repente la mariposa se va, ella me sonríe, me toma del brazo y seguimos caminando. Durante unos instantes apoya la cabeza en mi hombro, tal vez sin darse cuenta del dolor y la alegría que su gesto me provoca.

Gio me mira y sonríe, ha cambiado, ¡mérito del *ammore*! Dentro de poco me lo encontraré transformado en una criatura del bosque. Un pájaro enamorado. Como ese pavo real que hace años se decía que se había enamorado de un surtidor de gasolina en Inglaterra, y durante tres meses al año se quedaba allí clavado desplegando la cola delante de su amada. Parece que el surtidor hacía un ruido similar al reclamo de las hembras. Elena no se parece en nada a una bomba de gasolina, pero emite bien su reclamo. Gio no le quita los ojos de encima. Y ella ahora no parece en absoluto molesta. Es más, incluso comienza a exhibir su plumaje, como un macho.

Empezamos a descender por un sendero distinto; si alguien nos viera en este momento pensaría que hemos bebido y fumado como locos, por lo contentos y embrujados que parecemos al mismo tiempo. Una especie de hijos de las flores cuarenta y pico años después. Solo nos falta que alguno se siente en el suelo con las piernas cruzadas y empiece a tocar la guitarra.

Cuando volvemos al coche estamos un poco cansados y aturdidos por tantas emociones, pero Elena es irrefrenable y enseguida retoma la hoja de ruta.

—Ahora iremos a ver la playa de El Palmar, otra localización perfecta para el anuncio.

Al cabo de unos minutos llegamos a una playa, una enorme extensión de arena de color dorado. La atmósfera es perfecta, el sol todavía calienta mientras va bajando. El mar está en calma y nos invita a zambullirnos, y comenzamos todos a correr como locos sobre la arena y a desnudarnos. Pero algo llama mi atención: la arena está llena de conchas, grandes, de colores y formas distintas.

María y yo empezamos a recogerlas, mientras Elena y Gio ya se han desnudado y se han zambullido en el agua ante las miradas curiosas y divertidas de los otros bañistas.

—Mira esta concha, ¿no te recuerda nada?

—Sí —me dice María con los ojos brillantes por la

emoción. Entonces quizá sí que siente algo por mí. Y casi parece que esté a punto de besarme cuando Gio y Elena empiezan a llamarnos.

—¡El agua está buenísima, vengan con nosotros!

Y entonces nos quitamos la ropa y corremos nosotros también, felices, hacia nuestros compañeros de aventura.

Después de haber disfrutado un rato de ese sol de la tarde y de la playa, decidimos volver al pueblo a comer algo.

Vejer es un verdadero espectáculo, la luz roja del atardecer se refleja en las casas blancas con tanta intensidad que deslumbra.

—La guía dice que es la perla de la Costa de la Luz, ¿será por esta luz tan fuerte? ¿Tú qué opinas, Elena? —dice Gio. A estas alturas, si no tiene la aprobación de su amada, no mueve ni un dedo.

Después María me toma de la mano y empieza a arrastrarme.

—Vengan, vengan, si no me equivoco tendría que estar aquí atrás.

Caminamos por unas calles estrechas e irregulares, ascendiendo por cuestas empinadas y escaleras de piedra. El corazón me late con fuerza, quién iba a imaginar una aventura que te dejara sin aliento todo el tiempo...

—Tengo que llevarte allí, fui con mi padre cuando era pequeña. No te lo he dicho, Nicco, pero somos oriundos de aquí. No venimos muy a menudo, mi padre cortó los lazos con su pasado, pero yo les tengo cariño a estos lugares.

—Así pues, ¿no eres de Hondarribia? —digo fingiendo no saber lo que Elena leyó en su informe.

—Sí, nací allí, y mi madre también, pero mi padre es de aquí.

—Ah, ahora comprendo por qué eres tan guapa. Has tomado lo mejor del norte y del sur de España.

—Para ya, que me incomoda —dice poniéndose un poco colorada.

Dios mío, qué hermosa es cuando me mira desde abajo con sus pestañas espesas y larguísimas, con esa sonrisa espontánea, abierta a la vida, a los instantes de felicidad que podríamos vivir. Quién sabe si sucederá de verdad...

Y así, entre bromas y risas, llegamos al pequeño restaurante que ha elegido María, se llama Casa Varo. Se asoma a una callecita bastante empinada, y frente a nosotros hay un muro alto sobre el que caen enredaderas llenas de flores de colores. En la parte de arriba se entrevé la barandilla de un mirador que parece muy romántico. ¿Será ahí donde María y yo nos demos nuestro primer beso?

—¿Nos sentamos fuera?, ¿qué les parece? —dice Elena mientras ya empieza a inspeccionar la carta y a recomendarnos platillos—. Tienen que probar sin falta la presa de cerdo, y el jamón, y el salmorejo y los pimientos de Padrón.

—«Unos pican y otros no» —dice enseguida María.

—¿Qué significa?, ¿que son picantes? —pregunta Gio, muy excitado, con las esperanzas puestas en las propiedades afrodisiacas de los platos.

—Ahora verán —responde Elena guiñándole el ojo a María, que le sigue el juego—. Veamos si son unos verdaderos hombres.

La situación se pone interesante, estas dos nos la están poniendo difícil.

Gio me llama un momento aparte.

—Mira esto, a ver si vamos a quedar desplumados...

—Anda, no es tan caro, y por un día, tampoco hace

falta que nos hartemos de comida... —le digo para zanjar la cuestión de buenas a primeras.

—De acuerdo. Y en una velada tan bonita como ésta, ¿no vas a pedir un buen vino?

—Lo pediré.

—Y luego, ¿qué haremos?

—Pagar.

—No, después iremos a lavar los platos, porque ya no nos queda ni un céntimo...

—Vamos, si hace falta nos los llevamos a las cascadas de Santa Lucía y así acabaremos antes. Ya lo pensaremos luego. Ahora para.

Hablo cada vez en voz más baja. Por suerte, María y Elena están charlando de sus cosas y no se dan cuenta de esta discusión entre dos muertos de hambre que quieren hacerse los espléndidos.

—Gio, puede que ésta sea mi última noche, mañana María volverá a su vida y, si quiero verla, tendré que comprar una revista y mirar los anuncios de lentes...

—¡Bien, vamos con todo, y a la mierda el vino de la casa!

Gio le hace una señal al mesero. Cuando éste se acerca a nuestra mesa, se cree que es un gran *latin lover*.

—El mejor vino tinto, por favor... —pide.

El deseo se hace enseguida realidad. «Oloroso», dice en la etiqueta. Había oído hablar de los vinos de Andalucía, pero de éste nunca. Quién sabe, a lo mejor no es muy caro. Cuando nos descorchan la botella ante los ojos atónitos de Elena y María, mi amigo comenta con naturalidad:

—No pasa todos los días tener un espectáculo como éste al alcance de la mano...

Elena está de acuerdo.

—Es verdad, es un sitio maravilloso...

—En realidad hablaba de ti...

Cuando llegan los platillos, empezamos a comer con ganas. Está todo riquísimo, la carne está muy tierna, el jamón se deshace en la boca, y los pimientos...

—¿Están preparados para probar los pimientos? Se dice que algunos pican y otros no, por tanto, lo haremos así: tomamos uno cada uno y probamos. ¿Quién quiere empezar?

Gio se lanza enseguida para demostrarle a su Elena de qué está hecho. Lo muerde y...

—¡Caray, cómo pica! Oh, Dios mío, denme un poco de agua, por favor.

Nos echamos todos a reír, pero entonces María se pone seria y me pasa uno.

—Vamos a ver lo que te reserva el destino —me dice mirándome fijamente a los ojos.

«Aunque pique, tengo que aguantar, tengo que aguantar», me repito. En cuanto me lo acerco a la lengua comprendo que picará, está muy fuerte, y cuando lo muerdo se me duerme toda la boca. Pero resisto.

—Ah, riquísimo —digo aguantando la respiración para no toser, de tal manera que me lloran los ojos y siento que tengo la cara en llamas.

—Anda, Nicco, no te hagas el duro, se nota que pica.

Estallamos en carcajadas de nuevo, y para que se nos pase bebemos mucho vino. Al final a Gio y a mí nos han tocado tres pimientos picantes a cada uno, mientras que a las chicas ni uno.

—Qué raro —dice Elena riendo—. Normalmente a lo mucho te encuentras uno que pique. ¡Esta vez la traen con ustedes dos, ¿eh?!

—Y ustedes, qué suerte..., ¿han hecho un pacto con estos pimientos endiablados?

Y seguimos sonriendo y bebiendo. María y yo hablamos un montón, y estoy seguro de que a veces hay cosas que no las entendemos del todo..., pero la atmósfera es tan bonita y ligera que es uno de esos inexplicables momentos de felicidad.

Cuando acabamos de cenar, seguimos nuestra ruta turística y llegamos al mirador que se veía desde el restaurante, rodeado de palmeras que se recortan sobre una antigua iglesia de piedra de color ocre, desde el que se aprecia la extensión de casas blancas de Vejer.

Gio nos propone sacarnos una foto a María y a mí juntos para inmortalizar este momento, ella y yo abrazados, con las casas al fondo.

—¿No? Me encanta hacer estas cosas de postal —dice lanzando una mirada elocuente en dirección a Elena.

Nos miramos sonriendo, estamos de acuerdo. Elena hace una mueca.

Gio nos enfoca con su iPhone.

—Vamos, sonrían... Así, muy bien. —Y saca la foto—. Les hago otra a contraluz... —Y saca otra.

—Espera —se mete Elena quitándole el celular de las manos—. La haremos con Instagram, quedan aún más bonitas...

Se ha rendido a hacer cosas turísticas, pero cuando hay que decidir algo, es ella, en cualquier caso, quien tiene la última palabra. A menudo incluso la primera.

—Pero sin Instagram también puedes cambiar luego la luz, filtrar la foto, quitar lo que no te guste... —protesta Gio.

—Con Instagram también puede hacerse y quedan todavía mejor...

Elena es un hueso duro de roer, puede que se deje poner la mano en el muslo, pero no se deja dominar. Y así empiezan a discutir mientras nosotros seguimos allí, posando, y yo los miro divertido. Luego María también se echa a reír y niega con la cabeza, pero Gio y Elena continúan como si nada, y yo creo que hasta una riña estúpida puede parecer una ópera lírica con María entre mis brazos.

Después del mirador, Elena nos lleva al castillo de Vejer, un edificio privado. Viene a abrirnos un empleado municipal que ella ha contactado a través de la agencia de publicidad. El señor nos cuenta enseguida que el ayuntamiento está intentando adquirir todo el complejo, que ha sido abandonado a consecuencia de una disputa entre los herederos. Al ayuntamiento le gustaría convertirlo en un centro cultural, donde los jóvenes de Vejer pudieran expresar libremente su vena artística. Yo me pierdo imaginando en qué podría convertirse este lugar misterioso lleno de encanto, animado por chicos de nuestra edad: bailes, música, teatro, cine. Sería realmente fantástico. ¡Cuántos amores podrían nacer entre estas paredes, cuántas cosas podrían contar estas salas tan antiguas a los jóvenes que las visitan!

Es una casa grande, a la que se accede a través de una empinada escalera de piedra y que nos esconde una sorpresa. Una serie de terrazas que se asoman a una increíble vista sobre el mar.

—Miren, allí a lo lejos está Marruecos —nos dice Elena.

No sé si serán estas casas blancas, el cielo o la inmensidad del mar a lo lejos, pero siento que no podré olvidar estos momentos en toda mi vida.

María tiene un poco de miedo, le da vértigo, pero yo la tranquilizo, estoy aquí para estrecharle la mano.

Elena, naturalmente, continúa leyéndonos toda la historia de Vejer, con traducción simultánea. Mientras la escucho me pregunto si existe la aplicación «Elena» para el celular.

—«Declarado Conjunto Histórico-Artístico en 1976 y ganador del Premio Nacional de Embellecimiento de los Pueblos en 1978, Vejer de la Frontera expresa todo su esplendor en la arquitectura popular araboandaluza.»

Elena sigue hablándonos de la increíble belleza del lugar, y yo no puedo evitar abrazar a María. Ella me mira y de vez en cuando esboza esas sonrisas que son solo suyas.

—Desde aquí pueden ver el recinto amurallado y el casco antiguo, y allí está el castillo medieval, del siglo XI, el barrio judío y el arco de la Segur. Aquí también dice que no hay que perderse la iglesia del Divino Salvador y el santuario de Nuestra Señora de la Oliva, en cuyo altar se expone una imagen del siglo XVI. ¡Vamos, tenemos que verlo todo, no podemos perder el tiempo!

Caminamos a paso ligero por las callejuelas estrechas, corriendo el riesgo de caernos de bruces en más de una ocasión; parecemos los protagonistas de un anuncio sobre la alegría de vivir, mientras nuestros pasos resuenan alegres sobre el empedrado.

La iglesia del Divino Salvador se nos presenta con toda su belleza, y el campanario de piedra impresiona bajo el cielo estrellado.

—Nicco, yo ni en Roma entro en las iglesias. ¿Me estaré

convirtiendo de verdad al *ammore*? —me dice Gio intentando bajar la voz, pero Elena lo acalla enseguida.

—¿No ves que hay misa?

Muchas señoras están arrodilladas en los bancos de la iglesia, bastantes llevan velos negros en la cabeza y algunas se vuelven para mirarnos. Está claro que estamos fuera de lugar.

—Aquí, si no estamos callados, nos echarán a patadas.

Lo que más me impresiona es el blanco de las paredes, muy cuidadas, al igual que las de las casas del exterior, pero también el pavimento de rombos blancos y negros, peculiar para una iglesia. En cuanto salimos, enseguida nos echamos a reír, no podemos contener la alegría que llevamos dentro.

—Oh, esperemos que cuando sean viejas no se pongan ustedes también los velos y las faldas largas y negras —dice Gio dirigiéndose a Elena y a María.

—¿Por qué?, ¿crees que todavía seguiremos viéndonos? —pregunta Elena levantando una ceja.

María sonríe.

—Nicco se convertirá en un guapo viejecito apuesto y siempre amable, ¿no es cierto? —Y me mira a los ojos.

Yo, solo de pensar en nosotros dos pasando la vida juntos, me derrito como la nieve al sol.

—Sí, y Elena todavía será más hermosa, si es que eso es posible... —se apresura a decir Gio.

Elena, la hermética, se ruboriza. Esto ya parece un contrato matrimonial, para alguien que marca tanto las distancias como ella.

Luego reacciona rápidamente y contesta siguiendo su estilo:

—En cambio, tú, si no dejas de comer, te arriesgas a convertirte en un buda con coleta.

A Gio no le hace gracia, y entonces Elena lo agarra del brazo y seguimos con nuestro recorrido turístico. Tengo que decir que todos los rincones de Vejer tienen algo especial, balcones, patios escondidos, pequeños recovecos donde sería bonito perderse y quedarnos solos, con sus ojos en los míos. Pero todavía no quiero arriesgarme, quizá María está pensando en su Marcos, justo ahora que mira pensativa hacia un pequeño balcón que parece tapiado.

—Sí, es éste, lo recuerdo —dice—. Es una historia muy curiosa: se dice que a principios de siglo había una chica guapísima en Vejer que se asomaba todas las noches a este balcón porque tenía ganas de salir, de divertirse, de encontrar a su amor, y entonces se escapaba con los chicos que la invitaban. Su padre, celoso, decidió hacer tapiar el balcón para tenerla toda para sí. ¿Lo ven?, está tapiado.

—Qué locura —digo yo.

—¿Y qué tiene de malo? Yo también haría lo mismo para defender a mi hija —interviene Gio.

—Pero ¿qué dices? ¡Entonces eres un machista, un... un bárbaro! —le espeta Elena, hecha una furia, mientras acelera el paso y se aleja de él.

—Que no, Elena, que era una broma, lo decía por decir. Para mí una mujer puede salir todas las noches si quiere.
—Y la persigue, pero es difícil alcanzarla.

María y yo lo aprovechamos para quedarnos solos y caminamos lentamente, para conquistar paso a paso un poco de intimidad.

—¿Sabes?, es bonito pasear contigo, incluso sin hablar, tomándonos simplemente de la mano.

—Sí, a veces las palabras no son necesarias —me contesta María, estrechándome la mano con fuerza.

Cruzamos todo el pueblo y salimos a una gran explanada, frente a un molino de viento, el molino de San José. Gio y Elena aparecen un poco más allá, llegan y se sientan en un banco. Oigo sus voces a lo lejos.

Gio intenta abrir algún tema.

—Hemos pasado unos momentos realmente bonitos hoy...

—Sí. —Elena se queda un rato en silencio; entonces se vuelve hacia él—. Me ha gustado esa frase que has dicho antes.

—¿Cuál?

—Que no se ve todos los días un espectáculo como yo.

—Pues es verdad. —Gio se ha quedado mudo, ya no sabe qué decir o hacer.

Se quedan así un instante en silencio, como suspendidos en la humedad, en el silencio de la noche. Entonces él saca su iPhone y lo levanta por encima de sus cabezas. En la pantalla se ve un ramito de muérdago.

—He leído en la guía que también aquí en España tienen la costumbre de besarse debajo del muérdago; no querrás tentar a la suerte, ¿verdad?

Elena se ríe.

—Yo creo en las tradiciones.

Y entonces se le acerca y finalmente se dan un beso. Y nosotros los vemos y permanecemos en silencio, no nos atrevemos a mirarlos, no sabemos hacia dónde volvernos. Después, al final, nuestras miradas se encuentran, nos sonreímos. María niega con la cabeza y habla lentamente para que pueda traducir sus palabras.

—Gio es siempre imprevisible. ¿Tú crees que al final acabarán juntos? No irá a llevarse a Elena a Italia, ¿no? Ella es fundamental para mi trabajo en la agencia... —dice, o al menos eso es lo que entiendo de su español.

—Tal vez lo haga, sería un final perfecto para una historia de amor, ¿no crees? —le contesto mirándola intensamente.

Ella baja los ojos.

—Sí, sería estupendo...

—¿Y si fuera yo quien se llevara a alguien conmigo a Italia?...

Nos quedamos mirándonos así, el uno frente al otro, estamos tan cerca que puedo percibir cada latido de su corazón, distinguir el pulso en su cuello, la tensión que hay entre nosotros. Entonces sonreímos sorprendidos cuando una farola se enciende de repente, y nuestros rostros se iluminan mientras nos rodea la noche.

Permanecemos así, con la nariz hacia arriba, apuntando al cielo. Entonces me vuelvo hacia María. Espío su rostro encantado por la atmósfera romántica, las luces de Vejer, encendidas. Ella se vuelve, le sonrío.

—No sé si realmente existe, pero si existe tú eres mi destino.

Y la atraigo hacia mí con dulzura, y María se deja llevar y cierra los ojos, y la abrazo y nos perdemos en ese beso, delicadamente mojado, blando, lento, lleno de pasión, de espera, y ahora de deseo y de sueño. Ese beso en el que yo ya no tenía esperanzas, ese beso tan inesperado para María. Y de vez en cuando abrimos los ojos y nos sonreímos, y empezamos a besarnos de nuevo, bajo los ojos de este pueblecito encantado, bajo la música que se pierde en el viento a lo lejos, acompañados por las aspas del molino de al lado que se mueven lentamente.

Y pienso en la belleza de ese beso. Es capaz de decirlo todo, todo lo que mil palabras no bastarían para decir. Un beso es la carta de amor más clara y más hermosa que pueda escribirse nunca..., pero ¿será suficiente?

35

Cuando regresamos a la casa, debemos de parecer esas parejas que están de vacaciones, tomados de la mano, caminando lentamente en silencio, y de vez en cuando murmurando algo como: «¿Has visto la luna?», o «Cuántas estrellas hay esta noche...» o «Qué velada tan fantástica».

Y yo no soy menos.

—Me gustaría que esta noche no terminara nunca —digo.

Y la estrecho con fuerza y María sonríe y seguimos caminando abrazados, sin hablar, y me gustaría no soltarla nunca. Es como si me recorriera un estremecimiento continuo, que un fuego perenne ardiera en mi interior: no pensaba sentir algo tan intenso por ella. ¿No será María solo una fantasía mía, una ilusión?, se me ocurre pensar. A veces proyectamos en la persona que estamos convencidos de amar en ese momento el deseo de lo que llevamos toda la vida buscando, el amor que nos gustaría encontrar. Y mientras camino, respiro entre sus cabellos, huelo su perfume, el sabor de toda ella. No, es real, es todo lo que estoy viviendo, es la felicidad que siento, es la belleza de este momento.

Elena nos llama al orden:

—Bueno, hemos llegado...

«¡Muuu, muuu!», nos muge el loro románticamente; parece que quiera traernos a la realidad a toda costa. Nos echamos a reír, porque la historia de este loro es increíble, al igual que lo ha sido todo este día.

Entramos primero nosotros, Gio y Elena nos siguen y se detienen a nuestra espalda, sus habitaciones están antes que las nuestras. Nos despedimos de manera afectuosa, pero al mismo tiempo nos cuesta esconder cierta incomodidad, un infantil sentimiento de vergüenza. Los dejamos allí y entramos en la cocina a tomar un vaso de agua. En realidad no tengo sed, solo quiero ganar un poco de tiempo e intentar aplacar la incomodidad que me crece por dentro.

Cuando volvemos al pasillo, Elena y Gio han desaparecido. ¿Habrán ido a la habitación de Gio? ¿De Elena? ¿Cada uno a la suya? Quién sabe si dormirán juntos. María me mira sin hablar, pero ha pensado lo mismo. Me sonríe, luego nos paramos frente a su puerta.

—Ha sido una tarde estupenda... —le digo en español, seguro de decir algo mal.

Sin embargo, no me da tiempo a acabar la frase cuando María me abraza y se hunde en mi pecho, esconde el rostro y luego se vuelve hacia un lado. Yo me quedo con los brazos abiertos, no sé qué hacer. Entonces le acaricio el pelo y veo que ella se lleva la mano a la boca, se muerde una uña, y en ese gesto adivino toda su inseguridad, sus miedos, su indecisión.

—María... —Le levanto el rostro poco a poco, con delicadeza, hacia mí. Ahora sus ojos grandes me miran fijamente. La luz de la luna solo deja entrever una pequeña parte de su piel tan blanca, fuera de la sombra del cabello—. María...

La sujeto delicadamente entre las manos como un diamante robado, tan precioso, tan raro. Observo embelesado cada uno de sus mínimos reflejos. La luz de sus ojos, el color de su boca, la piel delicada de su rostro en la penumbra de esta noche, nuestra noche. Ojalá sea de verdad nuestra, al igual que tiene que serlo cada día. «Cada día es tuyo.» Como las ganas de dar un sentido a cada instante de nuestra vida, para que nada se pierda ni se malgaste, para que todo pueda ser lo más bello posible, como brotes recogidos al alba y conservados al fresco, como luciérnagas que se atrapan en una noche de mediados de verano y se guardan allí, en esa antigua lámpara para dar luz a momentos como éste, a esta noche mágica. Y poco a poco nos acercamos y nos quedamos a un milímetro de todo. Con nuestras bocas abiertas, respirándose, llenándose el alma, el corazón, hablando de amor en silencio, nutriéndose de mordiscos imaginarios, porque se avergüenzan, porque todavía no han tenido el valor de rendirse. Y, sin embargo, me parece todo tan increíblemente claro..., ¿o solo lo estoy soñando?

Y entonces, de repente, cedo ante ese juego de respirarse encima, de rozarse los labios. Me derrumbo y la estrecho en mis brazos y la beso, al principio con delicadeza, después con furia, con deseo, con hambre, como si pudiera tranquilizarla, apartar cualquier duda, cualquier mínima incerteza, establecer ahora y para siempre que es así y ya está, y que lo será hasta el infinito, o al menos mañana y pasado mañana aún, y todos los días que sigan, por mucho tiempo, porque ahora no me es posible imaginar un final.

Y luego, de repente, sucede. Siento que se pone rígida entre mis brazos, su boca se aparta, y ella se queda así, con los ojos cerrados.

Y todo cambia.

Aquella pasión que antes parecía serlo todo ahora se diría que es casi ridícula, tonta, estridente, fuera de lugar. Entonces María se separa de mí y cuando vuelvo a abrir los ojos me parece como si de repente se hubiera hecho de día y hubiéramos sido arrancados de un sueño precioso. Estamos despiertos, trágicamente lúcidos. ¿Adónde ha ido a parar la magia de hace un momento? Es como si las estrellas se hubieran retirado, la luna simplemente estuviera cubierta y todas las aspas de esos molinos, por una desconocida, dramática broma, de repente se hubieran parado. Silencio. María también abre los ojos y me mira.

—No puedo más.

Y me da un beso ligero en la mejilla, luego se da vuelta sin añadir nada y llega a la puerta de su habitación. Abre el pequeño bolso. Miro su mano, que busca nerviosa, y sé que cuando encuentre lo que busca ya no habrá ninguna posibilidad, ningún remedio. Pero ahora todavía podría dejarlo, no buscar más, quedarse inmóvil con la mano quieta en ese bolso. Después suspirar profundamente, volverse de golpe y, sonriendo, correr hacia mí y al final besarme. María niega con la cabeza.

—Qué estúpida, no hay llave, no estamos en un hotel.

Por un instante pienso que ha fingido confundirse solo para quedarse un momento más conmigo, que por eso se ha demorado buscando una llave que no existía. La llave de su corazón... Después empuja la manija hacia abajo y abre. En el umbral se filtra la luz verde de la lámpara del patio. Verde... Me hace gracia que María se vaya entre el verde, que mi historia con ella acabe con el color que debería ser el de la esperanza. María abre la puerta, entra en su habitación.

Después la cierra a su espalda. «No puedo más»... Menos mal que no ha dicho «Lo siento».

36

«Amar significa no tener que decir nunca "lo siento".» Lo decían en una película, la preferida de mi madre: *Love Story*. Nunca lo había pensado antes. Recuerdo cuando Ali McGraw, la protagonista, pronuncia esa frase. Se pelea con su novio porque quiere que haga las paces con su padre, pero él no tiene ninguna intención de hacerlo. «¡Desaparece de mi vida!», le grita con rabia. Ella se va corriendo. Ryan O'Neal la busca por todas partes, durante todo el día, corre al conservatorio, abre todas las aulas, pero nada. La encuentra llorando en los escalones de su casa entrada la noche. «Lo siento», murmura Oliver, así se llamaba el personaje de O'Neal. Y ella contesta: «Amar significa no tener que decir nunca "lo siento"».

Una noche hablé de ello con Alessia, sobre esa frase, me contestó que no entendía bien el sentido, nunca había visto la película, y que yo era un «antiguo» apasionándome por esas cosas: «¡Pero si ni siquiera mi abuelo se acuerda de ella!».

La primera vez que la vi, un domingo de esos que te pasas la tarde delante de la tele, lloré como un niño. Y cuando mis hermanas volvieron y me encontraron con los lagrimones, me avergoncé tanto que dije que había estado en el balcón fumando bajo la lluvia y se me había mojado la cara. La clásica excusa tonta de esos tiempos.

Y ahora me gustaría llorar como una fuente, como una cascada, porque yo también he perdido a mi amor. No se la ha llevado una enfermedad, sino un petimetre de gimnasio criado a base de chuletón y frijoles con la cara de Big Jim. Marcos, él es la parte menos romántica de esta historia. Todavía me vienen a la cabeza sus pies kilométricos, que sobresalían de sus pantalones en el mercado. Pero ¿puede alguien enamorarse de un tipo que calza un cuarenta y nueve?

Ahora miro mis tenis, me he abandonado en la cama sin siquiera quitármelos. Están manchados de tierra después de la excursión por el parque. Pienso que me han traído hasta aquí lleno de esperanzas. Mientras que ahora solo me queda alguna salpicadura de barro que hay que quitar. Para borrarlo todo, solo tendré que lavarlos. Tal vez sea así con la suela de las Nike, pero ¿y con mi corazón?

Intento distraerme. Y los ojos van a parar al sombrero de cowboy que está encima del armario, iluminado en la semioscuridad por la luz que procede del patio. Ni siquiera puedo ponérmelo y dar una vuelta gloriosa por la casa, como los héroes de los westerns. No, en este caso soy yo el derrotado, soy el jefe indio expropiado y humillado. Ya de pequeño tomaba partido por ellos: ¿puede ser que siempre haya estado en el bando equivocado? Mi pequeña india conquistada por otros. ¿Tal vez no he luchado lo suficiente por conseguirla?

Doy un golpecito a la pared sobre mi cabeza para tantear su consistencia; me engaño a mí mismo fingiendo que es eso. En realidad, es un último intento para llamar la atención de María, que está en la habitación adyacente a la mía, para pedirle que lo piense, que me dé otra oportunidad. No llega respuesta y entonces me ilusiono imaginando que la pared es demasiado gruesa y no lo ha oído.

Me incorporo y me siento en la cama, con las piernas colgando. Después me decido. Con la furia de mil toros, no puedo rendirme.

Un segundo después estoy delante de la puerta de Elena llamando como un loco.

—¡Elena, Gio...! ¿Están ahí?

Se abre la puerta de la habitación del fondo y aparece Elena con los cabellos revueltos. Me sonríe, maliciosa.

—Estábamos... charlando —dice a continuación como para justificarse.

Por suerte, he llegado a tiempo, antes de que estuvieran en... mitad de la conversación.

—Te lo ruego, te necesito, tienes que hacerme un favor, solo tú puedes ayudarme. —La tomo de la mano. Entonces vislumbro a Gio, que me mira desde la cama frunciendo la frente. Por suerte todavía está vestido. Me disculpo—: Gio, te la devuelvo enseguida. ¡La necesito dos minutos, solo dos, te lo juro!

Salgo de su habitación arrastrando a Elena descalza conmigo y, con el rabillo del ojo, veo que Gio nos sigue hasta la puerta para quedarse plantado allí, con las manos en las caderas, negando con la cabeza como diciendo: «¿Te parece que es el momento?».

—Bueno, aquí estamos... —digo yo. Me he parado delante de la habitación de María. Llamo y Elena me mira desorientada.

—Pero ¿qué tengo que hacer?

—Traducirle mi amor. Te lo ruego. ¡Oh, no te equivoques! De lo contrario, habremos fracasado los dos... —Sé que pulsar la tecla de la eficiencia es la carta ganadora con Elena.

Oigo los pasos sigilosos avanzando por encima de las tablas de madera, que crujen un poco. Un segundo después, María abre la puerta y se queda sorprendida al vernos allí a los dos.

—Espera, María, no hables.

Y Elena traduce perfectamente. Después me mira, esperando que yo continúe, cosa que hago sin tomar aliento. He estado callado demasiado tiempo con las personas a las que quería, acumulando demasiados pesares. No quiero tener que seguir arrancándome los cabellos.

—Tengo que decirte toda la verdad. —Inspiro profundamente y arranco como un tren—: Desde que te fuiste no he hecho otra cosa que pensar en ti y he comprendido en lo que te has convertido para mí, y me he quemado el coco día y noche sobre lo que no te dije. —Espero a que Elena traduzca. En un momento dado se para, frunce la frente:

—¿«Quemado el coco»?

Gio, que se ha quedado cerca de la puerta para no dejarse ver, sugiere en voz baja:

—Sí, bueno, se ha quedado pasmado.

Pero «quedarse pasmado» todavía es más difícil de traducir para Elena, de modo que intento facilitarle las cosas.

—Reflexionado. He reflexionado mucho.

Mi intérprete asiente y sigue traduciendo, muy profesional. En cuanto acaba, me mira impaciente, como si estuviera esperando la segunda parte de esta comedia sentimental, ahora ya completamente implicada en la historia. Mejor dicho, digamos que la mitad la ha escrito ella. Entonces prosigo con más ímpetu que un toro:

—Te conocí en un momento difícil de mi vida y casi no hablo español. Pero cada vez que he encontrado tu mirada, he comprendido que no necesitaba palabras. Día tras día, en Roma me fui enamorando de ti, de tu sencillez, de tu sonrisa, de tus atenciones, de tu generosidad, de tu belleza, de cómo tú, incluso llevando puesta una playera blanca, eras la mujer más elegante del mundo... Y no digamos sin ella. —Elena se echa a reír, también María, que está ligeramente conmovida—. Pero eso son solo detalles, pequeñas cosas, respecto a lo que de verdad sentí en mi corazón.

Entonces me paro un momento para recobrar el aliento, para ver qué efecto está causando todo esto en María, y su sonrisa me anima. Elena acaba de nuevo de traducir y me mira cada vez más curiosa.

—Bueno, sigue, yo también quiero enterarme.

Le sonrío.

—Gracias —digo, y continúo—: Nos hemos dicho muchas cosas, tú en español y yo en italiano, y a pesar de que no las hemos entendido, estoy seguro de que eran las adecuadas, las que queríamos decir y que nos dijeran. Fui a Madrid, después a Hondarribia, y luego he venido a Vejer... He viajado a España por ti...

Hablo tan deprisa que a Elena le cuesta seguirme, pero veo que se esfuerza al máximo, no creo que esté acostumbrada a perder. Le cuento toda la verdad, desde el momento en que no la encontré en el hotel de Roma, la dirección falsa del portero; le hablo de Venanzio, que nos ayudó, de Elena, sin la cual no habría llegado hasta ella. De cuando la vi en el mercado con ese tipo y de cuando fingimos estar pidiendo aventón.

Elena intenta introducirse en la conversación con sus explicaciones, no quiere pasar por una embaucadora. Levanta un dedo para pedir la palabra, me interrumpe.

—Lo he hecho por amor —dice. Y Gio, pegado a la pared, sonríe victorioso, ahora ya convencido de que Elena aceptó hacer el montaje del anuncio y todo lo demás porque estaba completamente loca por él, desde el primer instante en que lo vio—. Calculé las posibilidades que tenían. No podía dejar que este amor fracasara —explica mejor. Luego me hace una señal para que continúe.

—Claro, puedo parecerte ridículo, pero he puesto en marcha todo este montaje sobre todo porque quería disponer de tiempo, ese tiempo que me faltó en Roma para decirte que... eres tú. —Y me quedo un instante en silencio. María tiene los ojos brillantes—. Tú eres la persona que esperaba, tú eres la chica que siempre quise, tú eres quien me ha hecho cruzar el mar, venir a otro país sin ninguna seguridad de encontrarte, como si fuera la cosa más sencilla del mundo...

Entonces me meto la mano en el bolsillo y saco la pequeña piedra con forma de corazón.

—¿La recuerdas? La olvidaste en Roma... Mi corazón, en cambio, te lo llevaste contigo.

María me sonríe y agarra con las dos manos la pequeña piedra que le regalé cuando fuimos de excursión a las Grotte di Nerone, en Anzio. La mira como si fuera un diamante que hubiera perdido y buscado durante mucho tiempo, lo más precioso del mundo.

Luego responde y esta vez Elena traduce para mí:

—Qué alegría volver a tener tu regalo... No sabes lo feliz que soy. La metí en el cajón y no me acordé hasta que ya estuve en el avión. Pensé que no volvería a verla, al igual que lo pensé de ti. Creí que solo habías estado divirtiéndote conmigo, que estuvimos a gusto pero que volverías con tu novia, por la que sufrías tanto.

La interrumpo:

—¡Fui un estúpido, tienes razón! No supe hasta que no te encontré en el hotel que te necesitaba como al aire, que mi instante de felicidad eres tú. Y me gustaría que lo fueras para siempre...

María no puede contener las lágrimas y esconde el rostro en mi pecho. Llora y lloro yo también, y nos besamos, y nos abrazamos, y cuando exhaustos por esos sollozos de amor nos separamos, nos damos cuenta de que Elena ya no está. Nuestra cupido ha lanzado la flecha y se ha escondido. También Gio ha desaparecido. Y por un instante creo que los he soñado. Miramos a nuestro alrededor y nos dan ganas de reír porque no podemos entender cómo han podido esfumarse en un santiamén.

Entonces María me toma de la mano y a continuación entramos en su habitación. Y ya sé que ésta será una noche que no olvidaré nunca, que formará parte de mi vida independientemente de cómo acabe todo. Y no es por cómo besas a esa persona o haces el amor con ella, no es solo por el placer físico, sino que es por esa sensación única que en un momento te hace comprender realmente lo que es el amor. Sí, eres tan feliz, estás tan contento, satisfecho, saciado, realizado..., pero en realidad ninguna de esas palabras consigue expresar lo que sientes de verdad. Y entonces creo que lo mejor será que me detenga aquí, porque no creo que se hayan inventado palabras y adjetivos suficientemente acertados y bonitos todavía para poder contener, o al menos intentar explicar, este instante, mi instante de felicidad.

37

A la mañana siguiente nos encontramos todos en el desayuno, en una pastelería no muy lejos de la casa, La Exquisita. Nos sentamos cerca de las grandes ventanas y disfrutamos del panorama maravilloso. La luz se refleja en las casas blanquísimas, que parecen brillar con luz propia. Pedimos un poco de todo, naturalmente siguiendo las indicaciones de Elena: tortas vejeriegas, pan durito, y sobre todo camiones, unos dulces de hojaldre rellenos de crema, los cuales tampoco tienen nada que envidiar a nuestros queridos *maritozzi*.

A pesar del griterío de los clientes, reconozco la canción que oímos durante el viaje de ida, *Pokito a poko*, de Chambao, que habla de lo importante que es encontrar tu propio camino para crecer, no caminar solo por caminar. «Que tus ojos son mis ojos, que tu piel es mi piel...» Se lo digo a María, señalando tontamente hacia el techo, como si el sonido procediera de la gran lámpara que ilumina la sala. Pero ella lo entiende, hace un gesto de asentimiento y me quita una migaja de pan tostado de la camiseta. Tengo amigos de verdad y una persona importante a mi lado, me siento afortunado.

—¿Quién quiere un capuchino?

Todos levantamos la mano, también María, de modo que Gio recoge los capuchinos y los trae a la mesa. María toma la jarra y me sirve un poco de jugo en el vaso, después me sonríe y me toca la mano haciéndome una caricia. Yo doy un sorbo a mi capuchino, me seco los labios con una servilleta y me acerco a ella para darle un beso. María sonríe, me coloca una mano sobre el hombro y pone los labios en los míos. Son suaves, frescos, y como un bobo me da por catar ese beso. Y así le muerdo el labio inferior, lo succiono, y a ella le dan ganas de reír, se aparta de mi boca pero luego se toca con el dedo ahí, donde acabo de morderla. Me dice algo que no entiendo pero luego me agarra la cabeza entre las manos y me besa convencida. En la villa de enfrente, entreveo a una pareja mayor, con bata de florecitas ella, camiseta y pantalón corto él, que nos observan enternecidos. Han decidido igual que nosotros desayunar al aire libre. Están en excelente forma, comen, hablan, nos saludan con la mano. Respondemos cordiales. Ella se ríe y se tapa la boca con los dedos, él insiste para que pruebe una rodaja de melón. Cómo me gustaría que María y yo llegáramos a ser así, como esa pareja de ancianos, con el pelo blanco y una carcajada que intercambiar por la mañana. Miro a María, corta trocitos de mantequilla y los pone encima del pan tostado. Está concentrada en esa operación y lo hace con delicadeza porque no quiere romper el pan medio ennegrecido. Y yo pienso que me gustaría verla todas las mañanas, y dentro de exactamente cincuenta años me gustaría volver aquí y sentarme en esta mesa para desayunar con ella. Y tal vez ese día saludar con la mano a dos jóvenes en la casa de enfrente, que acaban de conocerse y tienen todo su amor por delante. María levanta los ojos, como si hubiera advertido la intensidad de mi mirada llena de proyectos y de esperanzas.

—¿Todo bien? —me pregunta.

—Sí... —Y me pongo de nuevo a comer. Ella sonríe y da un mordisco a mi pan.

¿Va todo bien? No lo sé. No sé qué decidirás hacer con tu vida, María. Y, sobre todo, qué quieres hacer con nuestra vida. ¿Ha sido una noche? Una noche preciosa, pero ¿solo una noche? Las cosas bonitas necesitan tiempo. El tiempo sirve para demostrar a todos lo realmente bonitas que son. En efecto, mi padre y mi madre fueron y son algo bonito. Le sonrío mientras sigo comiendo. Y nosotros, tú y yo, ¿seremos algo bonito, María?

El viaje de regreso se me hace más corto que el de ida, no sé por qué, pero a veces el mismo trayecto parece tener un ritmo completamente distinto. Me habría gustado que hubiera durado el doble, porque he estado todo el tiempo abrazado a ella. Cuando llegamos frente a su casa, bajo con María, la ayudo a sacar su equipaje de la cajuela, y después les hago una señal a Gio y a Elena para que se vayan: me reuniré con ellos en el hotel. Me quedo solo delante de su casa y pienso en lo tristes que son las despedidas.

—Mañana por la noche regreso a Roma, María, pero podría quedarme un poco más de tiempo, todo depende de ti... —le digo despacio, para hacerle comprender el italiano.

Veo que quiere responder, pero la detengo.

—No digas nada ahora, piénsalo. Te esperaré hasta mañana por la mañana a las nueve en mi hotel.

Le doy la tarjeta.

—Después iré a Madrid y desde allí a Roma.

—Yo...

—Chist.

Ella asiente, le tomo la mano y se la beso reteniéndola en mis labios durante un tiempo infinito. Luego me doy la vuelta y me voy sin decir nada, pero con la esperanza de volver a verla pronto.

Cuando llego al hotel, Elena y Gio me informan de que han decidido ir a cenar a un sitio muy bonito, del que la guía habla muy bien, e insisten para que vaya con ellos.

—No, gracias, vayan ustedes, en serio, no hay problema. Solo una cosa... —Levanto el índice—. Gio, ¿puedes venir un segundo?, tengo que pedirte una cosa.

Y él le sonríe a Elena, se disculpa y se reúne conmigo.

—Qué bien se ven juntos.

Mi amigo me mira con curiosidad.

—Gracias, pero ¿era eso lo que querías decirme?

—No... —Me quedo un momento en silencio—. Verás, quería saber: ¿qué escribiste en aquella nota? A lo mejor a mí también me trae suerte. Ahora ya puedes decírmelo.

Gio asiente.

—Le escribí: «¿En serio renuncias al amor?».

—Pero ¿te referías al amor entre María y yo o era al de ustedes?

Entonces Gio me mira y sonríe, y sin decirme nada regresa con ella.

Los miro mientras salen. Me alegro por ellos.

Más tarde ceno solo en el restaurante del hotel, pido un bistec con un plato de papas, pero no toco nada, tengo el estómago cerrado. Ni siquiera están los dos abuelitos teleadictos haciéndome compañía. Se habrán ido. Y, sin embargo, esta noche les cedería el control remoto y quizá me tumbaría entre los dos para aturdirme con uno de esos programas inquietantes. «Pesadilla en la cocina sin María» o «Busco casa desesperadamente... con María», ésos son los títulos que llego a imaginarme. Decido ir a dar un breve paseo por los alrededores. Al final subo a mi habitación.

Me bebo una cerveza y también un botellín de ron que saco del minibar con la esperanza de que todo este alcohol me dé sueño. Pongo el despertador a las siete, con la tonta ilusión de poder dormir toda la noche. Sin embargo, doy vueltas en la cama, enciendo la luz, la apago, voy al baño, apago de nuevo la luz, miro el despertador; derrotado, enciendo la tele, paso de un canal a otro. Encuentro una repetición de un partido de futbol, Barça-Real Madrid, que al principio me divierte, pero al final acaba por aburrirme también. Entonces la apago y agarro un libro que me he traído y que todavía no he empezado a leer, *La verdad sobre el caso Harry Quebert*. He visto que últimamente en el quiosco lo pedía mucha gente. Lo abro por una página al azar:

> —Marcus, ¿sabe cuál es el único modo de medir cuánto se ama a alguien?
> —No.
> —Perdiendo a esa persona.

No necesitaba ese consejo, Harry. Lo sé por mí mismo y no quiero perderla de nuevo.

Está amaneciendo cuando decido darme un baño, luego me visto con calma, quito el despertador antes de que suene dentro de un rato y bajo a desayunar. Han abierto hace poco y naturalmente soy el primero. Tomo un poco de café y un cuernito. Hojeo un periódico que he encontrado sobre la mesa para pasar el tiempo.

Cuando salgo ya son las ocho. Falta una hora, después me iré hacia el aeropuerto. Casi puedo oír el paso apremiante de los segundos combinado con el latido de mi corazón, una especie de condena de la que no se puede huir. Me siento en el banco de fuera. Veo pasar los coches, gente que llega al hotel, gente que se va. Un señor está trotando, otro ha sacado a pasear al perro.

Todos vivimos los mismos minutos, en el mismo lugar y, sin embargo, para cada uno se dilatan en desmesura o pasan en un santiamén, según cuál sea tu estado de ánimo. Y lo que esperes en ese momento de la vida.

Miro el reloj. Me parece que las agujas se han detenido y que lleve sentado ahí una eternidad: he nacido, he sido joven, he envejecido en este banco. Por otra parte, me gustaría quedarme hasta el infinito, tener todo el tiempo del mundo para esperar que todo sea aún posible. No es importante cuánto esperas, sino a quién esperas.

Miro a mi alrededor, hace un bonito día, pero no tan bonito porque no llega nadie.

Entonces me levanto, comprendo que se ha terminado, que todo lo que sucede dentro de mí no tiene nada que ver con lo que sucede a mi alrededor. El mundo y yo viajamos a velocidades diferentes. Pero no me da tiempo a volver a entrar en el hotel cuando oigo que me llaman.

—¡Nicco!

Me vuelvo, es María, que llega en bicicleta. La deja caer sobre el césped, luego corre hacia mí y me salta encima, me abraza, me da un beso precioso y después me dice medio en italiano:

—¿Puedes *restare* un poco más? Me gustaría *molto*.

Y yo respondo a su beso levantándola en el aire abrazada a mí y luego me río:

—¡Pues sí que hablas un poco de italiano!

Mete la mano en el bolso y saca un diccionario.

—Lo compré hace *settimane*. Tal vez en mi *cuore* yo también esperaba volver a verte.

Y volvemos a besarnos.

Hay algo que siempre me ha sorprendido de María. Cada vez creo acordarme de cómo es un beso suyo, pero cada vez consigue asombrarme. Siempre me parece nuevo, distinto de todo lo que me parecía conocer. Entonces intento retenerlo en mi mente, pero ya sé que el próximo me sorprenderá del mismo modo porque, es inevitable, será más bonito.

Puedes levantarte muy temprano por la mañana, pero tu destino siempre se levanta una hora antes que tú. Alguien dijo que la felicidad no existe, por tanto no nos queda más que intentar ser felices sin ella. Yo no sé cómo son las cosas en realidad, no sé si existe o no, solo sé que en este momento estoy loco de alegría y me gustaría detener las agujas de este reloj descontrolado, y que este instante de felicidad durase para siempre.

AGRADECIMIENTOS

Me gustaría dar las gracias a Paolo Valentino, que, junto a todo su equipo, me ha ayudado con mucha paciencia y con excelentes sugerencias. A veces nos hemos quedado al teléfono hasta entrada la noche. Me ha recordado cuando era joven, cuando tal vez estabas hablando por teléfono con la persona que te gustaba y no colgabas nunca, no parabas de decir: «Cuelga tú...», y del otro lado te contestaban: «No, cuelga tú...». Y al final, agotado, te daban las mil con la esperanza de que tus padres no te cacharan, porque al día siguiente tenías que ir al colegio. Aunque esta vez era para corregir las galeradas.

Gracias a mi agente Kylee Doust, *Ked*, ¡que con gran pasión se encarga de cada libro como si fuera un «hijo»!

Gracias a Laura Ceccacci, que me ha seguido en muchas ocasiones, y además esta última la ha vivido con gran entusiasmo. Cuando llego a la oficina me pregunta: «¿Quieres un café?», y luego añade: «¿Con cuánto azúcar?», porque nunca se acuerda de que lo tomo sin. No obstante, ése es el único reproche que puedo hacerle. Ah, y además me gusta porque me ha mentido para no decir mentiras.

Un agradecimiento especial a Andrea Delmonte, me hace mucha gracia porque me dice unas frases muy bonitas, me elogia, me hace cumplidos, y luego, al final, acaba llevando a comer a otro. Tal vez quiere que esté a dieta. En el trabajo es un gran profesional, sin embargo perdió el campeonato de ping-pong. Aunque está convencido de que este año lo ganará, quizá porque ya no se celebra.

Gracias a Giulia, a AleG y a Marilù, que cada noche me hacen volver a ser niño antes de irme arriba a escribir.

Gracias también a mis hermanas, Fabiana y Valentina, y a mi madre, Luce, que me han ayudado fuera y dentro de esta novela.

Y finalmente un gracias especial a mi gran amigo Giuseppe, por tantas cosas que él y yo sabemos y que me han sido de particular ayuda. Es bonito saber que siempre puedes contar con alguien.

9:46